后浪

中国神话传说

袁珂 著

简明版

北京联合出版公司
Beijing United Publishing Co.,Ltd.

自　序

陈钧同志是我多年的老战友，他主编《中华五千年经典故事集成》(以下简称《集成》)，要我担任其中《开辟鸿蒙卷》①的编撰工作，自然是义不容辞。过去我研究神话，以神话中文学的因素为着眼点，曾写过一些神话故事书，有的被翻译到国外，在昔年的苏联，今日的俄罗斯，在日本，在韩国，在英国和美国，都曾产生不同程度的影响。这并不表示我有如何成就，只是说明，中国神话的魅力，或者套用马克思的一句名言"永久的魅力"，开始被世界认知了。先前被某些不明真相的人错误地认为中国缺乏神话乃至没有神话的时代，将一去不复返了。从我广义神话的观点考察，中国神话实在丰富得很，浩若江海。即使退一万步，回到原始社会去，仍用狭义神话的眼光看"开辟鸿蒙"这一时期的光景，也是气势宏伟，波澜壮阔，奇闻逸事，层出不穷，毫不逊于希腊、罗马、埃及、印度诸文明古国的神话传说。而论其自强不息的刚健，战天斗地的勇武，舍己为人的博大和知其不可为而为之的坚韧，种种精神，是为中国古代神话特色，比之诸国，实有过之，并无不及。"中华五千年经典故事"，自然应该给它安排一个席位。

然而，轮到我来做这件工作，却不能不一再踌躇了。使我踌躇

---

① 《开辟鸿蒙卷》最终并未刊出。今后浪出版公司将袁珂先生生前所遗手稿整理出版，作为《中国神话传说》(简明版)，以飨广大读者。

的事体约有两端。一是我只有一些陈说，并无什么新意。二是中国有五十多个少数民族，各自都有它们的"开辟鸿蒙"时期，而我的陈说中，除了对苗、瑶等两三个少数民族略有涉及外，并未将大多数少数民族的神话传说都糅合进去。有此二者，所以我一再表示希望由更适合的同志来担任。陈钧同志大约认为我过去做过这类工作，是"轻车熟路"；又比较熟悉经典，切合"经典故事"的需要，定要我勉为其难。是的，我多年整理研究神话，车虽匪轻，路却较熟；又我研究神话，一直是从故纸堆中走出来的，强调言必有据，所缀集的故事都得引经据典，排斥无稽妄说。有此二因，我只好勉强担任下来了。

既云勉强担任，就表示是无力另出机杼，仍只得切割旧文。于是从《中国神话传说》中，切割了一小部分，改造制作，成此《开辟鸿蒙卷》，以应主编的需求。改造的工夫，大约有四。一是将"导论篇"删去无关的七、八、九三章，以第十章为第七章，移作本书"导论"。二是删去各章注释，避免繁琐，使眉目清爽，故事突出。三是各章大略分段，另加小标题，亦是为了向通俗化靠近，使阅读方便的缘故。四是删去"开辟篇"第九章、"羿禹篇（下）"（今为"鲧禹篇"）第五、第六、第七章谈到奇禽异兽和远国异人的地方，以免和《集成》中的《异域灵怪卷》重复。其他尚有小的改动，就不细说了。这样一来，似乎觉得还是面貌一新，自成体局。但不知是否可以算是完成了任务，这得让主编先生和广大读者来评判了。是为序。

1996年1月16日，袁珂于成都

目 录

自 序 1

导 论

第一章 …………………………………… 3
一、神话不是空想 3
二、神话的起源 4
三、反抗神的神 5

第二章 …………………………………… 7
一、神话和宗教的关系 7
二、原始人的宗教观念 8
三、图腾主义 10
四、巫 术 11
五、神话和宗教的区别 12

第三章 …………………………………… 13
一、中国神话只存零星片断的原因 13
二、神话的历史化 14
三、神话的保存与修改 16

第四章 19
一、《山海经》的写作时期　19
二、《山海经》是"古之巫书"　23
三、《山海经》的图画与文字　24
四、散漫和疏略的缺点　25
五、《山海经》的注本　27

第五章 28
一、神话对科学有启迪之功　28
二、神话可称"幻想的科学"　29
三、从解释世界到改变世界　31

第六章 34
一、神话响彻劳动的回音　34
二、舍己为人与博大坚韧　35
三、反抗暴君的专制　37

第七章 39
一、神下地和人上天　39
二、整理神话遇到的问题　40
三、整理神话的两个步骤　43

中国神话传说

001　《天问》所问 47
002　混沌凿窍 48
003　阴阳神和巨灵 50
004　鬼母和烛龙 52
005　"人日"的由来 53
006　龙狗盘瓠 54
007　盘古开天辟地 57
008　诸神创造人类 59
009　伏羲和女娲 61
010　兄妹结婚 62
011　雷神之子 67
012　天梯种种 69
013　都广之建木 71
014　伏羲的创造发明 73
015　燧人氏钻木取火 75
016　廪君创业 77
017　盐水女神 79
018　廪君立都 81
019　女娲造人 83
020　万世神禖 85
021　女娲补天 87
022　女娲的制作 89
023　少昊出世 91
024　建立鸟王国 93
025　少昊与蓐收 95
026　少昊的后代 97
027　颛顼"绝地天通" 100

028 鬼子和鬼鸟 103
029 彭祖长寿 106
030 猪婆龙和鱼妇 108
031 神国大战 110
032 怒触不周山 113
033 大蟹和陵鱼 115
034 海上神山 117
035 海神禺强 119
036 龙伯钓鱼 121
037 炎帝的功业 123
038 炎帝的后代 125
039 帝女登仙 126
040 巫山神女 128
041 精卫填海 131
042 昆仑帝都 132
043 怪肉与火鼠 135
044 妖媚的武罗神 137
045 黄帝失玄珠 139
046 黄帝的天威 141
047 神荼和郁垒 143
048 白泽神兽 145
049 黄帝大会鬼神 146
050 蚩尤的传说 148
051 黄帝和炎帝之战 150
052 蚩尤寻仇 151
053 涿鹿大战 153
054 天女助战 155
055 奇异的军鼓 158

056　夸父逐日 160
057　玄女授兵法 163
058　黄帝杀蚩尤 165
059　蚩尤遗踪 166
060　帝子的隐忧 168
061　蚕神献绦 169
062　蚕马的故事 170
063　牛郎织女 173
064　董永和七仙女 177
065　愚公移山 179
066　刑天舞干戚 181
067　黄炎战争余波 184
068　黄帝的创造发明 186
069　仓颉作书 189
070　鼎湖升天 190
071　黄帝和神仙 192
072　帝俊形貌 196
073　太阳和月亮女神 198
074　帝俊交友凤凰 200
075　帝俊的子孙 202
076　帝喾的神话 204
077　玄鸟生商 207
078　冰上弃儿 208
079　后稷的功业 210
080　尧的品德和瑞应 212
081　皋陶和夔 214
082　偓佺和击壤翁 216
083　许由和巢父 217

084 丹朱的传说 218
085 驯服猛象 221
086 孤儿的悲苦 223
087 天子的女婿 225
088 火中化鸟 226
089 井内变龙 229
090 仁厚的长兄 231
091 舣手作画 233
092 不醉之谜 235
093 恐怖的考试 237
094 湘妃竹和委蛇 240
095 鼻亭神及其他 242
096 十日并出 244
097 女巫的神通 247
098 受命除害 249
099 羿射九日 251
100 诛妖除害 253
101 英雄的堕落 257
102 羿遇宓妃 259
103 河伯娶妇 261
104 羞辱河伯 264
105 羿射河伯 266
106 王母赐药 269
107 嫦娥奔月 273
108 逄蒙学射 276
109 羿遭暗算 278
110 尺郭和钟馗 280
111 洪水滔天 283

112 鲧窃息壤 285
113 鲧腹生禹 288
114 鲧死的异闻 290
115 禹会群神 292
116 诛防风氏 294
117 河图和玉简 296
118 龙门山和三门峡 298
119 禹擒无支祈 300
120 百虫将军 302
121 禹娶涂山氏 303
122 黑熊和嵩山石 305
123 禹游九州 307
124 禹诛相柳 309
125 天帝赐玄圭 311
126 禹铸九鼎 312
127 治水的辛劳 314
128 蚕丛、鱼凫和杜宇 316
129 鳖灵治水 318
130 杜宇化鸟 320
131 五丁开山 322
132 李冰斗蛟 324

出版后记 327

导论

第一章

一、神话不是空想

什么是神话？这是一个不太容易解答的问题。我国古来就连神话这样一个字眼也没有，这也还是近世纪从外国输入进来的。神话这个字眼，看起来很容易叫人迷惑，由于它本身所包含的神怪幻变的因素，一般人每每认为所谓神话就是和现实生活无关，而是从人类头脑里空想出来的东西，这种说法是非常错误的。国内研究神话的著述还不多见，对于"什么是神话"这样的问题，我们也只能引用高尔基的话来作解答。

高尔基说："一般来说，神话乃是自然现象，对自然的斗争，以及社会生活在广大的艺术概括中的反映。"这就说明了神话的产生，也是基于现实生活，而并不是出于人类头脑的空想。高尔基又更明白地告诉我们说："要把费尽一切力量去为生存而斗争的两脚动物想象为离开劳动过程，离开氏族和部落的问题而抽象地思想的人，这是极端困难的。"这就更说明了神话的产生，是和现实生活有紧密联系的。所以当我们研究神话起源，古代每个时期的神话所包含的特定意义以及诸如此类的问题的时候，都不能离开当时人类的现实生活、劳动和斗争，而凭空地推想。

二、神话的起源

现在让我们来考察一下神话的起源。社会发展史告诉我们,原始人"进入历史的时候,还是半动物的,因而也是十分贫困的,在这样的条件下也就谈不上有什么计划经济。集体劳动与平均分配,在这里是以原始人同周围自然作斗争的极其薄弱的装备为其基础的。"(恩格斯《反杜林论》)所以在原始公社制度下虽然没有人对人的剥削,但原始人却是自然的奴隶。他们被贫困和生存斗争的困难所压迫,起初还没有脱离周围的自然界。长期以来,原始人无论对自己还是自己赖以生存的自然条件都没有任何有联系的观念。后来才逐渐开始对自己和周围环境有了极有限的幼稚观念。再后一点,当人类的"两手教导头脑,随后聪明一些的头脑教导两手,以及聪明的两手再度更有力地促进头脑的发展的时候"(高尔基语),原始人才开始在自己的想象中使周围世界布满了超自然的存在物——神灵和魔力。他们对于大自然所发生的各种现象,例如风雨雷电的击搏,森林中大火的燃烧,太阳和月亮的运行,虹霓云霞的幻变,产生了巨大的惊奇的感觉。惊奇而得不到解释,于是以为它们都是有生命的东西,管它们叫神。他们不但把太阳、月亮等当做神,还把各种各样的动物、植物,甚至微小到蚱蜢那样的生物,也都当做神来崇拜。这就近似所谓万物有灵论。从这些蒙昧的观念中,产生了原始宗教和原始神话,而这种原始宗教和原始神话,正是原始人从劳动中发展起来的日益聪明的头脑所创造出来的,也是原始社会低下生产力的一种反映。

一方面由于原始社会是没有人剥削人的社会,另一方面由于原始社会生产力低下,原始人长期被生存的困难和与自然作斗争的困难所迫害。为了战胜这些困难,他们一再用激情而振奋的调子唱出关于劳动和劳动英雄的颂歌。他们歌颂了用斧子开天辟地的盘古，创造人类和熬炼五色石补天的女娲，钻木取火的燧人，发现药草的神农，驯养动物的王亥，教导人民种庄稼的后稷，治理洪水的鲧和禹。这些征服自然、改善人类生活的劳动英雄，是受着人们最大的崇敬的。

此外，从神话里我们还可以见到诸神的著名子孙是怎样使用牛来耕田，怎样发明了农业上的劳动工具，怎样创造了车和船，怎样制造了抵御敌人的弓箭和其他武器，有的更创作了音乐和歌舞，制造了种种美妙的乐器。这些传说里的创造和发明，只不过一再说明远古时代人们对于智慧和劳动的赞美。

随着原始公社制度的瓦解和私有制的产生，社会出现了阶级和人剥削人的现象。这时候，人类进入了一个新的悠长的时代——阶级对抗形态的时代。在阶级社会里，劳动的剥削者把群众的精力当做一种原料变成货币，劳动人民的劳动开始遭受无情的剥削，因而在他们的幻想里，就有了减轻劳动的愿望。

很早以前，人们就已经梦想着能在空中飞行，于是有了"飞毯"的故事；人们梦想加快走路的速度，于是有"快靴"的故事——这是外国神话。在我们的神话里，更有长臂国的长臂，奇股国的飞车，治水的禹变成熊去打通辕辕山，七仙女姊妹们一夜织成十匹云锦等生动故事，说明这些素朴的幻想的产生是有着深刻意义的。

三、反抗神的神

古代劳动者创造了可以作为劳动模范的诸神，原不过为了鼓舞自己的劳动热情。后来阶级划分了，统治阶级便把这些劳动英雄据为自己的祖宗，抬高到九重高天去，有的成了上帝，有的成了威严显赫的天神，让奴隶们匍匐在他们的足下向他们膜拜，用以麻痹群众的反抗意识，并且起一种威吓和镇压的作用。这就是几千年以来，神在劳动人民的日常生活中存在这么久的缘故。

神虽然因为奴隶主愈有权威而在天上升得愈高，但在群众中也滋生着一种反抗神的意愿。这意愿具体的表现就是：天才的人民又创造了反抗神的神。在希腊有普罗米修斯；在中国，有射太阳的羿，窃取上帝的息壤来治理洪水的鲧和继承他的事业的禹。如果再把"叛徒"们的队伍扩充一下，古代的那些巨人：蚩尤、夸父和刑天，挑起反字旗，和统治者闹别扭，也都有宁死不屈的气概。

像这样一些英雄的神话，正反映了阶级社会的被统治阶级与统治阶级之间的斗争，因此我们可以说是人的世界向神的世界的投影，神话实质上也可以被看做是人话。

从上面的事实中，我们可以清楚地知道：本质上，神话也和其他艺术一样，是反映一定的社会生活的，是产生在一定的社会基础之上的上层建筑，是一种作为观念形态的艺术。远古时代劳动人民创造神话，不是根据抽象的思想，而是根据在劳动过程中的具体感受和企求，所以我们说神话是从劳动中产生出来的。

第二章

一、神话和宗教的关系

上一章大略阐述了神话反映现实生活和神话起源于劳动这样一个问题，在这一章中，主要想谈谈神话和宗教的关系问题。

神话和宗教，有着密切的关系，这是谁也不会否认的事实。但究竟是怎样的一种关系呢？是先有神话还是先有宗教？是神话渊源于宗教，还是宗教渊源于神话？还是像不久以前有的同志在探讨这个问题时所认为的，原始神话和原始宗教共源于同一个意识形态的"统一体"？

我们的答案，不是先有神话，不是宗教渊源于神话，也不是神话和宗教同源于同一个意识形态的"统一体"，而是先有宗教，神话渊源于宗教。弄清了这个简单明确的事实，神话和宗教之间互相推移演变的关系才能得到正确的解答。

马克思说："在野蛮期的低级阶段……想象，这一作用于人类发展如此之大的功能，开始于此时产生神话、传奇和传说等未记载的文学，而业已给予人类以强有力的影响。"（《摩尔根〈古代社会〉一书摘要》）这就是关于神话起源的经典性的明确指示。至于宗教的起源，还要更早。恩格斯在《家庭、私有制和国家的起源》一书中，谈到美洲各个印第安人的特征时，也说他们有"共同的宗教观念（神话）及礼拜仪式……他们的神话迄今还远没有加以批判的研究；他们已给自己的宗教形象——所有各种精灵——赋予人的样子，但是他们还在野蛮的低阶段，还不知道塑像——所谓偶像。这是一种处在向多神教发展路程中的对大自然与自发力的崇拜。"这不但同样昭示我们在原始社会野蛮时期的低级阶段已经有了神话，并且还暗示我们宗教的起源早于神话，所以才能在美洲各个印第安人的神话中，"给自己的宗教形象……赋予人的样子"。

宗教的产生，虽然早于神话，但是，如果说人类生存在地球上有一百万年，那么，至少在十万年以前的九十万年中都是没有宗教的。仅仅在四万年以前到十万年的这段时期，就是马克思、恩格斯沿用摩尔根在《古代社会》的分期法所说的蒙昧时期的中级阶段，也就是新分期法的旧石器时代的上古氏族公社时期，才开始有了朦胧的原始宗教观念产生。马克思说，蒙昧人"'潜在力的'进步是很大的，已有语言、管理、家族、宗教、建筑术、财产的萌芽"（同上引书），其中所说"宗教"，就是指此而言。

过去资产阶级学者给宗教下的定义，认为宗教是人类所固有的，人类是同宗教一起产生的，这完全是胡说。宗教的观念，只有当劳动促进人类的思维力发展到能够幻想，能够形成比较复杂的想象和联想的时候，才会出现，而在这之前，是不可能有宗教观念产生的。

二、原始人的宗教观念

原始人的宗教观念，是在原始社会生产力发展到了一定阶段才形成的，但也是原始社会生产力的发展还处于低水平的一种反映。原始人在和自然作斗争中，感到自己的软弱无力，感到对大自然的恐惧，才产生了萌芽状态的宗教观念。比如，当原始人看见狂风暴雨，闪电雷鸣，森林中大火燃烧这类可怕的自然现象时，惊愕而得不到解释，因而便在惊愕的意识中带上了宗教的色彩。

原始人萌芽状态的观念，还不是泰勒所谓的万物有灵论。万物有灵，是说万物都有灵魂，原始人开始还不会有这样高深的宗教观念。原始人最初的宗教观念，大概认为大自然的一切，包括自然现象，生物和无生物，都像自己一样，是有生命、有意志的活物。如果像这样来解释万物有灵论的所谓"灵"，就接近问题的实质了。至于灵魂的观念，乃是从原始人对于人死这回事的虚妄的理解而逐渐得来的。

刚刚进入历史的原始人，的确浑噩得像动物，是连生和死也不能分辨的。后来渐渐能够理解受创出血的死，但是对于睡眠状态的死还是不能理解。再后来连睡眠状态的死也能够理解了，却又因为做梦看见死者向他走来，因而幻想人的身体内有一个灵魂住在里面，人死了就是灵魂离开了躯壳，然而灵魂也许还能重新回到躯壳里让死者复活。基于这种虚妄的宗教观念，才有埋葬死者和殉葬等最初的宗教仪式出现。

万物有灵魂是原始人对自然界各种物事初步的拟人化，认为环绕在他们周遭的自然界物事，能够为祸为福于人，由此产生了对自然的崇拜，成为原始的拜物教。火、水、太阳、月亮、石头、大树、牛、蛇等，都可能成为他们崇拜的对象。

《山海经·五藏山经》所记叙的各种山林水泽的怪神怪兽，《海经》所记叙的火神祝融、水神河伯、海神禺虢、禺京，《楚辞·九歌》所记叙的日神东君、云神云中君，《国语·鲁语》所记叙的展禽劝止臧文仲祭祀的海鸟爰居，《华阳国志》所记叙的五丁作墓志所立的大石（巨石崇拜）等，虽然已经演变，但从中仍然可以见到原始社会自然崇拜的迹象。

三、图腾主义

原始人宗教观念并不是很单纯的，除以上所说之外，图腾主义也是原始人宗教观念的有机组成部分之一。图腾（totem）一语，出自北美印第安部落联盟之一的亚尔京干人，意思是"它的亲族"。图腾主义相信人和动物、植物乃至自然现象，以及无生物之间，存在着某种不可见的密切联系。在母权制氏族社会的发生期，图腾主义就开始有了。当时人们依母系为中心建立起社会组织，住在一定的地区打猎和采集野果，由于如上所述的宗教观念，也由于社会生活和经济生活的实际需要（需要有别于其他氏族和对生产对象进行劳动分工），便很自然地认定某一动物或植物为自己的氏族图腾，相信氏族成员和被认定为图腾的动物或植物有亲族关系，从而产生图腾崇拜的宗教仪式及禁止伤害或食用图腾动植物的规定等。氏族的图腾多半是动物，其次是植物，也有少数是自然现象或非生物。由于当时人们还过着半血族群婚制的"不知有父"的生活，并且根本不知道性交和生育的关系，因而妇女生孩子往往被认为是图腾钻进了肚子，后来一切感生神话的兴起，追本溯源，都应当是从这个时候开始的。

图腾主义在我国神话（或历史）的记叙中还残留着很多痕迹。如说黄帝号有熊氏，可能黄帝是属于熊的图腾；又如说"黄帝与炎帝战于阪泉之野，率熊、罴、狼、豹、貙、虎为前驱，（以）雕、鹖、鹰、鸢为旗帜"，可能就是作为部落联盟酋长的黄帝，率领着这些以鸟兽命名的氏族集团，和炎帝在阪泉大战了一场；又如说蚩尤死后，"太原人祭蚩尤不用牛头"，可能蚩尤的氏族图腾就是牛；又如说"太皞庖牺（伏羲）氏，风姓，蛇身人首，有圣德"，可能伏羲的氏族图腾就是蛇，等等。这使我们相信在我国原始社会确也曾有过图腾崇拜的风习。

四、巫　术

原始宗教另一个有机组成部分是魔术，即巫术。巫术是基于这样一种歪曲的、虚妄的信念：相信人和自然界之间存在着一种看不见的联系和影响，个别的自然现象可能影响人，反过来人也可以用种种幻想的手段，去控制自发的害人的自然现象。原始宗教的一切仪式差不多都充满着巫术的色彩。巫术施用的范围，最初是人对付自然，后来便扩展而为人对付人（集团对付集团、个人对付个人）了。巫术当中最为常见的，便是咒语，人们相信凭借语言的力量可以影响自然，制胜敌人。

从我国古代的记载中，可以看到有关巫术的直接叙写，如《六韬》载姜太公画丁侯的图像而射之使他生病；也可看到咒语的力量，如《山海经·大荒北经》载旱魃被逐魃者的咒语一咒，就马上逃跑，以致天降大雨；也可以从神话的外衣下看到施用巫术的痕迹，如黄帝和蚩尤的战争，蚩尤作大雾，请风伯雨师，纵大风雨，黄帝以夔牛皮为鼓，吹角为龙吟等，虽写神通，实状巫术。如此等等，在古书的记载里是不少的。

总之，原始宗教发展到巫术盛行的阶段，就表明原始人虽然实际上还是无知的和软弱的，但是在他们的思想观念中，已经有了要用各种虚幻的方式设法去控制自然、战胜敌人的愿望，这种愿望，便和神话所表现的某些精神实质有些相近了。

但是仔细考察起来，巫术和神话仍然是有本质上的区别的。这是因为巫术所采取的那套根本不可能达到目的的方式，乃是彻底唯心主义的，它的产生和流行，恰足以说明那个时代人们的愚妄。巫术发展下去，只能成为纯粹的欺骗人的幌子。而神话，虽说也带着浓厚的幻想和想象的色彩，但神话的翅膀所翱翔的地方，却每每成了科学上创造发明的先声；神话，它的基调实在是唯物主义的。对此，下面还将有专章论述，这里就不再多说。

五、神话和宗教的区别

综上所述，按照我们的理解，神话完全属于艺术和美学的范畴，但在原始人的心目中，神话虽然也有艺术和美学的成分，主要却是和宗教密切关联而不可分割的。有萌芽的原始宗教信仰，然后才有根据这些信仰而创造的神话；神话兴起了，对于宗教信仰，也起着巩固和推动的作用。半个多世纪以前，鲁迅先生在《中国小说史略》第二篇"神话与传说"里说："神话大抵以一'神格'为中枢，又推衍为叙说，而于所叙说之神、之事，又从而信仰敬畏之，于是歌颂其威灵，致美于坛庙，久而愈进，文物遂繁。"其发展演变的情况，大体上就是这样的。但是该文接着又说"故神话不特为宗教之萌芽"，却是略有可商。事实上，按照原始社会精神文化发展的程序，原始人类是先有了朦胧的宗教观念，由这种朦胧的宗教观念渐渐产生一批基本上是物的形躯的原始宗教的神，然后才有把原始宗教的神拟人化，赋予人的性格和意志，表达人的希望与欲求的所谓神话出现。神话里由于有了人的因素（发展到阶级社会就成为人民的因素），因而就有别于单纯由于感到自己软弱无力的畏惧而产生的原始宗教，当神话开始出现的时候，就和宗教有了一定的分歧。虽然宗教也保存和宣传过神话，神话本身也推动、更被后来统治者利用（当然是经过改造的）来推动宗教的发展，但二者毕竟不属于同一个范畴。

第三章

一、中国神话只存零星片断的原因

世界上的几个文明古国，中国、印度、希腊、埃及等，古代都有着丰富的神话，希腊和印度的神话更相当完整地被保存下来。只有中国的神话，原先虽然不能说不丰富，可惜中间经过散失，只剩下一些零星的片断，东一处西一处地分散在古人的著作里，毫无系统条理，不能和希腊各民族的神话媲美，是非常抱憾的。

中国神话只存零星片断的原因，鲁迅先生所著《中国小说史略》里列举了三点：

（一）因为中国民族的祖先居住在黄河流域，大自然的恩赐不丰，很早便以农耕为业，生活勤苦，所以重实际，轻玄想，不能把往古的传说集合起来熔铸成为鸿篇巨制。

（二）又兼孔子出世，讲究的是修身、齐家、治国、平天下的一套实用的教训，上古荒唐神怪的传说，孔子和他的学生们都绝口不谈，因此后来神话在以儒家思想为正统的中国，不但未曾光大，反而又有散亡。

（三）神鬼不分的结果。古代的天神、地祇、人鬼，看来虽然有分别，实际上人鬼也可以化作神祇，人神淆杂，原始的信仰便无从蜕尽，原始的信仰保存，新的传说便经常出现，旧传说受了排挤僵死了，新传说正因为它'新'，也发不出光彩来，实在是两败俱伤。

上面所举的三点，除第一点可商之外，第二点中，还包含着一个神话转化作历史的问题，值得提出来补充说说。

二、神话的历史化

神话转化作历史，大都出于"有心人"的施为，儒家之流要算是这种工作的主力军。为了适应他们的主张学说，很费了一点苦心把神加以人化，把神话传说加以理解性的诠释。这样，神话就变作了历史。一经写入简册，本来的面目全非，人们渐渐就只相信记载在简册上的历史，传说的神话就日渐消亡了。

要举起例子来是很多的，如黄帝，传说中他本来有四张脸，却被孔子巧妙地解释作黄帝派遣四个人去分治四方。又如"夔"，在《山海经》里本是一只足的怪兽，到《书·尧典》里，却变成了舜的乐官。鲁哀公对关于夔的传说还有点不明白，便问孔子道："听说'夔一足'，夔果然只有一只足吗？"孔子马上回答道："所谓'夔一足'，并不是说夔只有一只足，意思是说：'像夔这样的人，一个也就足够了。'"孔子的解释虽然不一定真有其事，但从这里也就可以见到儒家把神话历史化的高妙。历史固然是拉长了，神话却因此而遭了厄运，经这么一改变转化，委实恐怕会丧失不少宝贵的东西，而从神话转化出来的历史也不能算是历史的幸事。

神话转化作历史，一直到宋代罗泌作《路史》还在继续着。《路史》采用了很多神话的资料，但都把它们转化作了历史。甚至连《淮南子》所述的羿射封豨、修蛇的故事，《路史》的作者在采用这段故事的时候，也硬要把封豨、修蛇解释作人，这就足见神话的丧失和消亡实在是有缘由的了。

神话为什么会转化作历史？深一点发掘，就可以知道这原来是符合统治阶级的利益的。如不符合统治阶级的利益，事情就决不会这么顺利地进行下去，能够顺利进行下去而且是有意识地在进行，就说明是符合的。统治阶级既然能把先前劳动人民在神话传说里创造的劳动英雄据为自己的祖宗，抬高到天上去，就希望写进历史里的祖宗的行迹都是些冠冕堂皇的，而劳动人民群众口头传说的这些英雄的行迹呢，却有一些"缙绅先生难言之"的不很"雅驯"的东西，所以四张脸的黄帝和一只足的夔一定要劳烦孔老夫子来为他们的形体作辨正，这辨正当然是统治阶级很欢迎的。《楚辞·天问》洪兴祖补注引《淮南子》有这么一段神话记载，大意说：禹治洪水，变作一头熊，去打通轘辕山，他的妻子涂山氏看见了，又羞又怕，转身就朝嵩高山跑。禹追他的妻子一直到嵩高山山脚下，涂山氏变作一块石头，然后从石头里生出他们的儿子启来。这本来是一段很有趣的神话，并且我们还可以相信，是没有经过多大修改还保存着原始神话素朴面貌的神话。不知道怎么一来，今本《淮南子》里没有了，想来也是给一些讨厌它不"雅驯"的"缙绅先生"删去了吧。这些"缙绅先生"的斧钺，竟至及并非历史的《淮南子》，可见统治阶级的用心是多么深刻而周到！

岂止《淮南子》，就是更早一点的《庄子》也遭到同样的厄运。今本《庄子》已非原形，外篇和杂篇佚亡的很多。据陆德明《经典释文叙录》，《庄子》杂篇的文章多似《山海经》，或类占梦书，因其驳杂，不为后人重视，故多佚亡。我看恐怕还是被"缙绅先生"们有意识地删掉了吧。

从现存神话的片断来看，除了大部分已经归入统治阶级的"列祖列宗"的"正神"，也还有为数不少的在缙绅先生们看来是"恶神"或"邪神"的神，即高尔基所说的"反抗神的神"，如羿、鲧、蚩尤、夸父、刑天等，在使那些"高贵"的大人先生们继续不断地伤着脑筋。假如听任这些"叛逆"的神话流传，统治者的统治地位不言而喻会受到影响。怎么办呢？最好的办法，还是将它们加以修改，转化作历史。于是，神话上的这些"反抗神的神"在历史上都以坏蛋的形象出现了，羿为民除害，在历史上则是"不修民事而淫于原兽"；鲧偷取天帝的息壤来平息洪水，在历史上则是"方命圮族"，翻成现代话就是任性乖张，不服从上面的命令，也和大众的关系搞不好；蚩尤无善行可考，大概确只是一个有野心的天神，于是当他出现在历史舞台上的时候，更是罪恶多端，乃至据说"后代圣人"，其实也就是居于统治地位的贵族老爷们，都"著其像于尊彝以为贪戒"。——所以神话之被修改作历史，从正反两方面来看，实在都是它完全符合统治阶级的利益的缘故。当然，这么一来，神话也就散失、消亡了。

三、神话的保存与修改

不幸中的幸事，神话的片断，还有赖诗人和哲学家这两种人来加以保存。可是，他们保存神话，其目的原不在于神话的本身。诗人赋诗以见志，运用神话资料在他们的诗篇中，不过是使他那"志"表达得更为深透，在命意行文的时候，不免就有所润饰和修改。所以鲁迅先生称"诗人为神话之仇敌"，不是没有缘故的。哲学家也是一样，他之引用神话，原意无非在于阐明他的哲理，所以也就难免有改变神话本貌以适合哲理阐述的地方。例如《庄子·逍遥游》里鲲鹏之变的一段描写，如果不加以仔细考校，谁都会以为这不过是一段寓言罢了，不会把它当做一段神话看的，实际上它却是一段相当古老的神话。又如《列子·黄帝篇》的华胥氏之国，《汤问篇》的终北国，都是优美的神话，然而却被哲理化得很厉害，乍看之下，几乎是有些枯燥无味了。

虽说如此，我国零星片断的神话，赖诗人和哲学家以保存下来的确也不少。屈原《离骚》《九歌》《天问》《远游》等，这些瑰丽的诗篇里，遗留给我们多么丰富的神话和传说的资料啊！尤其是《天问》一篇，陆离光怪，天上地下，无所不包，惜乎限于诗体的形式，又全是问语，索解为难。从一千八百年前东汉时期第一个注《楚辞》的王逸起，就已经不免望文生义，多凭臆说，后来的人更是聚讼纷纭，莫衷一是。不过如果我们下工夫去研究它，还是能够寻出大体的端绪的，已有不少学者在这方面做出成绩来了。哲学家保存的神话传说，除了"不语怪力乱神"的孔老夫子的门人弟子所记的《论语》里实在找不出什么以外，其他如《墨子》《庄子》《韩非子》《吕氏春秋》《淮南子》《列子》里都可以找出不少。就连《孟子》和《荀子》里也可以找出一些古代传说的片断。《荀子·非相篇》里对于古代圣主贤臣（有些其实就是神）的形貌的记述就足以供研究神话者作为参考。当然，保存神话资料最多的，还要算属于道家的《淮南子》和《列子》。《列子》虽是晋人伪作，可是晋代终究去古未远，神话之传于民间，见于典籍的，想来也还有着不少，这就是《列子》所采录以入书的，修改可能有之，臆造则恐未必（因为作伪书者也还是想取信于时人，如果臆造，哪能使人完全相信呢），所以我们还是应该相信《列子》里的神话资料仍是相当有价值的。

至于神话转作历史，现在我们也要替历史学家说几句公道话。从消极的方面看，神话转作历史，自然是神话的一种损失；但从积极的方面看，这种转化，未始不可也算是神话的一种保存。我们现在从《尚书》《左传》《国语》《周书》等先秦史籍中，还能清理出不少有用的神话材料，有些一时弄不明白的，还可继续清理。这也得归功于古代历史学家有意无意地替我们做了这种转化工作，否则就连这点历史化的神话材料，也许会由于其他原因又散亡了也未可知。

第四章

一、《山海经》的写作时期

现存唯一的保存古代神话资料最多的著作是《山海经》,全书共分十八卷,原题为夏禹、伯益作,实际上却是无名氏的作品,而且不是一时一人所作。根据我的初步考察,此书大概是战国初期到汉代初期的楚国或楚地人所作。内容大致可以分为三个部分:

(一)《大荒经》四篇和《海内经》一篇,成书最早,约在战国初期到中期。

(二)《五藏山经》五篇和《海外经》四篇,成书稍后,约在战国中期以后。

(三)《海内经》四篇,成书最迟,约在汉代初期。

三个部分的分法,是采取蒙文通先生在《中华文史论丛》第一辑上发表的《略论山海经的写作时代及其产生地域》一文的说法,我认为这种区分,很有见地。一般把《五藏山经》算是一个部分,把"海外"、"海内"各经及《大荒经》以下五篇又算是一个部分,前者简称"山经",后者称为"海经"。这种划分,未尝不可,但这只是形式上的划分,没有从内容实质做深入研究。蒙先生却首先提出:"《海外经》四篇所载之地,皆在《五藏山经》所记之地的四周,其山水国物又多有与《海内》、《大荒》重复者,而独不与《五藏山经》

重复，可知《海外经》与《五藏山经》当是一个著作的两部分。"可谓是巨眼卓识。其余论《海内经》四篇是一个部分，《大荒经》以下五篇又是一个部分，我也很赞同，只是论到这几个部分写作的时代和产生的地域，我和蒙先生的看法略有不同。

产生的地域，蒙先生认为是古代巴蜀地区的人所作，我则认为是古代楚国或楚地的人所作，这一点我别有专文讨论，可以暂且不论。关于写作时代的先后，是关系到研究《山海经》神话材料较为重要的问题，必须大略说说。

先说《大荒经》四篇和《海内经》一篇。这五篇蒙先生说"所记神怪最多，应当说是时代最早的部分（或者是文化更落后地区的材料）"，这是对的；但把它说成是"写作时代当在周室东迁以前"，却未免推得过早。类似的情况，有些人因为看见明《道藏》本目录，《海内经》第十八下有注云："本一千一百一十字，注九百六十七字。此《海内经》及《大荒经》皆进在外。""进在外"或作"逸在外"，疑是郭璞的注语，说明刘歆校书时这几篇是未收在《山海经》内的，因而说它是东汉时代乃至东汉以后的作品，又未免推得太迟了，同样不妥。我们根据这五篇的内容和文章风格，认为它是战国初期到中期的作品，大概不会很错。五篇中的《大荒经》四篇，性质相当于《海外经》四篇，因诸篇开始都有"东海之外"、"南海之外"、"西北海之外"、"东北海之外"等语，明其确属海外；《海内经》一篇，性质略相当于《五藏山经》五篇，因此经首称"东海之内"，然后"西海之内"、"南海之内"、"北海之内"，明其确属海内。五篇先海外，后海内，自成体系，应是一部书的两个部分。五篇都有帝俊的神话（其他各篇俱无），都比较凌杂无序，《海内经》一篇，尤其显得杂乱；就连地理方位也是忽东忽西，忽南忽北。因此，我疑心《海内经》一篇，原本也是四篇，后来因为"逸在外"的缘故，散失了大部分，到郭璞注《山海经》

时，才收拾残篇断简，成为一篇，附在《大荒经》的后面，故《史记·周本纪》裴骃集解引此经就称它为"大荒经"。《大荒经》以下五篇，是未经整理的古经，保存神话资料最为丰富，但从正统学者的眼光看来，其内容却是过于荒诞不经，故刘歆等人在编校《山海经》时，就没有把这部分收入进去，而听其"逸在外"了。郭璞是比较好"怪"的（观其《注山海经序》可知），才把这几篇"逸在外"而产生时间最早的荒怪的东西搜罗进来，成为今本的状态。单从收入这五篇的古经而论，郭璞便是《山海经》的一大功臣，否则又不知有多少极宝贵的古神话资料要湮没了。

其次说《五藏山经》五篇和《海外经》四篇。这九篇又是另一个系统的"海内外经"。先海内而后海外。著者的心目中，《五藏山经》就是海内经，将这一部分叙述完了，然后再"海外自西陬南至东南陬者"、"海外自西南陬至西北陬者"……叙述到海外去，条理井然，丝毫不紊。著者的记叙是有计划、有安排的。例如黄帝和西王母两个著名的神人，在《西次三经》里记叙过了，在《海外西经》里就没有再记叙。甚至连昆仑山那样著名的一座大山，《西次三经》里有过了，《海外西经》里也就不再提了。明海内的景物绝非海外。《海外南经》虽有"昆仑虚在其东，虚四方"的记叙，但这是南方海外的另一昆仑，不是位于西方海内的昆仑。毕沅注已指出："此东海方丈山也。《尔雅》云：'三成为昆仑丘。'是昆仑者，高山皆得名之。"此昆仑虽不一定是东海的方丈山，但毕沅引《尔雅》的话却是对的。这是《山经》与《海外经》原是一部著作的一证。其次，《海外经》后面，有"建平元年四月丙戌……"一行校进款识，《海内经》（不是《大荒经》后面的《海内经》）后面也有这么一行校进款识，而且是一字不差。这就使人感到奇怪，若说是每校完一部分便须有一行校进款识，为什么《五藏山经》的后面又没有呢？现在明白《山经》

和《海外经》原是一部著作的两个部分，而《海内经》则是模拟《海外经》的汉初楚人的另一著作，刘歆把这两部书取来合为一书，故于一部书校完以后标一校进款识。《荒经》以下五篇是刘歆校书以后加进去的，因而没有这种款识。这也可以作为《山经》与《海外经》原是一书的一证。这一部分写作的年代，蒙先生排定为靠近梁惠王十年（公元前360年），那就是在战国中期，大致不错。从《山经》所载的产铁之山竟多达三十七处，再从所记的各种疾病的名目以及预防、疗治各种疾病的药物单方（好些是属于神话幻想类的怪鸟、怪兽、怪鱼）看，应是铁器比较普遍使用、医药卫生事业也比较发达的战国中期以后才可能有的现象。《海外经》记有不死民（《大荒经》已记有不死国），以"不死"为言，也应是战国时代仙话侵入神话范围造成的现象。

最后，说一说《海内经》四篇，这四篇的后面单独有一行刘歆等校进款识，说明其原先自为一书，已如上述。蒙先生因这一部分经文有"大楚"、"钜燕"等称谓，便邃定为是西周时代的作品，未免证据薄弱。其实这四篇写作时代最近，应在汉代初年。最有力的证据，是这四篇中，秦汉的地名如桂林、贲禺、雁门、倭、列阳等层见叠出，却不见于其他各经（只有《大荒经》后面的《海内经》"南方……九嶷山，舜之所葬"下，有"在长沙、零陵界中"一语，"长沙"、"零陵"是秦汉地名，但已经有人指出：这是后人释语羼入经文的，不能因此一语就把它的写作年代推迟数百年）。而《淮南子·地形篇》"宵明烛光在河洲"、"雷泽有神"都是引用此经的（尚有多处是引用《山海经》其他各篇的），说明此书成书是在汉初《淮南子》成书以前。至于"大楚"、"钜燕"等文，不过是作者根据其所见的文献资料，沿袭旧时的称谓罢了。

二、《山海经》是"古之巫书"

《山海经》这部书，总共虽然只有三万一千多字，却是包罗万象。除神话传说外，还涉及地理、历史、宗教、民俗、历象、动物、植物、矿物、医药、人类学、民族学、地质学，甚至连海洋学所探讨的问题，也能在《山海经》这部书里得到某些印证，真可以说是一部奇书，一部古代人们生活日用的百科全书。日本伊藤清司教授曾经对它做过许多专题研究，自然是很有益的，但也仅仅是开始。至于我们，则对此书各方面的研究都还远远不够，甚至连神话传说这方面的研究也不够。鲁迅在《中国小说史略》第二篇"神话与传说"中论《山海经》说："所载祠神之物多用糈（精米），与巫术合，盖古之巫书也。"这个论断是很准确的。《山海经》确可以说是一部"古之巫书"，大概是古代楚国或楚地的巫师们传留下来的一部书。"巫以记神事"（鲁迅《汉文学史纲要》第二编语），宜乎在这部书里保存了这么多可贵的神话传说材料。更可贵的是，这些神话传说材料，还接近原始状态，没有经过多少修改。这是因为原始神话从原始宗教的母胎里诞生出来，开始时还有相对的一致性，宗教也还没有成为纯粹迷信的缘故。战国时代的巫师，终究去古未远，所以保存了这些原始神话而未加大的改动。至于这部巫书为什么除神话传说外又包罗了上至天文、下至地理那么多学问呢？这也并不奇怪，原来古代的巫师就是古代的知识分子——甚而可以说是"高级知识分子"，一切文化知识都掌握在他们的手里，他们并不是浅薄无知的。自然，当这一切文化知识通过巫师的手，用文字记录的形式将它们表现出来的时候，是不免要打上宗教的烙印，笼罩上神秘气氛的。《山海经》的情况就是如此。但这并不妨碍它作为古代文化知识的宝库呈现给我们，让我们从各方面对它做深入研究。

三、《山海经》的图画与文字

《山海经》是三部书合成的一部书,已如上述。但从它的具体内容和表现形式来看,将它分为《山经》和《海经》两个部分也是比较合适的。古时候人们大体就是这样区分的。

《山经》是《五藏山经》的简称,内容系记述中国名川大山的动植物,兼及鬼神,大都根据传闻和想象,其所记述的种种现已多不可考,由于篇末每有祠神用雄鸡、用玉、用糈等的话,又疑是巫神们所用的祈禳书。《海内经》、《海外经》和《荒经》以下五篇又简称《海经》,内容记述各种神怪变异和远国异人的状貌风俗,体制大抵同于《山经》而文字条贯似乎却没有《山经》的分明。为什么会有这种现象呢?我想只能从《山海经》图画与文字的关系这一点上寻求解释。

原来古时《山海经》都是有图画的,而且图画似乎还占着主要地位,所以又称《山海图》,晋代大诗人陶潜的诗里就有"流观山海图"这样的诗句,可以为证。但《山经》和《海经》两部分的图画与文字的关系又各有不同,应当分别加以考察。《山经》大概是先有了系统的文字记述,而后加以插图的;《海经》则相反,应该是先有图画而后有文字,文字不过用来作图画的说明的。最好的证明,是如今所见的《海内经》、《海外经》里,常有"一曰"字样:

> 雨师妾在其北,其为人黑,两手各操一蛇,左耳有青蛇,右耳有赤蛇。一曰在十日北,为人黑身人面,各操一龟。(《海外东经》)

> 蜪犬如犬,青,食人从首始。穷奇状如虎,有翼,食人从首始,所食被发,在蜪犬北。一曰从足。(《海内北经》)

可见刘歆在校录此经时，已有两种或两种以上的本子，随着图像不同而异其说明，故蛇为龟，从首或从足。这还只是大同而小异。清初校释《山海经》的毕沅说："海外、海内经之图当是禹鼎也。"推得过早。说是战国中期及汉初流行的图画大概可信，但已经就有如上所述的明显分歧了。毕沅又说："《大荒经》已下五篇所说之图，当是汉时所传之图也。"这只消把"汉时"二字，改作"战国初年"四字，或者便没有什么问题，但和海内、外经比较起来，就足见二者所做的说明，内容相差很多。毕沅于其小同处恒注以"此似释海外某经某某也"、"此似释海内某经某某也"，我看那原意就并不在释，尤其不会以较早的简单经文去解释较后的繁复经文，这都是毕沅的臆说。它们之间的不同，只是因为先前流行的图画又和后来流行的有了较大的差别，据图以为文，自然就成了两种不同的面貌了。《山经》部分却条理井然，没有这类的歧义处，可知是先有了文字而后才有图画的。

四、散漫和疏略的缺点

《海经》部分，保存中国古代资料最多，是研究中国古代神话的瑰宝，但因为是以图画为主而以文字为辅的，就不免常有散漫和疏略的缺点。先说散漫。除了"海外"各经较有条贯外，从"海内"各经以及"荒经"以下五篇里面我们就可以看出：

蛇巫之山，上有人操杯而东向立。一曰龟山。西王母梯几而戴胜（杖），其南有三青鸟，为西王母取食。在昆仑虚北。有人曰大行伯，把戈。（《海内北经》）

东海之外大壑，少昊之国。少昊孺帝颛顼于此，弃其琴瑟。有甘山者，甘水出焉，生甘渊。……大荒东南隅有山，名皮母地丘。东海之外，大荒之中，有山名曰大言，日月所出。(《大荒东经》)

这些确实是据图为文的文字，每条都可以单独成立，中间并没有有机联系。最后一篇《海内经》，我们看它所经的地区，由东而西，由西而西南，而南，而北，次序也嫌凌乱无章。大概都是经过简策散乱以后造成的现象，而据图为文的文字则是很容易造成这种现象的。

再说疏略。《海外南经》说："三苗国在赤水东，其为人相随。"我们就不知道"相随"的确切状态。《大荒南经》说："有三青兽相并，名曰双双。"我们也不大能够想象得出这种怪物的具体形貌。《大荒东经》说："有五采之鸟，相向奔沙，惟帝俊下友。"也很费解。《大荒南经》说："有神名曰因因乎，……处南极以出入风。"《大荒西经》说："有人名曰石夷，……处西北以司日月之长短。"这两位的形容状态，我们也无法凭想象塑造出来。诸如此类的例子，还可以举出好些。在以文字说明图画而图画尚存的时代，这类疏略是无关紧要的，只要一看图画就都心里明白，无怪陶渊明先生有"流观山海图"的乐趣；可是在丧失了古图而单剩下说明文字的今天，就不免偶尔要遭遇到在黑暗中摸索的苦恼了。

但虽说这样，《山海经》却是一部亟待研究的保存神话资料的重要著作。以前也有人做过一些研究，但都偏于琐碎（虽然《山海经》的文字本身就是很琐碎的），还没有人专门从神话的角度提出若干重要的问题来加以精深研究，而这种研究又是非常需要的，因为这对于整理中国古代神话，是有很大帮助的。

五、《山海经》的注本

不过话又说回来，《山海经》既然是古书当中比较难读的一部，有时连文字都很费解，要想做精深的研究，自然更是困难。所以对这部古书文字的校勘和训诂（尤其是《海经》部分）的工作，还是值得很好地去做的。现在通行的两种《山海经》的注本，毕沅的《山海经新校正》和郝懿行的《山海经笺疏》，都保存着郭璞的古注，都很不错，后者更是时有犀利的见解。在这两种注本之前，还有吴任臣的《山海经广注》，征引极博，也足供参考，可惜现在已经比较少见。诸家的注释，由于用的并不一定是研究神话的眼光（那时当然还不知道什么叫做"神话"），因此看起来就有这样一个缺点：往往不免失之迂阔。例如《海外北经》说："共工之臣曰相柳氏，九首。"明明就是个九头怪，毕沅注却偏偏这么说："疑言九头，九人也。"又如《大荒南经》说："羲和者，帝俊之妻，生十日。""生十日"明明就是生了十个太阳，郭璞注却偏偏这么说："言生十子各以日名名之。"要把它们解释作历史或人事上的普通现象。又如《海内经》："有木青叶紫茎，玄华黄实，名曰建木……大皞爰过，黄帝所为。"在"大皞爰过"下，郭璞注："言庖羲于此经过也。"郝懿行笺疏："言庖羲生于成纪，去此不远，容得经过之。"二说也是以人事现象释神话，均未得其解。根据我的研究，"过"字的含义，应该是"缘着建木，上下于天"的意思，似乎就比二家所说要妥当一些。我举以上几个例子只不过是说明：对这部书文字方面的深入细致的研究（作为进一步研究的基础），还是有其必要的。

第五章

一、神话对科学有启迪之功

　　第二章曾经提到，神话翅膀所翱翔的地方，每每成了科学创造发明的先声，看起来确实有些不可思议。神话和科学，好像是两个极端，一个是主观幻想，另一个是具有严格条件和要求的客观现实。但是说也奇怪，往往神话中幻想的东西后来被科学实现，神话竟成了科学的预言，或者说，神话不知不觉地走向了科学——这不是一件有趣的事吗？

　　马克思在《政治经济学批判·导言》里说："任何神话都是用想象或借助想象以征服自然力，支配自然力，把自然力加以形象化；因而，随着这些自然力之实际上被支配，神话也就消失了。在印刷所广场旁边，法玛还成什么？"又说："在避雷针面前，朱庇特又在哪里？在动产信用公司面前，海尔梅斯又在哪里？"

　　这段话的主要用意是，我们对它需要有正确的理解，不能理解为科学和神话是誓不两立的。只能这样来理解：马克思举出希腊神话中这几个著名的例子，说明有了科学的创造发明，神话中部分的幻想已被科学家实现，自然不得不消失。但神话对科学的启迪之功，终是不可没的，所以我们今天再来重温神话中的那些"儿童时代的天真"，感到有"永久的魅力"（马克思语），也是很自然的。

法玛是希腊神话中传闻的女神，古代希腊人想望消息迅速传播，故创造了法玛这样一个神话英雄的形象，后来这一愿望被印刷所的功能给予实现，因而法玛就不成什么了。朱庇特是希腊神话中的上帝，又是雷神，掌心里掌握着猛烈的雷火，可以任凭自己的意志去惩罚人和神；可是后来避雷针发明了，朱庇特自然也就不会和避雷针同时存在了。这类例子无非说明科学的创造发明，代替了神话的天真幻想，作为原始宗教信仰，这些神话中的神人虽然消灭了，但作为艺术形象，作为一种如马克思所说的"高不可及的范本"的艺术形象，它们还会长远地存在下去。

二、神话可称"幻想的科学"

　　高尔基在《苏联的文学》里告诉我们：在远古时代，人们就已经梦想能够在空中飞行，于是有关于"飞毯"的故事；梦想加快走路的速度，于是有"快靴"的故事；还想到在一夜之间纺织大量的布匹，一夜之间修造很好的住宅，甚至"宫殿"，等等。自然，这些不过都是神话的幻想，可是这些幻想，不是都已经被今天的科学实现了吗？今天的飞机、火车、电动织布机、住房快速施工法，等等，不是都已经代替了远古时代神话中的幻想了吗？而神话呢，在若干世纪前，就已经构成幻影想象到了这些事物，从某种意义上来说，某些神话实在可以称为"幻想的科学"。

　　中国神话在这方面一点儿也不逊于世界各国神话。千里眼、顺风耳的民间传说是大家所熟知的了，现在的电视、电话岂不是千百倍地扩展了千里眼、顺风耳的功能了吗？拿飞行的设想来说，中国的神话早已有"鲁班刻木为鹤，一飞七百里"（《述异记》卷上）、"奇肱民能为飞车,从风远行"(《博物志·外国》)这样的记述,说明我国人民至少在一千五六百年以前,已通过神话幻想对飞行做了科学预见的描绘,其准确的程度,当然又胜于像"飞毯"那样原始性的简单设想,实在令人惊讶。

《列子·汤问篇》记述了一个偃师向周穆王献机械人的神话。偃师所制作的那个机械人,不但能歌善舞,而且还能用眼睛传情达意,挑逗穆王左右的嫔妃,致使穆王疑心偃师是用真人假扮,差一点把他弄去杀头。即使有人怀疑《列子》是伪书,说这不过是晋人的设想,可是晋朝离现在已经一千几百年了,书中的描绘,和现在科学创造发明的机器人相比,竟不能不佩服那种设想的高妙,连现实事物可能也会自愧弗如。何况《列子》的取材,往往有更古的神话传说作为凭依,并非全是向壁虚造呢。

在医药方面,中国神话的想象更是大胆、突出,不死药就是明显的例子。中国神话的不死药,吃了除使人能长生不死外,还能使人起死回生。《山海经·海内西经》说:"开明东有巫彭、巫抵、巫阳、巫履、巫凡、巫相,夹窫窳(音轧臾)之尸,皆操不死之药以距之。"郭璞注:"为距却死气,求更生也。"很明显,诸巫所操的不死药,就是吃了使人起死回生的药。窫窳原是被贰负神和他的臣子危共同谋害死的,诸巫拿不死药去救活他。这是神话上有关不死药较早的记载。以后还有《博物志·外国》记叙的穿胸国。说穿胸国原本是被禹所杀巨人防风氏的后代,禹平治了水土,乘龙巡视海外各国,经过南方防风氏的部族。防风氏有两个臣子,想谋害禹不遂,怕禹降罪,拿刀自贯其胸而死。禹哀怜他们,叫人用不死草去救治他们,后来两人都活了,胸口从此留下一个洞,生下的后代就成了穿胸国。这是关于药物方面的大胆设想,今天科学发明中的某些药物可能已经达到这种疗效了。又还有关于医疗器械的。《述异记》载:"日林国有石镜，方数百里，光明莹彻，可鉴五藏六府。"这竟成了科学的预言，今天的X光透视之类，岂不真的"可鉴五藏（脏）六府（腑）"吗？还有关于手术方面的。《列子·汤问篇》载有一段扁鹊做外科手术的神话，说扁鹊将两个各有"疾"的病人，饮以毒酒，"迷死三日，剖胸探心，易而置之，投以神药，既悟如初"，各归往见妻子，"妻子弗识"。手术竟有这样的高妙，在两千多年以前，这当然是不可能的，只能算是大胆的设想，是神话；然而，今天医学上的创造，据说在东京国际脑外科会上提出的报告，说猴头移植已首次成功，云尚可施之于人头移植，如果真能这样，那么，《列子》所记扁鹊人心移植的神话，岂不真又成了科学的预言！

"嫦娥奔月"的神话，可说是达到了中国神话幻想的最高峰。神话居然设想吃了不死药的美丽妇女，竟飘飘然地飞入了月宫，幻想那团圞的皓月是可以居住人的地方。这想象是多么美妙！可又是多么大胆！今天载人宇宙飞船已经登上了月球，使"嫦娥奔月"神话成了科学的现实。科学的成就今天是如此，说不定有一天科学还会让人们登上别的星球。科学固然伟大，然而在两千多年以前，让人们做"嫦娥奔月"幻想，让人们通过幻想预见到今天科学现实的可能性的神话，岂不也同样伟大吗？

三、从解释世界到改变世界

"昔者初民，见天地万物，变异不常，其诸现象，又出于人力所能以上，则自造众说以解释之，凡所解释，今谓之神话。"这是鲁迅在《中国小说史略》第二篇"神话与传说"里一段有名的话，对神话起源，作了唯物主义的阐述。从这段话里，我们可以见到原始人类造作神话解释自然现象,实在含有强烈的求知的意味,这就是科学的萌芽。茅盾在《神话杂论·自然界的神话》里说:"解释自然现象的神话……可以说是原始人或野蛮民族的科学。"也正是这个意思。古代人们看见日月星辰往西北方的天空移动,大江小河的水往东南方的大地灌注,不了解这种自然现象,便造作神话说,这是共工头触不周山,折断了天柱,使"天倾西北,地不满东南"造成的结果;又看见参、商两个星座东出西没永远不相见,也不知道何以会如此,又造作神话说,他们原是高辛氏的叫做阏伯和实沉的两个儿子,因为不和睦,常常打架,干戈相寻,父亲把他们变作了两颗永不见面的星。如此等等,固然是神话幻想,但也未尝不可以将它看做一种古代人们的科学假说。虽然这类假说永远也不会通过科学研究而证实,不过基于求知这一点,神话和科学有共通的精神,人们终归还是会从神话幻想逐步走向科学的创造发明。

高尔基在《苏联的文学》里论到神话和现实主义与浪漫主义的关系时,曾经这么说:

> 神话是一种虚构。虚构就是从既定的现实总体中抽出它的意义而且用神话体现出来,——这样我们就有了现实主义。但是,如果从既定的现实中所抽出的意义上面再加上——依据假想的逻辑加以推想——所愿望的、可能的东西,这样来补充形象,——那么我们就有了浪漫主义,这种浪漫主义是神话的基础,而且它是极其有益的,因为它帮助激起对现实革命的态度,即实际地改变世界的态度。

这段话使我们理解到,神话虽说是一种虚构,但却不是虚妄,不是谎言,而是基于唯物主义和现实主义的积极的浪漫主义。这种浪漫主义的可贵之处在于：它对现实采取"革命的态度"，使幻想的事物有可能逐渐转化为现实的事物，从而"实际地改变世界"。因而某些神话，它可以帮助人们去认识客观真理，使人们从蒙昧无知或所知不多逐步走向科学文明。神话幻想翅膀翱翔的地方，决不会引人向后退，而总是导引着人们向着文化知识和自由进步一步步地前进。今天，当我们正奋勇地向着"四个现代化"进军、大力发展科学文化的时候，我相信神话在这当中，是会起到一定作用的。

第六章

一、神话响彻劳动的回音

中国神话和其他国家的神话比较起来,有许多共同处,但也有几点明显可见的特色。

首先,我们感觉到,在我国神话当中,响彻着劳动的回音。马克思主义的艺术观,认为一切文学艺术都起源于劳动,神话既然是古代人民的口头文学,不用说也是起源于劳动的。这是客观的真理,有大量材料可以证明这个真理。从我国古代神话传说中,我们可以具体、鲜明地看到如下事实:神话中所歌颂的具有威望的神或神性的英雄,几乎无一不与劳动有关。像开天辟地的盘古,炼石补天的女娲,发现药草的神农,教民稼穑的后稷,治理洪水的鲧和禹,亲自在历山种田、在雷泽捕鱼、在河滨制陶器的舜等都是。

高尔基说:"在原始人的观念中,神并非一种抽象的概念,一种幻想的东西,而是一种用某种劳动工具武装着的十分现实的人物。神是某种手艺的能手,人们的教师和同事。"从以上介绍的中国神话的主要内容来看,这种论断可说是确定不移的。

至于说到这些神话里的"劳动英雄"所从事的劳动工作,也是很有意思、值得探讨的。当然,既曰"神话",那么他们所从事的劳动,就不是平常的劳动,而是生上了"幻想翅膀"的劳动。

有的或者是凭借了神力，如女娲炼石补天；有的或者是使用了法宝，如鲧治洪水，使用了从天帝那里窃取来的息壤；有的神力、法宝或技术兼而用之，如射日除害的羿，既有天帝赐予的神弓神箭为之助，又倚仗着本身的神力和技艺；有的则干脆变作异物，从事某种特殊的劳动，以达到所预期达到的目的，如传说禹治理洪水，曾变作熊去凿山开路，等等。神话中英雄们所表现的劳动方式虽殊，其目的却无非想要达到如高尔基所说的"减轻自己的劳动，提高它的效果"这样的愿望罢了。这在生产力低下、长时期被生存的困难和与自然灾害做斗争的困难所压迫着的原始社会的人们，通过幻想创造这些神话英雄来鼓舞他们劳动的热情和征服自然的信心，原是容易被我们理解的。

二、舍己为人与博大坚韧

其次，中国神话的一个最主要的特色，就是从神话里英雄们的斗争中，我们常常可以见到那种为了达到某种理想，敢于战斗，勇于牺牲，自强不息，舍己为人的博大坚韧的精神。这种精神表现在古神话传说里，的确是富于传统的民族风格的。

最典型的例子就是大神鲧盗窃天帝的息壤用以平治洪水的神话。这个神话的部分内容和希腊神话盗火者普罗米修斯的神话非常相似。不过，普罗米修斯神话到神话中英雄被锁上奥林匹斯山，让宙斯派遣的崖鹰日夜啄食他的心肝为止，也就临近尾声，由此见到他为人民有宁死不屈的奋斗牺牲精神；而和他相似的鲧的神话，到此却还没有休止。鲧被天帝诛戮在羽山，死了三年尸体都没有腐烂，又从肚子里化生出他的儿子禹来继续完成他治水的功业。"鲧复(腹)生禹"

（《山海经·海内经》），自然是神话，但这神话却包含着多么丰厚而动人心魄的思想内容啊！《庄子·养生主》说："指穷于为薪，火传也，不知其尽也。"稍微有点和鲧、禹神话的意境相近。为人民谋幸福的宏大理想，使鲧竟坚韧到能抗击死亡，将自己全部心血和精魂化生出新的一代，去夺取斗争的胜利，那非凡的英雄气概，自然又超胜普罗米修斯了。神话中鲧的形象实际上就是世世代代和反动统治者做斗争、"野火烧不尽，春风吹又生"的英雄人民的形象，此其所以为动人心魄，为万古长新。

不仅是鲧，就是鲧的儿子禹，为了秉承鲧的遗志，继续平治洪水，神话里说他逐共工，杀相柳，诛防风氏，擒无支祁，化熊开山，坚持战斗，百折不回地以求达到目的。传说里更说他"沐甚雨，栉疾风"（《庄子》）、"手不爪，胫不毛"（《尸子》）、"颜色黧黑，窍藏不通"（《吕氏春秋》）、"身执耒臿，以为民先"（《韩非子》）、"居外十三年，过家门不敢入"（《史记》），等等。那种舍己为群，忘我劳动，大公无私的精神，又何尝多让于他的父亲！

不仅是禹，就是射日除害的英雄羿，也能够无惧于触忤天帝，居然一气射落殃害人民的天帝的儿子，又杀猰貐，诛凿齿，射大鹏，斩巨蟒，屠戮九头水火怪，生擒活捉大野猪，后来更和"化为白龙"、"溺杀人"的河伯战斗，射瞎了河伯的左眼。他那不顾利害，不计安危，只要是为人民的义之所在，就一往直前的战斗精神，也是令人深深感动的。

不仅是鲧、禹、羿，更往上推，就是那荒古神话传说中追日的巨人夸父，填海的小鸟精卫，以及被斩断了头颅，而犹"以乳为目，以脐为口"，左手执盾，右手持斧，在那里挥舞不息的无名天神刑天，他们那种被某种坚强的信念所萦系，虽然在他人看来事情已经"不可为"，可是他们却还奋斗不懈，为之不息的勇迈精神，是多么鼓舞和激动人心,让人神往!

不仅是上述的那些神人,就是后来《列子》所记叙的穿着寓言外衣的神话"愚公移山"里的愚公,为了要搬走阻挡在他家门前的太行、王屋两座大山,说干就干,马上和他的儿子、孙子动起手来,河曲智叟笑他愚拙,去劝阻他,他反驳河曲智叟的那番话:"虽我之死,有子存焉,子又生孙,孙又生子,子又生子,子又有孙,子子孙孙,无穷匮也,而山不加增,何苦而不平?"也使人于平易中悟出非凡的真理。愚公的精神实在和古神话里许多神人的精神是一贯的。

总之,不管是鲧、禹、羿也罢,不管是精卫、夸父、刑天也罢,或是后来传说的拔蛇的五丁、斗蛟的李冰也罢,他们的形象实在就是我国世世代代勤劳勇敢的英雄人民的最生动的概括。

三、反抗暴君的专制

在阶级社会的阶级斗争中,反抗暴君的专制,也是中国神话的一个显著特色。鲧和羿的反抗天帝,姑毋论了。即使在关于桀纣的神话传说中,代表人民的成汤和武王的反抗桀纣,同举义师,吊民伐罪,诸神也是站在成汤、武王这一边的。仙人师门为孔甲驯龙,不能投合孔甲的心意,孔甲就把师门杀了,但是葬身荒野的师门,却以焚烧王城附近的山林使孔甲受惊而死;周宣王冤杀杜伯,死去的杜伯突然出现,用箭射死正在田猎佚乐的周宣王,报了他的冤恨。如果还往下推,那么还有干将的儿子眉间尺与楚王所做的斗争,被煮在汤镬中的他的头,竟至于"七日七夜不烂",后来终于凭借了"道逢客"的宝剑报了父仇;还有韩凭的妻子与宋康王所作的斗争,当"阴腐其衣"的她从青陵台上跳下毅然就死的时候,被牵挽的她的衣服都化作了片片蝴蝶。凡此种种，都表明人民和残暴的统治者是站在不可调和的对立地位上的。"时日曷丧，予及汝皆亡！"《书·汤誓》里的这两句有名的誓词就代表了处在阶级矛盾尖锐时期，广大人民群众对于残暴统治者的切齿愤恨，因而许多神话传说也就通过幻想的形式鲜明地反映了群众这一斗争的正义性。

又还有，在长时期遭受严酷的封建统治的中国社会，随时都在产生着新的神话。这些神话的主题，往往就是描写青年男女对于爱情幸福和婚姻自由的追求，从而向封建势力展开了不屈的斗争。牛郎织女的神话首先唱出激情的歌子来，其次是七仙女和董永的神话，接着又是华岳三娘和她的儿子沉香的神话，然后又来了白娘子和许仙的神话，这些神话几乎无例外地通过了人神（只有白娘子是正统派眼光里所谓的"妖"，然而我们还当她是神）恋爱的关系向封建社会吃人的"礼""法"掷出了投枪。梁山伯祝英台的故事是一个美丽而悲凄的民间传说，然而"化蝶"的结尾，也带着充分的神话意味，并且把这一对以死来反对封建压迫的青年男女的斗志高扬了。凡是这类主题的故事，不论是神话也罢，还是传说也罢，从中都可以见到神话中包含的那种鼓舞人心的积极的浪漫主义精神。因而，如果说在阶级社会主要是封建社会中产生的一些神话传说还不可避免地带有封建性的糟粕的话，那么它民主性的精华也就从如上所说的特色中闪射出熠耀的光芒来。

第七章

一、神下地和人上天

　　研究中国古代神话，有一个复杂、有趣、值得探讨的问题，就是神下地和人上天的问题。中国神话的一个最突出的特征就是神话这条线和历史这条线互相平行，而又往往纠缠在一起搅混不清。神话可以转化为历史，即天上的诸神可以转化为人间的圣主贤臣，如皇帝（皇天上帝）转化作黄帝，火神祝融转化作高辛氏的"火正"，刑神伯夷转化作尧的法官皋陶，帝俊的生十个太阳的妻子羲和转化作尧的掌天地四时之官的羲氏、和氏，长鼻大耳的象转化作舜的弟弟象，等等。但这只是问题的一方面。历史是否也可能因人民世代的口耳相传而转化为神话，即人间的圣主贤臣，是否也可能神化而为天上的诸神呢？

　　现在就来探究一下这个问题。高尔基曾经说过："古代'著名'的人物，乃是制造神的原料。"这话是不错的，历史人物转化作神话人物，完全是有可能的。显著的例子，如伊尹、成汤、傅说、姜太公、李冰等，他们既是历史上实有的人物，而后世人们传说，又在他们身上附会了不少神话的因素。这样的人物在历史上不算很少。推而广之，就是尧、舜、禹等，也完全有可能是原始氏族社会时期的著名领袖，确实替人民干了不少好事，受到人民的尊崇敬爱，因而在传说中将他们神话化了,终于让他们上天去成了神。

不过,像尧、舜、禹等,问题就比较复杂些。如果没有地下出土文物证实,还不能贸然肯定他们为历史人物。而他们身上的神性,却表现得很充分。就以保存神话材料较少的尧而论,《山海经·中次十二经》也还有"洞庭之山,帝(尧)之二女居之……出入必以飘风暴雨"这样的记载,说明尧作为天帝的神性。因而这些人物最初是神话人物还是历史人物,是神下地还是人上天的问题,只好姑且存疑。

这样说来,神话不仅是因为神话历史化的缘故而有所散亡,且也因为历史神话化的缘故而有所增添了。是的,实际情况就是如此。如果只看到散亡的一面,而没有看到增添的一面,那是不符合客观事实的。我们之所以较多地谈到散亡并对之感到惋惜,是因为散亡的往往是最古老、最原始的神话,是产生于人类社会的童年时期而对我们来说具有不朽魅力的神话,而增添的则是较后起的神话,其中有些已多少含有封建性的糟粕。但虽说这样,从增添的神话中,也还是能见到其中闪耀的灿烂光彩,能看出古代劳动人民的爱憎取舍,我们也当一并予以考察和研究才是。

二、整理神话遇到的问题

如上所说,古代神话和古代历史既然是两条互相平行的线,而它们又时常纠缠在一起,搅混不清,那么,在由于神话历史化和其他种种原因而导致神话的散亡、只剩下零星片断的今天,如何根据现存的零星片断资料去整理古代神话呢?这是一个值得研究的问题。我认为:遵循历史这条线索去整理古代神话,不失为有效的办法。

玄珠（茅盾）在《中国神话研究ABC》（现更名为《中国神话研究初探》，收入《茅盾评论文集》下册及《神话研究》）中，早已主张"将一部分古代史还原为神话"，同时还论及进行这项工作的困难和应该怎样进行这项工作。他的主张我认为是相当正确的。先前我所做的神话整理工作，大体上就是"将一部分古代史还原为神话"，另将大部分神话都放在历史的肩架上——朝着这条路，采取这种办法去做。

但是问题来了。曾经也有同志不以为然，给我提出意见。认为不应该先盘古而后女娲，因为女娲之名早见于《楚辞·天问》，而盘古则是三国时吴人徐整著《三五历记》时才出现的。又认为不该先神农而后后羿（即羿），因为后羿是"原始渔猎社会之神"，而神农则是"原始农业社会之神"，照理农业社会是不该居于渔猎社会之先的。我一面感谢提意见的同志的好心指教，一面也不能不说说工作本身的困难。自然，如果依循各种神话故事见于现存记载的先后，或者依循各种神话所反映的社会形态在社会发展上的先后去整理神话，那也未始不可，但整理出来的将是另一种状态——是一种我所不愿意见到的状态。但如果遵循着历史的这条线索（即神话故事之间情节关联的先后）去整理神话，我想，实在没有办法先写女娲造人然后再写盘古开天辟地，或干脆把盘古扔开，略而不论，一开始就写女娲补天或女娲造人。如果真要这样，整个神话的顺序都会被打乱了，可以说简直无从着手。一切还得从盘古叙起，不管此说出现或先或后。而且根据至今还流传在很多少数民族人民口头的有关开天辟地的传说，我们相信盘古之说见于文字记录虽然较晚，且含有浓厚的哲学色彩，但它却是有着古神话传说的凭依的。正如女娲兄妹结婚的故事虽然始见于唐李冗的《独异志》，但它却与流传在今天少数民族人民口头的伏羲女娲兄妹结婚吻合，二者都有古神话传说凭依。因此实在没有法子先女娲而后盘古。神农和羿的情况也是如此：只能先有"尝百草"的神农然后才有尧时候射太阳的羿。羿既然已经被安排在特定的历史情境下了，他就没有办法"反其道而行之"，跑到神农皇帝前面去。否则整个故事就无从叙写起。何况他还有"请不死之药，姮娥窃以奔月"的神话，虽是后起，且带点仙话的意味，但既然已经被公认为是羿的主要神话之一，我们就不能舍之而不顾。既要采取，那就不能把已经到达高度医药水平的"请不死之药"的羿神话放到还需"尝百草"发明医药的神农神话之前。如果真要这么做，就未免太好笑了。所以整理古代神话，还是只得老老实实地先盘古而后女娲，先神农而后羿，循着历史这条线索，尽可能地去恢复古代神话的本来面貌。当然这种工作充其量也只能做到"近真"，若要做到"全真"，恐怕永远也不容易办到了。

根据中国神话本身的零星片断未加以科学整理的特殊情况，整理工作也是当前的一项重要任务，并且应当把它看做研究工作的一部分，没有研究就谈不上整理。例如女娲补天，我先前只是根据《论衡·谈天篇》和司马贞《补三皇本纪》等，将补天神话安排在共工怒触不周山神话后面，以为是共工使天地残毁，女娲来做修复工作，这就未经仔细研究，有点粗枝大叶。其实，假如把《淮南子·览冥篇》所记女娲补天神话和同书《天文篇》所记共工触山神话仔细对照研究，就看得出来：补天和触山原是两回事，没有丝毫联系。女娲所补的"天"，是天地大崩坏的"天"，整个天空都坍塌下来了，所以女娲才"断鳌足以立四极"。注意："立"的是"四极"，不是一极。而共工触山使天地残毁的局面呢，却只是小残毁的局面,所以才"天倾西北，日月星辰移焉；地不满东南，水潦尘埃归焉"，这种状况，至今如故，未闻修复。先前我把它们作了那样安排，就是未经仔细研究，贸然连缀的结果，不但于情理有碍，而且也损害了共工这个人物的形象。现在重新安排，另加叙写，情况就比先前好了些，但因种种缘故，还没有尽如理想。我举这个例子，只不过是说明：整理工作和研究工作是怎样的密不可分，没有很好的研究就不能很好地从事整理。

三、整理神话的两个步骤

整理大概可以分为两个步骤：一是连缀，二是熔铸。至于根据神话材料，进行创作，那又是另外一回事，是文学作品的范围，不在整理的范围了。现在只说整理。连缀和熔铸，虽有精粗之分，高低之别，但是整理的初阶，还是适于认真做连缀工作，不宜轻言熔铸。连缀工作做得差不多了，进一步可以试做熔铸工作。有几个大题目或可作为做熔铸工作的参考：（1）开天辟地（包括女娲、伏羲等神话），（2）黄炎之争，（3）舜象斗争，（4）羿与嫦娥，（5）鲧禹治水。我现在做的只是连缀工作，在连缀中稍微有一点局部的小小的熔铸，那就是当材料不足或古书的文义有疑难时，加入的"一些推想和假定"（茅盾《中国神话研究初探》语）;或当神话情节引起感情共鸣时，做了些文字上的渲染，实际上并没有放手去做这件工作。

要做熔铸的工作完全是可以的，而且也是必要的。我们既然已经掌握了许多宏伟瑰丽的神话零星片断，为什么不能有气势磅礴、灿烂多彩的神话整体出现呢？这是人民的需要，也是可期望于将来实现的。但是做这项工作，要注意以下两点：一是要具有中国作风和中国气派，因为写的是中国神话，不是希腊神话或其他外国神话，不要把外国神话的情调搬到中国来。二是即使是熔铸，也要对熔铸认真负责，熔铸进去的东西大致仍须有所依据，不能徒逞臆想，横添枝叶。要知道古代神话是古代人民的创造物,今天的人是不能再创造古代神话了。那种信口开河的"神话",只能说是对神话的践踏、蹂躏,和熔铸这个庄严的词是根本联系不上的。

中国神话传说

001 《天问》所问

请问：关于远古的开头，谁个能够传授？
那时天地未分，能根据什么来考究？
那时是混混沌沌，谁个能够弄清？
有什么在回旋浮动，如何可以分明？
无底黑暗生出光明，这样为的何故？
阴阳二气，掺和而生，它们的来历又从何处？
穹隆的天盖共有九层，是谁动手经营？
这样一个工程，何等伟大，谁个是最初的工人？

远在二千三百年以前，我们的大诗人屈原，就在他著名的诗篇《天问》里提出了一连串关于天地怎样开辟、宇宙怎样构成和谁是天地的开辟者这类问题。从这些问题里，我们可以看出一些糅混在哲理中的中国古代神话传说的影子。但因为只提出了问题，没有写出答案，古书里关于这方面的记载又常阙略，生在两千多年以后的我们，要想从这些问题里考见远古神话的真相，就很困难了。

002　混沌凿窍

　　有一个类乎神话的寓言，记载在比上述诗篇时间稍早一点的一部古书《庄子》里。故事说：南海的天帝叫儵（同倏），北海的天帝叫忽，中央的天帝叫混沌。儵和忽两人常到混沌那里去玩耍，混沌招待他们非常殷勤周到。有一天，儵和忽在一块商量怎样报答混沌的恩德。他们说，每个人都有眼耳口鼻……七窍，用来看呀，听呀，吃东西呀等等，偏那混沌一窍也没有，未免美中不足，我们不如去替他凿出几窍来。于是就带了斧头、凿子之类的工具，去给混沌开窍。一天凿一窍，七天凿了七窍。但是可怜的混沌，经他好朋友这么一凿，却"呜呼哀哉，寿终正寝"了。

　　这个有点滑稽意味的寓言，包含着开天辟地的神话的概念。混沌被儵忽——代表迅疾的时间——凿了七窍，混沌本身虽然是死了，但是继混沌之后的整个宇宙、世界却也因之而诞生了。

　　混沌，在中国古代神话里，确实是一个天神的名字。《山海经·西次三经》说，西方的天山上，有一只神鸟，形状像个黄布口袋，红得像一团红火，六只脚，四只翅膀，耳、目、口、鼻都没有，但却懂得歌舞，名字叫做"帝江"。帝江就是帝鸿，也就是那个作为中央天帝的黄帝，所以《庄子》寓言便直接把他当做中央的天帝。至于有人说混沌是黄帝的儿子，那倒恐怕是较后起的传说。

　　不管混沌是天帝还是天帝的儿子，除了追求"返乎自然"、"不识不知"、"无为而治"……的道家以外，是没有人欢喜这个黑糊糊粘连成一片的混沌的。所以后世的传说，混沌是被丑恶化了的。《神异经》说混沌是只既像狗又像人熊的野兽，有眼睛却看不见，有耳朵却听不着。因为是个"睁眼瞎"，自己走路很艰难，但别人到哪里去他却知道。遇着那有德行的人，他就一股蛮劲地去抵触他；遇着横行霸道的恶人，他反而服服帖帖，摇头摆尾地去依靠他。这种卑贱的脾气，实在是天然生成。平常没事的时候，这家伙，总爱自己咬着自己的尾巴，回旋着，仰面朝天，哈哈大笑。从这个传说里，可见人们对于和黑暗差不多同义的混沌，实在是没有好感的。

003　阴阳神和巨灵

关于开天辟地的正式的神话，出自汉代初年一部叫做《淮南子》的书里。大意说，当上古还没有天地的时候，世界的景象只是窈冥混沌，看不出一点形迹。混冥之中，慢慢生出了两个大神，一个是阴神，一个是阳神，在那里苦心经天营地；后来阴阳判分了，八方的位置也定出来了，阳神管天，阴神管地，这样就形成了我们的世界。

可是这个神话，哲学的意味过于浓厚，实在不能引起我们大多数人的兴趣。

比较能够使我们发生兴趣的，是另一部书上记载的一个叫做"巨灵"的天神，说他是和"元气"一齐降生下来的，又叫"九元真母"，本领极大，能够"造山川、出江河"，看来，是有做造物主的资格了。这神，据说是出于汾水的尾闾，原本是个河神，他曾经在华山显过一番手段，把那横亘在黄河中途的华山，"手荡脚踏，开而为两"，使河水可以一直从华山经过，不必绕道曲行，至今华山上巨灵开山的手脚迹印还宛然存在。恐怕正是为了这类传说，道家方士们才把这可爱的河神推升成了开天辟地的造物主，可是一经这样矫揉造作的雕饰，素朴的神话反而湮没不彰了。

说到河神巨灵，不禁使我们想到古代传说中那一对治理洪水的懒惰巨人夫妇的故事。据说天和地刚刚建立起来的时候，大地上只有洪水泛滥，天帝就派遣巨人朴父和他的妻子两人同去治理洪水。

这一对夫妇，真可算是硕大无朋，他们的身子各有千里之高，腰围的大小差不多也就和身子的高相等。这胖冬瓜似的两个肥汉，对于治水这件辛苦的工作当然是很感苦恼的了。所以他们一点也不用心，浮皮潦草地把工作干下去，只图早些了事。他们开导的江河，有的地方挖深了，有的地方挖浅了，有的地方淤塞起来了，有的地方被阻挡了：全部工程简直搞得一团糟，许多年以后才又劳烦大禹爷重新把洪水治理一番。天帝恼怒他们的懒惰懈怠，就罢免了他们的职务，责罚他们赤裸着身子，一丝不挂，肩靠肩站在东南角的大荒之中。不喝水也不吃饭，不怕冷也不怕热，只喝点天空中的露水，便能充饥。一直要等到黄河的水澄清，才能让他们夫妻"官还原职"。但要黄河的水澄清，据说要海与河断绝交流，这当然是绝对办不到的事，于是这一对懒汉夫妇就只好永远光着屁股站在荒野地上晒太阳了。

朴父夫妇的故事，那朴野处倒正是古代神话的本貌，两人的行径——治河——也有点类乎开天辟地的人物的行径，但可惜记载下来的故事似乎不十分完全。而两人的品行确实也并不很好，要设想他们是造物主或是人类的祖先，那未免是过甚了。

004　鬼母和烛龙

除此以外，还有"鬼母"的神话。这鬼母，住在南海的小虞山，又叫鬼姑神，虎头龙足，蟒眉蛟目，形状奇伟古怪。她的本领更是大极了，能够产生天、地和鬼。一次就能生产十个鬼。早晨生下来，到晚上她就把她的儿子们当点心吃下肚子去。这身份也有点像造物主的身份，可惜是鬼，吃儿子的行为实在也并不体面，所以终于只好是"鬼母"罢了。

我们要找开天辟地的人物，最后还是不能不想到较早的古籍《山海经》里所记述的那个钟山的"烛龙神"。这神，是人的脸，蛇的身子，红色的皮肤，身子有一千里长。眼睛生得很特别，像两枚橄榄般直竖着，合拢就是两条笔直的缝。这神的本领很大，只要他把眼睛一张开，世界就成白天，眼睛一闭拢，黑夜就降临大地。呼口气就乌云密布，大雪纷飞，成为冬天；吸口气马上又赤日炎炎，流金铄石，变成夏天。他蜷伏在那里，不吃饭，不喝水，不睡觉，不呼吸——一呼吸就成为长风万里。他的神力又能烛照九重泉壤的阴暗，传说他常衔一支蜡烛，照在北方幽暗的天门之中，所以人们又叫他"烛阴"。

论起烛龙的形貌和本领，实在是很有做造物主的资格了。但因为他还明显地残留动物的形体，未能像其他有名的天神那样的人化，所以虽然相貌奇伟，本领极大，到底没有人肯把他当作造物主看待，只好退居为一山的山神。也可算得是遭际不幸了。

005 "人日"的由来

除以上所说外，还有一个没有主名的造物主，也值得提出来谈谈。这应当从一个名叫"人日"的节日说起。"人日"，大家都知道，就是旧历正月初七日。杜甫诗有"草堂人日我归来"这样的句子，说的就是这个节日。但何以正月初七日叫"人日"呢？原来它关系到一段天地开辟的神话。据说在天地初开的时候，某个没有主名的造物主，在正月一日那天造作了鸡，二日造作了狗，三日造作了羊，四日造作了猪，五日造作了牛，六日造作了马，七日造作了人。这就是正月初七日叫"人日"的来由。这个没有主名的造物主，他的行事和功绩很有点类似《旧约·创世记》所说的耶和华。可惜古书的记叙过于简略，其详已不可知。和这相仿的还有一个有趣的传说，说天地开始的时候，有三只白老鸦，主管繁衍滋生各种各样的鸟类，也是有关原始开辟神话的零星片断而偶然遗存下来的，只好附记在这里算了。

006　龙狗盘瓠

开天辟地的人物，前文所说，既然都似是而非，那么究竟是谁呢？

在讲到本题之前，还是让我先来讲一个关于一只奇怪的忠勇的狗怎样杀敌受赏，娶了美丽的公主为妻的故事。

据说，在高辛王当朝的古时候，有一年，皇后娘娘忽然得了耳痛病，整整痛了三年，百般医治，没有效验。后来从耳朵里挑出一条金虫，形状像蚕子，大约有三寸左右长。虫一挑出来，耳痛病居然霎时间就好了。

皇后觉得奇怪，便用瓠子盛着这条虫，又用盘子盖着。哪知道盘子里的虫忽然变成一只龙狗，遍体锦纹，五色斑斓，毫光闪闪。因为是从盘子和瓠子里变出来的，所以取名叫做"盘瓠"。高辛王见了这狗，非常欢喜，行坐随身，寸步不离。

那时，忽有房王作乱，高辛王忧虑国家危亡，便向群臣说道："若是有人能斩房王的头来献，愿把公主嫁给他。"群臣看见房王兵强马壮，料难获胜，都不敢去冒这生命危险。

说话这天，宫廷里忽然不见了盘瓠，大家都不知道这狗究竟跑到哪里去了，一连寻找了好几天，都无踪影，高辛王深以为怪。

却说盘瓠离了宫廷，一直走到房王军中，见了房王，摇头摆尾。房王一见这狗，高兴非常，向左右臣僚说道："高辛氏怕快灭亡了吧！连他的狗都撇下他跑来投奔我，看来我房王是当兴了。"于是便高烧火炬,击鼓撞钟,举行宴会,为这个好征兆作乐庆贺。那天晚上,欢乐的房王喝得烂醉如泥,睡在中军帐中。盘瓠便趁这时机,猛去咬了房王的头,叼着它飞快地跑回高辛王王宫来。

高辛王看见爱犬衔了敌人的头跑回宫来,不禁大喜过望,便叫人多多拿些剁得细细的肉来喂他。哪知道盘瓠只把鼻头伸向盆边嗅了一嗅,便走开了,闷恹恹地去睡在屋角,不吃东西,也不活动,高辛王呼唤它也不起来,就这么过了两三天。

高辛王心里难过,想了一想,便向盘瓠说道:"狗啊,为什么既不吃东西,呼唤也不来呢?莫不是想要得到公主为妻,恨我不践诺言吗?并不是我不践诺言,实在是因为狗和人是不可以结婚的啊!"

盘瓠登时口吐人言,说道:"王啊,请不要忧虑,你只要将我放在金钟里面,七天七夜,我就可以变成人。"

高辛王听了这话,深觉诧异;果然将盘瓠放在金钟里面,看它怎么变化。

一天、两天、三天……到了第六天,期待结婚的多情公主怕它饿死,悄悄打开金钟一看,盘瓠全身都变成了人,只留一个狗头没有来得及变,从此再也不能变了。

于是,盘瓠从金钟里跳出来,披上大衣,公主则戴了狗头帽,他们俩就在皇宫里结了婚。

结婚以后,盘瓠带着妻子,到南山去,住在人迹不到的深山岩洞中。公主脱了华贵的衣裳,穿上庶民百姓的衣装,亲自操作,毫无怨言。盘瓠则每天出去打猎,以此为生,夫妻俩和睦幸福地过日子。几年以后,生下三男一女。于是带着儿女们回家去看外公外婆。

几个儿女都还没有姓氏,就请高辛王赐给他们姓。大儿子生下来是用盘子装的,就赐姓为盘;二儿子生下来是用篮子装的,就赐姓为蓝;只有三儿子想不出赐什么姓好,适逢天上有轰轰的雷声响过，便赐姓为雷。小女儿长大成人，招了个勇敢的兵士做女婿，跟着丈夫的姓姓了钟。蓝、雷、盘、钟四姓，互相婚配，后来子孙繁衍，成为国族，大家都奉盘瓠为他们共同的老祖宗。

这个故事大同小异地流传在中国南方瑶、苗、黎等民族中。"盘瓠"这两个字，音转而为"盘古"。据说瑶族人民祭祀盘古，非常虔诚，称之为盘王，人们的生死寿夭贫贱，都归盘王掌握。每逢天旱，一定要向盘王祈祷，并且抬了盘王的像游行田间，巡视禾稼。苗族也有《盘王书》，类乎《旧约·创世记》，传唱于苗民当中，说盘王是种种文物器用的制作者。三国时，徐整作《三五历记》，吸收了南方少数民族中"盘瓠"或"盘古"的传说，加以古代经典中的哲理成分和自己的想象，创造了一个开天辟地的盘古，填补了鸿蒙时代的这一段空白，成为我们中华民族共同的老祖宗。

这样一来，天地是怎样开辟的，宇宙是怎样构成的等问题，在神话中才得到了合理的解答。

007　盘古开天辟地

据说当天地还没有分开的时候，宇宙的景象就只是黑暗混沌的一团，好像一个大鸡蛋。我们的老祖宗盘古就孕育在这个大鸡蛋中。

他在大鸡蛋中孕育着，成长着，呼呼地睡着觉，这样一直经过了一万八千年。有一天，他忽然睡醒了，睁开眼睛一看，啊呀！什么也看不见，看见的只是漆黑黏糊的一片，闷得人怪心慌。

他觉得这种状况非常可恼。心里一生气，不知道从哪里抓过来一把大板斧，朝着眼前的黑暗混沌，用力这么一挥，只听得山崩地裂似的一声响：哗啦！大鸡蛋破裂开来。其中有些轻而清的东西，冉冉上升，变成了天；另外有些重而浊的东西，沉沉下降，变成了地。——当初是混沌不分的天地，就这样给盘古的板斧一挥，划分开来了。

天和地分开以后，盘古怕它们还要合拢，就头顶天，脚踏地。站在天地的当中，随着它们的变化而变化。

天每天升高一丈，地每天加厚一丈，盘古的身子也每天增长一丈。这样又过了一万八千年，天升得极高了，地变得极厚了，盘古的身子也长得极长了。

盘古的身子究竟有多长呢？推算的结果，说是有九万里那么长。这巍峨的巨人，就像一根长柱子似的，撑在天和地的当中，不让它们有重归于黑暗混沌的机会。

他孤独地站在那里，做这种撑天拄地的辛苦工作，又不知道经过了多少年。到后来，天和地的构造似乎已经相当巩固，他也不必再担心它们会合在一起，他实在也需要休息休息，终于，他也和我们人类一样倒下来死去了。

他临死的时候，周身突然起了大的变化：他口里呼出的气变成了风和云，他的声音变成了轰隆的雷霆，他的左眼睛变成了太阳，右眼睛变成了月亮，他的手足和身躯变成了大地的四极和五方的名山，他的血液变成了江河，他的筋脉变成了道路，他的肌肉变成了田土，他的头发和髭须变成了天上的星星，他的皮肤和汗毛变成了花草树木，他的牙齿、骨头、骨髓等，也都变成了闪光的金属、坚硬的石头、圆亮的珍珠和湿润的玉石，就是那最没用处的身上出的汗，也变成了雨露和甘霖——总之一句话：这"垂死化身"的盘古，用了他的整个身体使这新诞生的世界丰富而美丽。

关于盘古的神力和变化，还有种种传说。有说他哭泣流下的眼泪就成了江河，他吐出的气就成为长风，发出的声音就变作雷鸣，眼睛的闪光就成了闪电。又有说他一欢喜就是丽日晴天，一恼怒天空中就密布了重重的阴云。更还有特异的记述，说盘古乃是龙头蛇身，一嘘气就成为风雨，一吹气又来了雷电，睁开眼睛就是白天，闭上眼睛就变成黑夜；形貌和本领几乎和《山海经》里所记述的钟山的烛龙神完全相同。

尽管有这些不同的记述，有一点却是相同的，就是人们对于开天辟地的老祖宗盘古的崇敬和推尊。所以传说南海有绵亘三百里的盘古墓，用来追葬他的魂魄（如果真要埋葬他的身躯，这坟墓当然是太渺小了）；又有盘古国，一国的人都以盘古为姓，等等。

008　诸神创造人类

到这里为止，天地是怎样开辟的这个问题，总算有了解答。但人类又是怎样诞生的呢？比较早一点的说法，诞生人类，也还是前文所说的那阴阳两个大神的功绩。当他们开创了天地之后，就把残留在天地间的混浊的气变作了虫鱼鸟兽，把清明的气变作了人类。这类气体变化的学说是没有什么人相信的，所以后来湮沉下去，没有产生多少影响。

晚一点的说法，则说人类还是由于那个伟大的盘古在"垂死化身"的时候，身上各种各样的寄生虫，"因风所感"，变化出来的。这种说法固然更增加了盘古的伟大性，但同时却也损伤了人类的自尊心，所以终于没有流传开来。

更晚一点的说法，则说盘古也有一个妻子，妻子当然会生儿子，人类就这样滋生繁衍了下来。这虽然是合情合理的论调，但却又破坏了人们对于伟大盘古的幻想，所以毕竟还是没有取得大众的公认，沉沦了。

还有一种奇特而又美丽的说法，说人类是天上诸神共同创造的。黄帝创造了人类的阴阳性性器官；上骈创造了人类的耳目口鼻；桑林创造了人类的手足四肢；还有那个我们马上就要讲到的女娲，在共同创造人类的事业中，似乎也做了点什么工作，但究意做的是什么工作，我们却还弄不十分清楚，大概和孕育、化生之类有相当关系吧。

这个"诸神创造人类"的神话,确实很有趣,可惜古书的记载简略,所举的四个神当中,我们除了对黄帝、女娲还熟悉以外,上骈和桑林究竟是何方神圣,竟一点也不知道,他们合力创造人类的具体情况怎样,也很不清楚,所以这一则神话仍然没有流传开来。

倒是在这类纷纭的说法当中,出现了一种说法,说人类原是前面所说的那个叫女娲的女神独立创造的,这个传说既不平凡而又很近人情,结果赢得了大家的相信,"女娲造人"的故事便这样流传了下来,成为我们神话中一根富有诗意的琴弦。

009　伏羲和女娲

提起女娲，我们就想到另一传说中的伏羲。伏羲又叫"宓牺"，或叫"庖牺"，此外还有"伏戏"、"包羲"、"包牺"、"伏牺"、"炮牺"、"虑戏"等，都是古史上所记载的伏羲一名的不同写法。这伏羲也是我们祖宗里一位很有名的人物。传说，他和女娲本是兄妹，或者竟是夫妇；这种传说，可说是"由来已古"，证之于汉代的石刻画像与砖画和西南地区苗、瑶、侗、彝等少数民族民间流行的传说，更足相信。

汉代的石刻画像与砖画中，常有人首蛇身的伏羲和女娲的画像。这些画像里的伏羲和女娲，腰身以上通作人形，穿袍子，戴冠帽，腰身以下则是蛇躯（偶有作龙躯的），两条尾巴紧紧地亲密地缠绕着。两人的脸面，或正向，或背向。男的手里拿了曲尺，女的手里拿了圆规。或者是男的手捧太阳，太阳里面有一只金乌；女的手捧月亮，月亮里面有一只蟾蜍。有的画像还饰以云景，空中有生翅膀的人首蛇身的天使们翱翔。有的画像更在两个人中间挽着一个天真烂漫的小儿，双足卷走，手拉两人的衣袖，给我们呈现了一幅非常美妙的家庭行乐图。

从这些图像看来，伏羲女娲在古代传说里是一对夫妇那是毫无疑问的了。根据这些画像和史传上的记载，我们相信人类的确就是由这一对半人半兽的天神滋生繁衍下来的。

正因为他们是始祖神，所以又成了保护神，古人祠墓多刻绘伏羲女娲画像者，就是取其保护死者，使他安享地下快乐的意思。

010　兄妹结婚

说到西南地区苗瑶等少数民族民间流行的传说，那就更是有趣了。伏羲女娲，在这些民间传说中，不但是夫妇，而且是亲兄妹成为夫妇的。这些传说，各地大同小异；现在将广西融县罗城瑶民中的一段传说记述在这里：

天快要下大雨了，云密风急，雷声隆隆地吼过高空，小孩们都很惊怕，可是一般劳动者却还在外面工作，和平时一样，因为夏天常多雷雨，并不足怪，他们都是知道的。

那时有一个男子，也正在屋子外面工作。他把平时积蓄的晒干的溪沟里的青苔，拿去铺在树皮盖的屋顶上，这样就是大雨来了，也不怕把屋顶冲坏。

男子在屋顶上铺青苔，他的一对小儿女，都不过才十多岁，天真烂漫地在屋子外面玩耍，看他们的爸爸工作。男子把屋顶铺好后，便下来带着他的孩子们进屋子去了。这时，大雨陡然下来了，爷儿仁关上门窗，在温暖的小屋里享受家庭的快乐。

雨越下越大，风越吹越急，轰隆的雷声也越响越猛，好像是天上的雷公发了怒，威临人间，要降给人们以大灾祸似的。

这时屋里的男子仿佛预先知道将要大祸临头，便把早就做好的一只铁笼子抬了出来，放在屋檐下面，打开铁笼，自己手里拿了一只猎虎的叉子，勇敢地站在那里等候着。

天上浓云墨黑，霹雳的暴雷一个接着一个，可是站在屋檐下面的那个勇士，却非常地沉着，一点也不惧怕。

随着闪电和一声山崩似的巨响，青脸雷公果然手拿板斧，很快从屋顶上飞落下来，背上的肉翅扑扑扇动，眼睛里射出闪闪的凶光，屋檐下的勇士看见雷公降落下来，急忙用虎叉叉去，正中雷公腰间，便把雷公叉进铁笼，连笼子一起扛进屋子去。

"这下你可给我捉住了，看你还能做些什么？"男子笑着向铁笼里的雷公说。

雷公垂头丧气，没话可说。

男子便叫他的孩子们前来看守雷公。孩子们起初见了这奇形怪状的青脸雷公，都很惊怕。稍久一点儿，也就见惯不怪，不再怕了。

第二天早晨，男子到市上去买香料，准备把雷公杀了，腌渍起来，做下饭菜。临走时，嘱咐他的孩子们说："记着，千万不要给他水喝。"

男子走了，雷公在铁笼里假装呻吟，作出种种痛苦的模样。孩子们跑去看他，问他为什么呻唤。雷公说："我口渴，请给我一碗水喝。"年龄较大的男孩子说："爹爹临走时说过，不准给你水喝，所以不能给你。"雷公又恳求："一碗水不行，请给我一杯水吧，我实在口渴得很啊！"男孩子还是拒绝说："不行，爹爹知道了要骂的。"雷公仍旧固执地哀恳："那么，请去把灶头上刷锅的刷把拿来，洒几滴水给我也好呀，我快要口渴死了啊！"说完，便闭上眼睛，张开嘴巴，在那里等待着。

年纪较小的女孩子，见了雷公这般痛苦，自然动了少女慈悲怜悯的仁爱心肠，心想雷公被爹爹关在笼里，已经一天一夜，想喝点水都得不到，真是可怜啊！于是对她哥哥说："哥哥，我们就给他几滴水喝吧。"哥哥心想，几滴水或许是没有什么妨害的，就同意了。

兄妹俩就到厨房里，拿了刷锅的刷把，蘸了几滴水，去洒在雷公的口中。雷公得了水，非常欢喜，向孩子们致谢道："谢谢你们！

请你们暂时离开这间房子，我要出来了！"孩子们在仓皇中，刚刚跑出门外，只听得霹雳一声巨响，雷公已经冲破铁笼从小屋里面飞了出来。

雷公从自己嘴里，急忙拔下一颗牙齿，交给两个孩子，说："赶紧拿去种在土里，如果遭了灾难，可以藏在所结的果实当中。"说完就随着轰雷，飞上天去。孩子们望着天空，惊诧不已。

不久，买了香料，准备腌吃雷公的爹爹回家，忽见铁笼已破，雷公已逃，大吃一惊。急忙找到孩子们一问情由，才知道事情的经过原来是这样。爹爹预料到非常的大祸便要临头，也不去责备无知的儿女，赶紧备下材料，不分昼夜，打造一只铁船，以防危难。

两个小孩，也试着把雷公赠送的牙齿，半开玩笑地种在土中。说也奇怪，牙齿刚种下去不久，从泥土里就冒出了嫩绿的新芽。这新芽眼看渐渐长大，一天当中，就开了花结了果子。第二天早晨再去一看，那果子长得很大，成为一个奇大无比的葫芦。兄妹俩回家拿了刀锯，锯开葫芦的盖子一看，葫芦里的景象真是吓人，密密麻麻地生长了无数的牙齿。孩子们也不害怕，把这些牙齿都挖出来丢弃了。爬进葫芦去试试，葫芦大小恰好容得下两个孩子藏身，便把葫芦拖来放在僻静的处所安顿着。

到了第三天，爹爹的铁船刚刚打造好，天气陡然发生了猛烈的变化：四野刮起了黑风，狂暴的雨从冥空中倾盆而下，地底下喷涌起洪水，像野马般奔腾，淹没了丘陵，包围了高山；田园庐舍，林木村镇，都化作了一片沧海。"孩子们，"风雨中爹爹喊道："赶快躲避啊，雷公发洪水报仇来了啊！"两个孩子连忙躲进葫芦，爹爹则进了他自己打造的铁船，随着高涨的洪水，在浪涛上漂流。

洪水越涨越高，已经高到天空。铁船里的勇士，在风雨和狂涛中，刚毅地驾着他的船，一直到达天门。他站在船头用手拍门，"砰砰"的声音震响了九重天空。"快开门,让我进来!让我进来!"他在外面不耐烦地喊着,用拳头把天门捶得更响。门里的天神害怕了,急忙喝令水神:"赶快退水!"水神遵令行事,顷刻之间,雨止风停,洪水退去,一落千丈,大地上依然现出干燥的土壤。当洪水退落的时候,勇士随着他的铁船,从高空中跌落下来。因为铁船坚硬,碰击在地面上,摔得粉碎。可怜这敢于和雷公作战,并且囚禁过雷公的无名勇士,也和他的铁船一样,跌得粉身碎骨。

他的两个躲在葫芦里的儿女却没有死。因为葫芦是有弹性的,跌落下来,只不过跳几跳,仍旧安然无恙。兄妹俩从葫芦里爬出来,没有受到任何损伤。

经过这一场滔天的洪水,大地上所有的人类都死光了,只留下这两个小孩子,是人类中唯一存活着的孑遗。他们两个原本没有名字,因为是从葫芦里存活下来的,所以起名叫"伏羲"。"伏羲"就是"匏瓠",也就是"葫芦"的意思;男孩叫伏羲哥,女孩叫伏羲妹,就是"葫芦哥哥"、"葫芦妹妹"的意思。

大地上虽然灭绝了人类,这一对勇敢的少年,却靠了他们的劳动,仍然快乐无忧地生活着。那时天空和地面相距不远,天门时常开着,哥哥和妹妹,常常手挽着手,从天梯上攀登到天庭去游玩。

时光荏苒,他们都已长大成人,哥哥便想要和妹妹结婚,可是妹妹却不愿意。妹妹说:"这怎么可能呢,我们是亲兄妹呀!"经不起哥哥再三恳求,妹妹不能推拒,便向哥哥说:"你试追我,如果能够追到,就答应和你结婚。"于是哥哥和妹妹,就绕着一棵大树,追赶起来。妹妹机灵敏捷,追了好久,总是追不到。哥哥心生一计,追着追着,忽然转身而走,这样,一点也没有防备的气喘吁吁的妹妹,就迎面投入了哥哥的怀抱,他们于是就结婚做了夫妇。

做夫妇以后没有多久,女的便生产下一个肉球。夫妇俩觉得奇怪,便把这肉球切成细碎的小块,把它包了起来。带着这包东西,攀登天梯,又到天庭去游玩。哪知道刚刚升到半空,忽然一阵大风吹来,纸包破裂,细碎的肉球四散飞扬,落在大地上,都变成了人。落在树叶上的,便姓叶;落在木头上的,便姓木;落到什么地方,便拿那地方东西的名称作为姓氏。从此以后,世界上又有了人类。伏羲夫妇,便成为再造人类的始祖,与盘古之为人类的始祖性质差不多相同,或者伏羲就是盘古也很有可能呢。

011　雷神之子

前面把人类的起源和伏羲女娲两人共同的神话大略地讲了一讲，现在再根据汉民族古代的传说，把两个人的神话分别来讲一讲（因为在秦汉以前古书的记载里，伏羲和女娲并没有什么联系）。先讲有关伏羲的神话，再讲女娲的神话，讲了女娲的神话，人类起源的问题，就可以圆满地得到解答了。

伏羲的神话，现在存留下来的，已经不很多，我们只能根据一些有关他的零碎的材料讲讲。

据说在中国西北几千万里的地方，有一个极乐的国土，叫做"华胥氏之国"。那个国家之远，管你走路去也好，坐车去也好，坐船去也好，都是去不了的，只好是"心向往之"罢了。那个国家没有政府、首领，一般人民也都没有欲望和嗜好，一切听其自然，所以每个人的寿命都很长，生活得美满而快乐。他们能够走进水里面不怕水淹，走进火里面不怕火烧，在天空中往来如履平地，云雾阻碍不了他们的视线，雷霆也搅乱不了他们的听闻。这个国家的人民，实在是介乎人和神之间，可以说就是地上的神仙。

在这极乐的国土上，有个没有名字，就叫做"华胥氏"的姑娘。有一次，她到东方的一个林木蓊翳、风景美好、名叫"雷泽"的大沼泽去游玩，偶然看见一个巨人的足印出现在泽边，觉得又奇怪又好玩，就用自己的脚去踩一踩这巨人的足印，刚踩下去，仿佛有了什么感觉，后来就怀了孕，生下一个儿子，叫做"伏羲"。雷泽边上出现的这个巨人的足印，究竟是谁的足印呢？古书上没有记载。但雷泽的主神，我们却是知道的，那就是雷神，是一个人头龙身半人半兽的天神。这足印除了雷神不会再是谁的了。从传说中伏羲"人面蛇身"或"龙身人首"这类形貌来看，也可以想见伏羲和雷神之间的血统渊源，伏羲实在就是雷神的儿子。

012　天梯种种

伏羲既是天神和人间极乐国土的女儿所生的儿子，那么他本身具有充分的神性，是毫无疑问的了。神性的证明之一，就是他能缘着一道天梯，自由自在地上下。前文我们已经讲过他和他的妹妹攀登天梯的故事了，但天梯究竟是什么东西，我们脑海里却还没有一个清楚的概念。现在就来略讲一讲天梯。

天梯当然不是一种人工制造的梯子，像我们攀墙上屋用的那种梯子。不是的。天梯有两种，一种是山，一种是树，都是不假人力、自然生长的东西。古代人们的头脑比较简单朴质，设想神人或仙人之所以能够"上下于天"，并不是什么"腾云驾雾"，而都是这么足踏实地，缘着山或树一步一步爬上去或爬下来的。当然，这也不是一件简单的事，第一得有识见，要能知道什么地方有直通天庭的山或树可以爬上去；第二，还得有爬上去的本领。比如那昆仑山吧，谁也知道它是天帝的"下都"，它的最高的山岭，就直达天庭。可是事实上却很遗憾，据说它的下面，环绕着弱水的深渊，它的外面，又包围着炎火的大山，要上去的确很是艰难。别的天梯想来也不乏类似的障碍，所以古书上记载能够缘着天梯自由上下的，只有神人、仙人，再加上巫师这三种人罢了。但在远古还有天路可通的时代，我们想一定还有许多勇敢智慧的人民，曾经缘着天梯自由地上天下地，这暂且不必细说了。

山当中具有天梯性质的，除了上面所说的昆仑山外，还有华山青水之东的肇山，据说曾有仙人柏高，缘着这座山一直爬上天去；又还有西方荒野的登葆山，巫师们也从这里上下往来，直到天庭，做下宣神旨、上达民情的工作。

013　都广之建木

　　树木当中具有天梯性质的,据我们现在所知道的,只有建木一种。其他像北方海外的三桑、寻木,东方海外的扶桑,西方荒野的若木等,固然都是长达数十丈、数千丈乃至千里的大树,但究竟是否具有天梯的性质,由于古书上没有明确的记载,还很难说。只有建木,我们知道它的的确确具有天梯的性质。

　　建木在西南的都广之野。这地方据说是天地的中心。这真是一个好地方,百谷自然生长,不管是夏天还是冬天都能播种,生长出的稻、黍、豆、麦,又白又滑,好像脂膏。鸾鸟在这里唱歌,凤凰在这里舞蹈,各种各样的飞禽走兽都聚在这里,草木冬夏常青。更有一种像竹子般有枝节的叫做"灵寿"的树,开出芬芳美丽的花朵,它那坚劲的茎干可以给老人们做拐杖。这里可以说便是地上的乐园。有人说就是如今四川的成都,照地理方位和所描写的情景看,大概有此可能。

　　那棵极长的具有天梯性质的建木,就生长在这座乐园的中央。乐园已经是居于天地的中央了,这座天梯,更是居于天地中央的中央。所以到了中午,太阳照在它的顶上,它连一点影子都看不见;站在这里大吼一声,声音马上会消失在虚空之中,四面八方连一点回响都没有。建木的形状也生得奇怪:细长的树干直挺挺钻入云霄,两旁不生枝条,只在树的顶端,才生了些弯弯曲曲的树枝,盘绕起来像一顶伞盖,树根也是盘曲交错的。还有一桩出奇的事,就是把它的树干一拉,就有软绵绵的扯不断的树叶剥落下来,像缨带,又像黄蛇。

这座居于天地中央的天梯,就是各方的天帝或上天或下地的梯子,他们就缘着这棵直入云霄的细长的树爬上去爬下来(当然是很要有点本领)。伏羲就曾经在这棵树上爬过,说不定很可能他就是第一个去爬这棵树的人。作为他的神力的证明,单就这一点来说,已经很充足了。

014　伏羲的创造发明

在古代的神话传说里，伏羲是东方天帝。辅佐他的，是木神句芒；句芒手里拿了一个圆规，和东方天帝伏羲共同管理着春天。这句芒，是人的脸，鸟的身子，脸是方敦敦的，穿一件白色衣裳，驾了两条龙。据说，他是西方天帝少昊金天氏的儿子，名字叫做"重"，却来做了东方天帝的辅佐。人们叫他"句芒"，意思就是说，春天草木生长，是弯弯曲曲、角角杈杈的，"句芒"两个字就做了春天和生命的象征。据说春秋时，秦穆公是个贤王，能够任用贤臣，曾经拿了五张羊皮把百里奚从楚国人手里赎回来，委托他担当了国家的重任；又能厚爱百姓，曾经赦免了三百个把他逃跑的好马杀来吃了的岐下野人，后来这班人感念他的恩德，帮助他打败了晋国的军队，俘虏了晋国的国君夷吾；天帝因为他有这些好的德行，便叫木神兼春神的句芒给他添加了十九年的寿命。这天帝，不用说当然是东方天帝太昊伏羲了。

伏羲有一个美丽的女儿，叫宓妃，在洛水渡河淹死，就做了洛水的女神。诗人们对于她的美丽有最高的礼赞和歌颂，关于她的故事，在后文还要详细地讲到。

伏羲对于人民的贡献很大，史传上这么记载：他曾经画过八卦，把☰（乾）这种符号来代表天，☷（坤）这种符号来代表地，☵（坎）代表水，☲（离）代表火，☶（艮）代表山，☳（震）代表雷，☴（巽）

代表风，☱（兑）代表泽。这几种符号，包括天地万物的种种情况，人民就拿它来记载生活上发生的各种事情。史传上又说，伏羲把绳子编织起来，做成渔网，教人民打鱼；他的臣子芒氏（恐怕就是句芒），又仿照他的办法做成鸟网，教人民捕鸟：这对于改善人民的生活，更是有很大的帮助。

伏羲对人民贡献最大的，恐怕是把火种带给人民，让人民都能吃到烧熟的动物肉，以免大家生胃病、闹肚子吧。取火这件事，史传上有的记载到燧人名下，也有的记载到伏羲名下，更有的记载到黄帝名下，可见古来原无定说。伏羲又叫"庖牺"或叫"炮牺"，那含义就是"取牺牲以充庖厨"（《帝王世纪》），"变茹腥之食"（《拾遗记》）的意思，要想达到上述目的，一定得有火才成，所以"炮牺"（烧动物肉）的发明，其实也就是取火的发明。燧人钻木取火，其目的也正是为了"炮牺"。伏羲在神话上是雷神的儿子，他又是管理春天的东方的天帝，和树木的生长很有关系，我们想：雷碰着树木将会发生怎样的景象？那毫无疑问，将会燃烧起来，发生炎炎的大火。从伏羲的出生和他的神职联想起来，很容易得到火的概念。所以说我们把取火的发明，归之于伏羲，似乎更为妥当。当然，伏羲取得的火，大约就是大雷雨之后山林里燃烧起来的天然火，后来才有燧人发明钻木取火，钻木取火应该后于从山林里携带出来的天然的雷火。

015　燧人氏钻木取火

发明钻木取火，有一段类乎神话的有趣传说。据说上古时候，在西方荒远的地方，有一个国家，叫遂明国。这个国家，是太阳和月亮的光辉都照射不到的地方，不见天日，不识昼夜。在这个国家里，有一棵大树名叫"遂木"；这棵树真是大得非常，树根与枝叶屈盘起来，占了一万顷的地面。后世有一个智慧聪明的人，漫游天下，走得极远极远，远到连太阳和月亮都看不见了，于是就到了遂明国这个国度，在屈盘万顷的遂木下暂作休息。按理说呢，遂明国本来已经是一个暗无天日的国度了，大树林里想必更是黝黯，哪知道光景并不是这样。大树林里到处是闪闪的美丽的火光，像珍珠和宝石的闪光那样灿烂，照耀得四下里明明亮亮。终年不见天日的遂明国的人民，就在这一片灿烂的美丽的火光中，劳动和休息，吃饭和睡觉。这个智慧聪明的人，就去考察火光的来源：原来是一些形状像鹗的长脚爪、黑背脊、白肚子的大鸟，用它们短而硬的嘴壳去啄那树干（想来是吃树干上的虫子吧），在这一啄的顷间，就有灿烂的火光发出。聪明智慧的人见了这种景象，脑筋里突然领悟到了取火的方法，于是就把遂木的枝条攀折些下来，用小枝去钻大枝，果然也有火光发生出来，可惜用这种树钻出来的火，只有火光，并无火焰。后来他又改用别的树枝试钻，虽然比用遂木钻火要费劲些，钻了一会，终于先冒烟，后出火，树枝燃烧起来，得到真正的火了。他回到自己的国家里，就把钻木取火的方法教给人民,这一来就扩大了火的用途,人们要火就可以有火,不必去等待那天然的雷火,也不必一年四季都守着火堆唯恐它熄灭了。人民感念这钻木取火方法的发明者,因此叫他做燧人,燧人就是"取火者"的意思。

016　廪君创业

伏羲的后代，人们知道的，有西南的巴国。据说伏羲生了咸鸟，咸鸟生了乘厘，乘厘生了后照，后照就成为巴国人的始祖。巴国在天梯建木不远的地方，它附近还有一个国家叫流黄辛氏，又叫流黄丰氏，这个国家周围三百里的地区，都是山环水绕，远离尘嚣，清旷好像仙境。想来巴国的光景也会和这个国家差不多吧。

巴国，其实就是巴族，在它远古时代的祖先中，有一个著名的英雄人物，叫廪君，又叫务相，有些学者认为，他可能便是伏羲的子孙后代。有一段关于廪君的神话传说，看来还比较有意义，且把它叙写在下面。

廪君生长在南方的武落钟离山，最初名叫务相，是巴氏这个氏族的儿子。同住在这座山上的，还有别的四个民族，就是樊氏、曋（音审）氏、相氏、郑氏。这四族人都住在黑色的洞穴里，只有巴氏一族住在红色的洞穴里。五族人没有共同的首领，各自奉祀着本族人信仰的鬼神，谁也不肯让谁，常常为了一点细小的事故，互相争斗，你砍我杀，大伤元气。

天长日久，大家都感到再这样下去，一定会弄到连种族都绝灭。于是，五族的老人们便聚在一起商量：既然各族人民都奉祀着自己信奉的鬼神，谁也不服谁，那就最好推选代表出来比赛神通本领，看谁得胜，就奉谁做五族人共同的首领，再也不互相残杀。

大家都说："好！"

商议已定，各自回去向本族的人说明，推选出一名代表，到约定的那天出来比赛神通和本领。

巴氏族推选务相（就是后来的廪君）做他们的代表，其余各族人也都推选了自己的代表。到了预定比赛本领的那天，大家都装束齐备，簇拥着各自的代表，闹闹哄哄地跑到山顶上去。

比赛的第一个项目是掷剑。代表们站在山顶上，各人手里握了一把短剑，尽力向对面山崖的洞穴掷去。其余的剑都在中途纷纷落下了，唯独务相掷出的剑，像疾鸟般，直飞向对面山崖的洞穴，一下子钻进了石头，颤巍巍地插在穴顶。五族的人见了，齐声欢呼，狂挥乱舞着手臂，直向那洞穴奔去……

比赛的第二个项目，是坐雕花土船。各族的人预先造好一条雕着花纹的泥土做的船，放在河岸边，看谁的船能在河里驶行而不沉没，就奉谁做首领。船被推下河去，其余几姓的土船，驶行不到中流，都先后瓦解、崩溃，沉没到河里去了，惟独务相驾驶的土船，顺着河流，一直驶行了很久，很久，仍旧安然无恙。

两项比赛都是务相胜利了，再没有什么可说的，五族的人就一致奉务相做了他们的首领，就是所谓的"廪君"。

017　盐水女神

廪君做首领不久，这个统一的大部族就显出一片欣欣向荣的景象。由于人口一天天增加，原来的洞穴不够住了，山上的动物和野生植物也不够吃了，廪君便决定带领着他们，到别的地方去寻觅新的居地。

廪君仍坐着他那只神奇的雕花土船，其余各族的人便坐普通木船，浩浩荡荡，顺着夷水而下。不多几天，便来到盐水流经的盐阳这个地方。大家舍舟登岸，找地方搭起帐篷，准备在这里休息几天再出发前进。

盐水有一个女神，聪明而又美丽，对英雄的廪君产生了爱慕的感情，便亲自向廪君说："我们这里地方广大，又出产丰盛的鱼和盐，希望你和你的人民就留住在这里，不要再往前面走了。"廪君知道她的用意，虽然也爱慕盐水女神，但觉得这块土地并不如她所说的那么广大，出产的鱼盐也不如她所说的那么丰盛，作为一个部族的新居地，实在还不够理想，因此就没有答应她的请求。

这个痴心的女神，希望用爱情来挽留住自己恋慕的人，于是就在每天晚上，悄悄跑来伴同廪君住宿，待早晨天刚发亮，就离开帐篷，变成细小的飞虫，飞舞在天空中。山灵水泽的神灵和精怪，凡是同情盐水女神的痴心的，也都来帮助她，大家一齐变做小飞虫，在天空中飞舞。飞虫愈聚愈多，愈来愈密，以至于掩蔽了日光，使天地成为一片昏暗。

廪君带领着他的部族，要想启程出发，却被这声势浩大的飞虫之阵阻拦住了。虫阵包围着他们，使他们分辨不清东西南北的方向。这样的情景，一直持续了七天七夜。

廪君知道这是盐水女神故弄玄虚，便屡次劝她不要再纠缠；可是任性的女神，为了不让情人离去，总是置之不理。廪君无计可施，只得从自己头上拔下一缕头发，叫人带去送给她说："廪君送你这缕青色发丝，表示和你同生共死，请你一定把它带在身上，千万别扔了。"

盐神不知是计，便欢欣地把廪君送的青色发丝带在身上。

早晨，当她又变成小飞虫，会同各种各样的小飞虫，一齐飞舞在天空中的时候，那缕青色发丝也随着和风，飘飘荡荡地飞舞在天空中。

廪君站在地面上，觑得真切，就踏上一块久雨祷晴的"阳石"，弯弓搭箭，朝着青色发丝的所在，一箭射去。只听得微微一声呻吟，天空中有团亮光一闪，映出带箭的盐神的美丽身影，她脸色苍白，双目紧闭，从天空中轻轻飘坠下来，落到盐水的波面上，随着东流的江水流去，渐渐沉没了。霎时间，数不清的小飞虫都飞散得无影无踪，出现在众人眼前的，又是一幅秋高气爽、丽日晴天的川原的图景。大家禁不住手舞足蹈，一齐呐喊欢呼。在众人的欢呼声中，廪君仍然站在那块久雨祷晴的阳石上，无力地垂下了拿弓箭的手臂，怔怔地望着浊浪滔滔的盐水出神……

018　廪君立都

廪君带着他的部族,又坐船从盐水出发了。一路上,歌唱声和蓬蓬的鼍(音驼)鼓声震撼着大地,大家都为他们胜利的进军而兴高采烈。怀念盐神的廪君,被众人的欢乐情绪所感染,也不时开心地大笑。

他们的船队顺流而下,来到一处地方。这地方有高岸深谷,泉水回曲,林木蓊翳,看起来黑黝黝的,就像个大洞穴。

看到这种景况,大家的情绪都低落了。就连廪君也忍不住叹口气说:"真倒霉!就像我们住山洞没住够似的,才从洞里出来不多久,如今又到了这个大洞穴……"

廪君的话还没有说完,眼前的高岸一下就崩裂开来,现出了大约有三丈宽的一列石梯,一梯接连一梯,一直通到高处。

这真是意想不到的奇迹,连本来具有神通的廪君也被这景象惊呆了。待他渐渐回过神来,才带领众人踏着石梯,登上岸去看个究竟。

在高岸上,出现了一片平旷而富饶的原野,有丰茂的绿草,有高大的树林,美丽的花朵灿烂地开放着,各种小鸟小兽欢快地飞翔纵跳着,出没在花草和树木之间,真是一个适于居住的理想地方。

再一看,靠岸不远,有一块长一丈、阔五尺的平正的大石头,廪君就和各族的首脑在这块石头上坐下来商量修建都城的计划。廪君和众人一面谈着,一面把一些小竹片抛在石头上,拿它们来计算筑城时所需要的用项开支。说也奇怪，这些小竹片竟附着在石头上，像生了根似的；仿佛是廪君的祖先，那位东方天帝伏羲的旨意，要他们安心地住在这里，永远也不要离开。

　　于是，廪君率领着他的人民，真个就在这里建造了一座庄严雄伟的都城，名叫夷城。他们的子孙就在这里一代代地繁衍下去，后来就成为中国西南的一个强大民族——巴族。

019　女娲造人

关于伏羲、廪君等的神话传说讲得不少了，回过头来再讲一讲女娲。最初女娲这名字的出现，只是在《楚辞·天问》里，问了一个没头没脑的问题，大意说：女娲的身体，是谁做成的呢？这问题的确很奇，看它的意思似乎说女娲做成了别人的身体，她的身体又是谁做成的呢？替《楚辞》作注解的王逸先生根据别的传说把女娲的形貌解释了一下，说她是人的头，蛇的身子，这和武梁祠画像里所画的是一样的，可惜却没有说明她的性别。我们只得又去把最早编的第一部中国字典翻翻，在"娲"字的下面才见到了这样的解释：娲，是古时候的神圣女，化育万物的人。这才确定了她是一个女性的天神。

这个天神，神通非常广大，她毕生的功业，都表现在创造人类和补天两件事上。现在先讲她创造人类的故事。

当天地开辟了以后，虽然大地上已经有了山川草木，甚或也有了鸟兽虫鱼，可是没有人类，世间仍旧荒凉而且寂寞。行走在这一片荒寂的土地上的大神女娲，她的心里感觉非常孤独，她觉得在这天地之间，应当添一点什么东西进去，让它生气蓬勃起来才好。

她想了一想，就在一处水池旁边蹲下身子来，掘了池边地上的黄泥，掺和了水，仿照水里自己的形貌，揉团成第一个娃娃样的小东西。刚一放到地面上，说也奇怪，这小东西就活了起来，呱呱地叫着，欢喜地跳着。她给他起了个名字叫做"人"。人的身体虽然渺小，但因为是神亲手创造的，和飞的鸟、爬的兽都不相同，看来似乎就有管领宇宙的气概。女娲对于她这优美的创造品是相当满意的，便又继续用手揉团掺和了水的黄泥，造成许多男男女女的人。赤裸的人们都围绕着女娲跳跃、欢呼，然后或单独、或成群地走散了。

　　心里面充满了惊讶和安慰的女娲，继续着她的工作，于是随时有活生生的人从她手里降到地面，随时听得周围人们笑叫的声音，她再也不感觉寂寞和孤独了，因为世间已经有了她所创造的儿女。

　　她想让这些灵敏的小生物充满大地，但是大地毕竟太大了，她工作了许久，还没有达到她的志愿，而她却已经弄得疲倦不堪了。最后，她只得拿了一条绳子——想来就是顺手从山崖壁上拉下的一条藤，伸入泥潭里，搅浑了浑黄泥浆，向地面上一挥，泥点溅落的地方，居然也还是成了呱呱地叫着、欢喜地跳着的一些小小的人。这方法果然省事得多，藤条一挥，就有好些活的人出视，大地上不久就布满了人类的踪迹。

020 万世神禖

　　大地上既然已经有了人类,女娲的工作似乎可以终止了。但是她又考虑着,怎样才能使他们继续生存下去呢?人类是要死亡的,死亡一批又再造一批,太麻烦了。于是她就把男人们和女人们配合起来,让他们自己去创造后代,担负婴儿的养育责任,人类的种子就这样绵延下来,并且一天比一天加多了。

　　女娲因为替人类建立了婚姻制度,使男女们互相配合,做了人类最早的媒人,所以后世把女娲奉为高禖,高禖就是神禖也就是婚姻之神的意思。人们祭祀这位婚姻之神,典礼非常隆重,在郊野筑了坛,建立了神庙,用"太牢"的礼节(就是猪、牛、羊三牲齐备)来奉献她。每年到了春二月,就在神庙附近举行盛会,会合国中的青年男女,让他们欢游作乐。只要双方都玩得情投意合了,就可以不必举行什么仪式,自由地去结婚;把星月交辉的天空做帐子,把青草如茵的大地做床榻,任何人也不能干涉他们的这种行动。这大概就叫做"天作之合"。盛会期间,还有祀神的美妙音乐、舞蹈,让男女们可以尽情地欢乐。至于那些结了婚却没有儿女的,也纷纷来到神庙,求神赐给他们儿女,于是这婚姻之神又兼了送子娘娘的职务。各国祀高禖的地方不同,或在山林,例如宋国的桑林;或在水泽,例如楚国的云梦,总之是风景优美的地方。在神坛上面,照例总要竖上一块石头，人们对于这块石头，非常尊敬。它的含义我们还不十分明白，大概是原始社会人类崇拜生殖机能的一种风俗的遗留吧。

021　女娲补天

　　女娲创造了人类,又替他们建立了婚姻制度以后,许多年来,平静无事,人类一直过着快乐幸福的日子。不料有一年,不知道为了什么缘故,也许是神国出了大乱子,也许是新开辟的天地还构造得不结实,宇宙忽然发生了一场大变动。

　　看呐,半边天空坍塌下来,天上露出些丑陋的大窟窿,地面上也破裂成了纵一道横一道的黑黝黝的深坑。在这种大变动中,山林起了猛烈燃烧的炎炎的大火,洪水从地底喷涌出来,波浪滔天,使大地成了海洋。人类在这种情况下已经无法生存下去,同时还遭受着从山林里窜出来的各种凶兽猛鸟的残害,我们想想,这时候的世界,岂不就是一幅活地狱的景象!

　　女娲看见她的孩子们受到这样惨烈的灾祸,痛心极了,只得又辛辛苦苦地修补天地的残破。这件工作,真是巨大而又艰难呀!可是慈爱的人类的母亲女娲,为了她心爱的孩子们的幸福,一点也不怕艰难和辛苦,勇敢地独自担负起了这个重担。

　　她先在大江大河里拣选了许多五色的石头,架起火来将它们熔炼成胶糊状的液体,然后拿这些胶糊状的液体把苍天上一个个丑陋的窟窿填补好,仔细看虽然还有点不一样,远远看去也就和原来的光景差不多了。又怕补好的天空再坍塌,便杀了一只大乌龟,斩下它的四只脚,用来代替天柱,竖立在大地的四方,把人类头顶上的天空像帐篷似的撑起来。柱子很结实，天空再没有坍塌的危险了。这以后她又去收拾一条在中原地方为恶已久的黑龙。她杀死黑龙，又赶走各种恶禽猛兽，使人类不再惧怕禽兽的祸患。然后，她再把芦草烧成灰，堆积加多，阻塞住了滔天的洪水。这一场灾祸，总算被伟大的女娲一手平息，她的孩子们终于死里逃生，得到了拯救。

女娲费了很大的辛苦把天补好，把地填平，灾祸平息了，人类获得重生，大地上又有了欣欣向荣的景象。春、夏、秋、冬四个季节依着顺序过去，该热就热，该冷就冷，一点也不出乱子。据说那时候恶禽猛兽死的早已经死了，不死的也渐渐变得性情驯善，可以和人类做朋友了。人类快乐地生活着，浑浑噩噩，无忧无虑，一会儿以为自己是马，一会儿又以为自己是牛。田野里多的是天然生产的食物，用不着操心费神，便可以吃个饱足。吃不完的粮食就放在田边地角，也没人来要。生下的婴儿便搁在树巅的鸟巢里，风吹巢动，就像天然设置的摇篮。老虎豹子的尾巴可以拉着玩耍，踩了蟒蛇的身体也不怕受害。——这大约就是后来一般人所理想的"黄金时代"的上古了。

022　女娲的制作

女娲看见她的孩子们生活得好，自己心里也很喜欢，据说她又造了一种叫"笙簧"的乐器——其实就是笙，簧只是笙里的薄叶，使笙能够一吹就发出声音来——这乐器的形状像凤鸟的尾巴，有十三只管子，插在半截葫芦里面，她把它当做礼品送给她的孩子们，从此人类的生活就过得更快乐了。这样看来，伟大的女娲，她不单是创造的女神，她又是音乐的女神啊！

女娲做的笙，如今西南苗、侗等族人民仍然吹着，叫做"芦笙"，只不过它的做法和古代的笙略有些不同罢了。古代的笙是用葫芦（和伏羲、女娲曾经在葫芦里避洪水的传说当然有关），现在已改用挖空的木头，管子也少了几支，大体上还保留着古制的遗迹。说起吹芦笙，在这些古民族中，是怎样欢乐的盛会呀，它和少年男女们纯真的爱情又有着多么密切的关系呀！每年二三月，桃李花开的时候，当天朗无云、月光明媚的夜晚，人们便预先在田间地畔，选择一块平坦的空地，作为"月场"，穿着节日盛装的少年男女们，都到月场上来，吹着悠扬悦耳的芦笙，绕着圈子，踏歌跳舞，叫做"跳月"。或者是两人对舞，男的吹着芦笙在前面作引导，女的摇着响铃在后面跟随着，盘旋舞蹈，终宵都不疲倦。若是双方都跳得情意相投了，就可以手牵着手，离开人群，到秘密的地方去。这种跳舞，它和古代青年男女们在高禖神庙前的唱歌跳舞又是怎样的相像呀！笙这种乐器的创造，原来和爱情与婚姻是这样紧密地关联着的。

女娲做完了她为人类的工作，也终于休息下来了。这休息，我们叫它做"死"，但女娲的死，却不是灭亡，而是也像盘古一样，转化作了宇宙间别的物事。例如《山海经》里就这么记载着，说女娲有一条肠子，化作了十个神人，住在栗广之野，他们的名字就叫做"女娲之肠"。她的一条肠子还能化生作十个神人，我们就可想到她的整个身体可能化生作多少令人惊奇的东西了。

另外有一种说法，说大神女娲并没有死，而是在她做完了为人类的工作以后，就乘了雷车，驾了应龙，使白螭在前面开路，让腾蛇在后面跟随，黄云簇拥着她的车子，天地鬼神都闹哄哄地随从在她车子的后面。这样她就乘龙驾云，一直上升到了九重天顶，进了天门，去朝见了天帝，把她所做的工作简略地向天帝作了报告。此后，她就在天庭里静悄悄地住着，像隐士般，从不表彰她的功劳，也不炫耀她的声誉。她把这功劳和声誉都归之于大自然，她觉得她自己只不过顺应自然的趋势，为人类做了一点点微不足道的努力罢了。正因为这样，世世代代的人们，对于这"功劳上达九天，下到黄泉"的慈爱而谦逊的伟大的人类母亲女娲，才这样地感念不止，使她永远活在众人的心里。

023　少昊出世

女娲之后出现的一个大神,是太阳神炎帝,他和他的玄孙火神祝融共同治理着南方一万二千里的地方,是南方的天帝。有说他和黄帝本是同母异父兄弟,各人管领着天下的一半。黄帝行仁道,炎帝却不肯。所以后来弟兄俩在涿鹿之野打了一仗,战争的剧烈使战士们流出的血把狼牙棒都漂浮了起来。这种传说其实并不可靠,在下面篇章中我们就要讲到黄帝和炎帝的战争究竟是怎么一回事。至于说他们俩是同胞兄弟倒比较可信,因为别的一些书上也是这么记载的。

现在主要要讲的,是那个曾经和共工大战过的颛顼。颛顼,在神谱系中算是黄帝的曾孙,先做过北方天帝,后来又曾经一度做了中央的天帝。但是在讲关于颛顼的神话之前,还得先把颛顼的叔父,那个曾在东方建立过鸟的王国,后来又做了西方天帝的少昊的神话讲一讲。

西方天帝少昊,他的诞生,是不平常的。据说,他的母亲皇娥,原是天上的仙女,住在天宫里辛勤地织布,往往要织到夜深。有时工作疲倦,就驾了一只木筏,到银河上去游玩,常常溯流而上,一直驶到西海边的穷桑树下。所谓穷桑,乃是一棵万丈高的大桑树,桑叶红得像枫叶,桑葚又大又肥,紫晶光亮,一万年才结一次果实,吃了可以活得比天地的寿命更长久;皇娥最喜欢到这桑树下盘旋。

那时有一个少年，容貌超尘绝俗，自称是白帝的儿子，实际上就是那一颗在早晨东方天上闪闪发光的启明星，又叫做金星。他从天空降下到水边来，弹琴唱歌，和皇娥调笑玩耍。慢慢地彼此心心相印，产生了爱情，玩得竟忘了各自回家。这少年就跳上皇娥从银河驾驶来的木筏，划着木筏，两人一同浮游在月光笼罩的海上。他们拿桂树的枝条来做船桅，拿芳香的薰草拴在桂枝上做旌旗，又刻了一只玉鸠放在船桅顶端辨别风的方向，因为鸠这种鸟能够知道一年四季的风向。后世船桅上或屋顶上设置的"相风乌"，据说就是玉鸠的遗制。两个人肩靠肩地坐在木筏上，弹那桐峰梓瑟。皇娥倚在瑟边唱起歌来，皇娥唱罢，少年又唱，答和她的歌。一唱一和，快乐无穷。后来皇娥生下一个儿子，叫做少昊，又叫穷桑氏，便是他们俩爱情的结晶。

024　建立鸟王国

这个神的儿子，长大成人之后，便到东方海外去建立了一个国家，叫做少昊之国，大概就在归墟，就是我们在后面要讲到的五神山所在的地方。

他建立的这个国家，和别的国家都不相同，他的臣僚百官，尽是各种各样的鸟儿，可说是一个鸟的王国。在这些官员们当中，有燕子、伯劳、鹦雀、锦鸡，分别掌管一年四季的天时，凤凰便做总管官。又有那五种鸟，掌管国家的政事：鹁鸪每逢阴天下雨的时候，便把它的妻子赶出巢外，到雨过天晴的时候，又把它呼唤回来；公认为它既然能够管辖妻子，那么一定也就能够对父母尽孝道，便委派它掌管教育。鹫鸟相貌威武，性情猛悍，便叫它掌管兵权。布谷鸟在桑树上养了七个儿子，每天喂它们食物，早晨从上面喂到下面，晚上又从下面喂到上面，心地平均，便叫它掌管建筑营造，给众人盖房子，开沟渠，以免大家因分配不匀而闹意见。鹰鸟也是威严猛勇，铁面无私，便叫它掌管法律和刑罚。斑鸠这种形状像山雀的小鸟儿，一天到晚叽叽喳喳，性情活泼，便叫它管修缮等零碎杂活。又有五种野鸡，分别管理木工、金工、陶工、皮工、染工五种工程。又有九种扈鸟，管理农业上的耕种和收获。——在这鸟的王国，朝堂上开会商量国事的时候那才有趣呢：只看见五色缤纷的毛羽乱飞，只听见一片唧唧啾啾的声音齐鸣。少昊，那个百鸟的王，坐在朝堂的中央，我们一直还没有弄清楚他的形貌，古书上也没有明确的记载。从他"挚"这个名字推想起来，大概该是一只鸷鸟，如鹰鹯之类；所以才统领了他的族类，在东方建立了这么一个鸟的王国。古书上说他"以鸟纪官"，而这些官都不过是人这样的说法，是不大可靠的。

当他在东方鸟的王国做国王的时候，他的侄儿，就是我们后面要讲到的那个后来做了北方天帝又一度做过中央天帝的颛顼，曾经到这里来看望他，并且帮助他处理国政。这少年虽然大有才干，年纪毕竟还小，需要娱乐和游戏。做叔叔的少昊，便特地为侄儿制作了琴和瑟，供他玩耍。后来侄儿长大成人，回他自己的国家去了，琴瑟没有了用处，少昊便把它们抛丢在东海外的大壑之中。说也奇怪，每当夜静月明、碧海无波的时候，从那大壑的深处，就会传来一阵阵悠扬悦耳的琴瑟声音，直到许多年以后，乘船过海的人，偶然还会听见海波中这种神秘的音乐呢。

025　少昊与蓐收

少昊在东方建立了国家，不知道又经过了多少年，终于他回到西方他的故乡去了。回去的时候，他留下了一个鸟身人脸的名叫重的儿子，做了东方天帝伏羲的属神句芒；他本人则带着另外一个名叫做该的儿子，就是作为他的属神的金神蓐收，到西方做了西方的天帝，管理着西方一万二千里的地方。

不过，他们父子俩实际上的职务，似乎倒比较清闲：少昊住在长留山，主要就是察看沉没向西天去的太阳，看它反射到东边的光辉是不是正常。蓐收住在长留山附近的泑山，所做的工作大概也和他父亲做的差不多。太阳西沉，气象辽阔浑圆，霞光红映半天，所以少昊又叫员神，蓐收又叫红光，单从他们的名字上就可以想象到这一幅庄严而美丽的"落日"图景了。

而且还据说，在大地的西极，西海边上的那棵少昊母亲和她的情人曾经在那里游戏过的大桑树的巅顶，有十个红艳像莲花样的太阳，一字排开，悬挂在上面。这些太阳都是轮流出去值班，回来休息的。它们灿烂的光华，照临着大地——这种景象又是多么迷人啊！想必做考察落日反光工作的少昊和蓐收，是每天都能看见这种美景的。

蓐收除了做以上所说的工作之外，还掌管着天上的刑罚。据说春秋时有个叫做虢的小国，这小国的国王叫丑，有天晚上做了一个奇怪的梦，他梦见在宗庙的西边阶沿上，威风凛凛地站着一个神人：

人的脸，老虎的爪子，遍身白毛，手里拿了一把大板斧。国王丑一见，心惊胆战，回头便跑，只听那神人喝道："不要跑！天帝给了我一道命令，叫晋国的军队开进你的京城！"国王丑吓得不敢说话，只得连忙打躬作揖，于是便从床上惊醒过来。心想这梦可不大妙，赶紧召了太史嚚来，请他讲讲这梦的吉凶。

太史嚚想了一想，说道："据你所说的梦中那个神的形貌看来，准是蓐收无疑了。这蓐收，是天上的刑罚之神，你梦见他，可要当心些啊！因为国君的吉凶祸福，全看他的政治措施怎样而定呢。"国王丑的政治措施正是很糟糕，一心巴望太史嚚向他说出一篇吉利话，听了这番直言，心里老大不高兴，一怒之下，便把太史嚚关进监牢，并且传话出来，叫臣僚百官都来恭贺他这个怪梦。愚蠢的国王，以为这么一来，就可以转祸为福了。

虢国的大夫舟之侨眼见国王这样昏庸，不胜感叹，便向他宗族里的人说道："我老早就听见很多人说虢国快要灭亡了，现在才知道实在不错。你看我们的国王多糊涂，自己做了个怪梦，不好好想想为什么会做这怪梦，因而警惕起来，反叫人来恭贺怪梦——也就是说恭贺大国来侵略自己，希望这么一粉饰太平，就能够消灾弭祸，这种举动多愚蠢啊！我实在不乐意坐在这里等待国家灭亡，不如趁此时机，远走高飞的好。"于是，英明的舟之侨就带领着他的宗族，搬迁到晋国去了。六年以后，晋献公借了虞国的道路，出兵进攻虢国，虢国果然灭亡了，虞国跟着也灭亡了。

作为刑罚之神的蓐收，在虢国灭亡的这回事当中，正直无私地执行了天帝对于虢国国君的惩罚，他不愧是少昊的著名的儿子之一，和他的哥哥句芒——那个木神而兼生命之神——所做的工作实在是相反而又相成的。

026　少昊的后代

少昊的子孙后代中，还有些也是很有名的。例如他的一个叫做般的儿子，发明了弓和箭；另外一个叫做倍伐的儿子，被贬谪到南方季釐之国的缁渊去居住，就做了缁渊的主神。北方海外，有一个国家，叫做"一目国"，这一国的人，相貌生得很奇特：一只眼睛，长在脸的中央，据说就是少昊的后代。此外，像尧时帮助尧治理国政的皋陶，禹时帮助禹治理洪水的伯益，汾水的水神台骀，据说都是少昊的子孙。

俗话说："十个指头，长短不齐。"少昊的子孙当中，也有不肖的子孙，例如穷奇，就是少昊的一个著名的不肖子孙。据说这穷奇，是一只像老虎的猛兽，胁下生有翅膀，能在天空飞行。懂得人们的言语，常从天空中飞扑下来抓吃人们。他吃人却又吃得奇怪，看见人们打架，便常把那正直有理的一方吃下肚去；听说某人忠诚老实，他就吃掉他的鼻子；听说某人作恶多端，他反而捕杀了野兽来馈赠给他：他就是这么个难以理喻的怪物。

但据有的书上说穷奇实在也并不那么坏。古时候人们在腊日——十二月初八日——前的一天，在皇帝的宫廷里，一定要举行一个隆重的典礼，叫做"大傩"，用以驱除妖魔鬼怪。那仪式就是先从宦官的家属中选择十岁以上、十二岁以下的小孩子一百二十个来充当"侲子"，头上包了红帕子，身上穿了黑罗衫，手里拿了大摇鼓，咕咚咕咚地摇着那摇鼓，跟随在方相氏的后面。那方相氏是一个由人装扮的威武的鬼王，头上戴了一个大的假面具，四只用金箔做成的眼睛，发出闪闪的金光，背上披了熊皮，黑衣服，红裙子，右手拿戈，左手拿盾，在前面开路。另由十二个人，披毛戴角，扮作十二只奇形怪状的走兽的模样，也跟随在方相氏的后面。这十二只走兽当中，就有穷奇，他的职务就是和另外一只叫做腾根的兽共同去吃那害人类的蛊。所谓"蛊"，多半是些毒性猛烈的虫，种类很多，有什么蜥蜴、蚂蟥、蜣螂、金蚕等，据说是有些坏蛋专门制造了它们来害人的。他们把各种不同的虫一股脑儿放在一个盆子里，让它们互相吞食，吃到最后还生存着的一个，就把它取来做蛊，蛊害人们。穷奇和腾根的任务，就是要共同消灭这类害人的家伙。这一队驱妖逐邪的队伍，就由宦官和宫廷里面杂七杂八的执事人员带领着，熙来攘往，游行在皇帝的宫苑中。并且还由宦官们倡导，孩子们附和，唱一首奇特的威吓妖魔的歌，歌词的大意是——

  妖魔呀妖魔，
  你不要猖狂，
  我们有十二个神人，
  一个个猛勇难当！
  他们丝毫也不留情面，
  要把害人的家伙一气扫荡——
  他们要烧焦你脆弱的身躯，
  要拉下你的足杆和手膀；
  要把你身上的肉斩成片断，
  还要抽出你的肺肝和胃肠；
  你若是还不识相，赶快逃跑，
  慢一点就要捉住你当成食粮！

歌词唱完，方相氏和十二只兽便一同跳起舞来，大家齐声欢呼，在宫苑前后周游三遍，然后打着火把，将疫鬼送出大殿正门，又由门外的一千个卫士接着火把，传送到皇宫门外，宫门外又有五营骑士一千来把火把接着，骑着马一直跑到城外的洛水去，将火把纷纷丢进洛水里面，认为这么一来，妖魔鬼怪就随着火把被水流卷去了，大家于是心安体泰，回去睡觉。——从这类风俗仪式看来，少昊的那个不肖子孙穷奇，其实也并不全坏，他有时对于人们也还是有些益处的。

027　颛顼"绝地天通"

和少昊几乎同时,作为北方天帝出现的一个大神,是颛顼。颛顼是黄帝的曾孙,据《山海经》记载,黄帝的妻子雷祖——就是发明养蚕的嫘祖——生了昌意,昌意大概在天庭犯了过错,被贬谪到下方的若水(在今四川境内)居住,生了韩流,韩流的形状很奇怪:长颈子,小耳朵,人的脸,猪的嘴巴,麒麟的身子,两条腿是骈生在一起的,足也是猪的足,娶了淖子氏的女儿做妻子,就生了颛顼。颛顼的形貌,大概也有几分像他的父亲。

当少昊在东方海外建立鸟的王国的时候,幼小的颛顼,曾一度到那里去游玩,并曾帮助他的叔父处理国政。后来长大成人,他就回国来,做了北方的天帝。他手下的属神,就是我们将要在下面提到的那个海神而兼风神的禺强;禺强,又叫玄冥,论起辈分来,还算是颛顼的父辈。可是他却忠实地做了本领高强的侄儿的部下,毫无怨尤。叔侄俩共同管理着北方积雪寒冰的荒野,一共一万二千里的地方。

中央的天帝本来是黄帝,是神国的最高统治者,大概因为正心安理得地做着天帝的时候,突然被蚩尤带着苗民捣了一场乱(下面就要讲到),打了好几年仗,后来虽然终归把蚩尤杀死,把乱事平定了,究竟心里不大痛快,有些厌倦天帝这职务,看见曾孙颛顼办事情很能干,便把中央天帝的宝座一度传让给颛顼,叫他代行神权。

颛顼登上了天帝的宝座，果然表现出他统治宇宙的高强本领，远远胜过他的曾祖父。

他首先做的一件大事情，就是派了大神重和大神黎去把天和地的通路阻断。

原来在这以前，天和地虽然是分开的，但还是有道路可以相通，这道路就是我们在前面所讲的各个地方的天梯。天梯固然是为神人、仙人、巫师三种人而设，但下方也有许多勇敢智慧的人民，凭了他们的智慧和勇敢，也可以攀登天梯，直达天庭。所以春秋时候楚昭王问大夫观射父说："我看见《周书》上这么记载着，说重和黎就是隔断天地通路、叫天和地不相通的人，这怎么解释呢？照这样说来，若是重、黎不隔断天地的通路，岂不是下方的人民都可以上天吗？"这个天真的问题恰好说明了古代神话的真相。的确是这样：那时天和地是有道路可以往来的，人民有了痛苦，可以直接到天上去向神诉说，神也可以随随便便地到人间来游玩，人和神的界限并不是很严格。

可是很不幸，据有的书上说，天上出了一个叫"蚩尤"的恶神就利用这机会，偷偷到下方来，煽动下方的人民跟他造反，当初南方的苗民独不肯跟从他，蚩尤就制作了种种残酷的刑罚，来逼迫苗民跟从他，久而久之，苗民受不过这种种酷刑，又兼眼见行善的受罚，作恶的有赏，就渐渐在罪恶的空气里泯灭了善良的天性，都跟着蚩尤作起乱来了。这一变，就变得比一般最初跟蚩尤作乱的人都要凶，那目的恐怕就是要帮助蚩尤夺过天帝的神座。这样一来，据说大多数善良的百姓，因此便首先遭受了他们的祸害，于是那些无辜被杀戮死掉的冤魂，都跑到做天帝的黄帝面前诉冤；黄帝派人查了一查，果然查出蚩尤的罪恶实在臭不可当。为了保护善良百姓，黄帝就点齐天兵天将，到下方去给蚩尤一场痛剿。结果蚩尤被诛，剩下少数的孑遗，再也不成部族，完成了天帝的"天讨"。

到了颛顼继承黄帝做了天帝，这场变乱的教训，使他思考着，觉得神和人不分出界限，混居在一起，总是弊多利少的，将来难免没有第二个蚩尤起来煽动人民，和他作对。于是，他便命他的孙子大神重和大神黎把天和地的道路阻断，叫人上不了天，神也下不了地：虽然大家牺牲自由，却维持了宇宙的秩序和安全，应该是公认的好办法。从此，大神重就专门管理天，大神黎就专门管理地。

大神重和大神黎遵命行事，各伸出一双毛毵毵的硕大无朋的手臂，一个把天托起来，尽力往上掀；一个把地按捺住，努力朝下按。这么一来，天就渐渐更往上升，地就渐渐更朝下降，本来是相隔不远的天地，就相隔得老远老远的了。

天和地的通路隔断了，管理地的大神黎，到地上以后还生了一个儿子，名叫"噎"，长着一张像人的脸，没有手臂，两只脚反转过来架在头顶上，在大荒西极一座"日月山"上的"吴姖天门"——这天门，就是太阳和月亮进去的地方——中，帮助他的父亲管理日月星辰的行次；也正像炎帝的七世孙噎鸣一样，是一位时间之神。这样一来，神人不杂，阴阳有序，人间天上，据说都各保平安了。

自从隔断了天和地的通路，天上的神偶然还可以私下凡间来，地上的人却再也没有法子上天去了，人和神的距离一下子就拉得很远。神只是高高地坐在云端，享受人类的牺牲和献祭，而人类有了痛苦和灾难，神却可以不闻不问，让他们各自去饮泣吞声。

神和人有距离，影响到下方，人和人慢慢地也有了距离。一部分人努力往高处爬，变成了地上的统治者，大部分人却被压在底层，成为少数人的奴隶。种种的不幸已经来到人间，大地上渐渐笼罩了一片阴影。

028　鬼子和鬼鸟

身为天帝的颛顼,对于下方人民的痛苦,似乎并不怎么顾念,因为至今我们在历史书上也还没有找到他顾念人民的事实,倒是从有些传说看,他可还是很讲究"礼法"的。据说,他曾经定下这么一条重男轻女的法律:妇女们在路上碰见男子,一定得赶快让路,若是不然,就得把她拉到十字路口去,叫巫师们敲钟击磬,作起一场法事来,祓除她身上的晦气。可怜的倒霉女人受了这番作弄,以后自然提高警惕,碰见男人就会像见了鬼一样,回头就跑,立法者心里还洋洋得意,以为用这种办法来压制妇女真是妙呢。又据说那时候有兄妹俩结婚做夫妇的,他在盛怒之下,便把这一对乱伦败德的男女流放到崆峒山的深山去,没有食物,饥寒交迫,两个人只得互相紧紧地抱着,饿死在深山穷谷之中。后来偶然飞来了一只神鸟——可能是海神而兼风神的禺强吧,看见这一对情人死得可怜,便去衔来了不死之草,覆盖在他们身上。过了七个年头,他们都复活了,可是复活后的他们,身子早已经粘连在一处,成为两个头、四只手和四只足的怪人。以后他们生下的子孙,也是这般模样,于是这些怪人就自成一个部族,叫做"蒙双氏"。

人民对于这位非常重视秩序和讲究礼法的天帝,观感似乎并不怎样好,因为传说中他的不肖儿子独多于其他的天帝。据说他有三个儿子,生下不久都死掉了。一个居住在江水,变做疟鬼,散布疟疾病菌给世间，叫人一碰上就会害寒热，打摆子；一个居住在若水，变作魍魉——这魍魉，形状像三岁的小孩子，红眼睛，长耳朵，黑中透红的身体，一头漂亮的乌油油的头发，最喜欢学人的声音来迷惑人们；还有一个便变做小儿鬼，居住在人家的屋角，专门教人生疮害病和惊吓人家的娃娃。三种鬼都是害人的东西，也都在前面所述的被方相氏驱逐的众疫鬼之列。宫廷中逐疫是那么一种隆重的仪式，民间逐疫的盛况其实也不减于宫廷。农村的人到了腊月初八这天，也都打着细腰鼓，扮着金刚力士，由一个头戴鬼脸壳的壮汉率引着，把这些给人带来疾病灾祸的鬼怪赶逐到远方去。

除此而外，颛顼还有一个儿子，叫做梼杌，更是凶顽无比。他又叫傲狠，又叫难训，从这些不同的名字中，也就可以想见他的为人了。这梼杌，据说就是一只猛兽，形状像老虎而比老虎大，遍身长着两尺多长的长毛，人的脸，老虎的足，猪的嘴和牙齿，尾巴长有一丈八尺；逞着他野蛮凶暴的性情，任意在荒野之中胡作非为，简直没法制止。

在这些鬼儿子中，颛顼还有一个不知名的儿子，瘦筋筋的身子，生性最是奇特，虽然身为贵家公子，却喜欢穿破烂衣服，喝稀饭汤汤。正月月底这天，他在巷子里死掉了，于是人们便赶上这天做了稀饭，抛弃了破烂衣裳，在各自所在的巷子里祭祀他，叫做"送穷鬼"。唐代的大文学家韩愈还写了一篇《送穷文》，开头便说："三揖穷鬼而告之。"可见送穷鬼的风俗习惯由来已久，也可见人们对这个鬼儿子的观感实在不佳。

还有一种怪鸟，叫做姑获鸟，又叫天帝少女，或叫夜行游女。它喜欢晚上飞行，白天隐藏，穿上羽毛就成为飞鸟，脱下羽毛又变成女人。这种鸟没有儿子，喜欢攫取人家的儿子来做自己的儿子，若是看准了谁家的小孩，便把脖子上的血滴下来点在他的衣服上做标记，然后设法取走孩子。据说这鸟有九个脑袋，又叫九头鸟，或叫鬼车、鬼鸟。又说它原本是十个头，后来被狗咬掉一个。那断头的脖子常常滴血。人们怕被血点染，晚上只要听见这种鸟的飞鸣声，就赶紧叱住狗吠，灭掉灯光，使它尽快地飞过泽国。

这种九头怪鸟既然又叫"天帝少女"，这"天帝"似乎也非颛顼不足当之，姑且把它也记在颛顼的名下。

倒是颛顼另外一个儿子，叫做穷蝉的，和人们的关系还算好，是人们家里的灶神。灶神到了每年腊月二十三或二十四日，就要上天去奏白人们家里的事情。人们怕他向天帝说坏话，便要在这天祭灶。除了供献饼饵、果子、鱼鲜之外，还要供献一种特殊的食品：胶牙糖。用这种糖来把灶神的牙粘住，使灶神在奏事的时候，说话含糊不清，使说者听者都不得不不了了之。这真是聪明的人们对付神的好办法。——至于这叫做穷蝉而作了灶神的颛顼的儿子的本来面貌是怎样的呢？却是毫不足奇：原来他便是灶上常见的蝉状的红壳虫，人们称之的灶马、蟑螂，四川人叫做"偷油婆"的。《庄子·达生篇》所说的"灶有髻"，就是这种物事。

颛顼的子孙后代，也和其他的天帝一样，非常繁衍。例如南方的荒野，有季禺国和颛顼国；西方的荒野，有淑士国；北方的荒野，有叔歜国和中𬶨国等，都是颛顼的子孙后代繁衍成国的。此外，在西方的荒野，还有一个部族，叫做三面一臂，一族的人通长着三张脸，可是手臂却只有一条，这些怪人都能长生不死，也都是颛顼的子孙。

029　彭祖长寿

颛顼的子孙中，有一个非常著名，就是彭祖。彭祖是颛顼的玄孙，他的父亲陆终娶了鬼方氏的女儿，叫做女嬇，怀了三年的孕，孩子总是生不下来，没有法子，只得用刀子剖开左边腋窝的下面，于是从中生出了三个儿子；又用刀子剖开右边腋窝的下面，又生出了三个儿子；彭祖就是这些孩子们当中的一个。彭祖姓篯，名铿，据说从尧舜时代一直活到周朝初年，活了八百多岁，临死时还怨叹自己太短命了。他的寿命为什么活得这么久呢？他是天帝的子孙，自然是原因之一，可是天帝的子孙却也并不是每个人都长寿的，而他却特别地长寿，这中间想来别有缘由。据说殷朝末年，彭祖已经活了七百六十七岁，而相貌看去并不显得衰老。殷王羡慕彭祖的长寿，特地派遣一名采女乘了辎軿车去请教彭祖延年益寿的方法，彭祖说："延年益寿的方法自然是有着呐，可是我的见闻浅薄，实在说不出个所以然来。就拿我本人来说吧，还没生下来，爹就死了，妈抚养我到三岁，妈也死了。剩下我这孤儿，历来又遭遇犬戎的捣乱，流离到西域去，经过了一百多年。从我年轻时到现在，总共死去了四十九个妻子，夭折了五十四个儿子，我经历的人生忧患也不算不多了，精神上大受影响。加以我幼小时身体本来不结实，以后又没有得到很好的调养，你看我这一身多干瘦，恐怕快不久于人世了，还说得上什么延年益寿的方法啊！"说罢，彭祖就叹息了一声，飘然而去，不知所往。又过了七十多年，听说有人在流沙国的西部边境上，还看见那"不久于人世"的彭祖，骑了一匹骆驼，在那里慢慢地走着呢。彭祖不肯说出他长寿的秘诀，一般人就纷纷加以猜想，有说他所以长寿，是经常服食一种叫做桂芝的药物；有说他所以长寿，是善于做一种深呼吸运动。其实都不是。实际上倒是因为他擅长烹调一种美味的野鸡汤，他把这种野鸡汤奉献给天帝，天帝享用了，觉得滋味实在不错，心里一高兴，就赐给了彭祖八百年的寿命。可是心高志大的彭祖，到他临死的时候，还觉得非常遗憾，认为他实在还没有活够，年纪轻轻就短命死了呢。

030　猪婆龙和鱼妇

老童和太子长琴，也是颛顼的子孙们中较有名的。老童是颛顼的儿子，说话的声音常常像钟击磬，很有音乐的韵味。太子长琴是老童的孙子，居住在西北海外的榣山上，开始创作出种种美妙的歌曲来。

他们这种音乐的天赋，实在和颛顼喜欢音乐有密切的关系。作为一个天帝，自然，颛顼不是理想的天帝，可是作为一个音乐的爱好者，他对音乐却有很高的鉴赏力，是不可多得的"乐迷"。当他幼年在东方海外做客的时候，百鸟婉转悠扬的歌声已经使他深深受到音乐的洗礼了，后来他的叔父少昊又特别拿琴和瑟来供他弹弄抚玩，就更养成了他对于音乐的爱好。他做了天帝之后，听见天风吹过的声音，熙熙凄凄锵锵的，好像乐器上奏出的乐声，非常动听。他很喜欢这种风的歌曲，便叫天上的飞龙仿效风的歌声作出八方风的乐曲来，总命名叫"承云之歌"，拿它来奉献给暂时退休的曾祖黄帝，以讨他的欢喜。他制作歌曲制作得起劲了，便又叫一只猪婆龙来做音乐的倡导者。这猪婆龙，形状像短嘴巴鳄鱼，身体有一两丈长，四只脚，背上和尾巴上都有坚厚的鳞甲，性情懒惰，喜欢睡觉，常把眼睛闭着养神，可是谁要惹了它，它也会马上给你个不客气。它虽然一向对音乐很是生疏，听了上帝的委命，却也乖乖地马上翻转它笨大的身躯，仰叉叉地躺卧在殿堂上，用它的尾巴来敲打它那凸出来的白而放光的肚皮：咚咚——咚咚！咚咚！——咚咚！声音真是美妙极了。颛顼听了高兴非常，便叫猪婆龙做了天上的乐师。猪婆龙这一表现本领倒不打紧，它的声名很快就传遍世间，人们都知道这种动物的皮具有音乐的性质，可怜它的种族和后代儿孙却遭了大殃。人们把它们捉了来，剖下它们的皮来蒙鼓，那嘭嘭的响亮的声音倒是怪带劲呢，无论战争也好，祭祀也好，娱乐也好，这种鼓都是离不了的——可是猪婆龙却一天比一天稀少了。

  和好些天帝一样，传说颛顼也曾经死去，于死去之后却发生了奇怪的变化：当大风从北方吹来，地下的泉水因为风吹而涨溢出地面的时候，蛇就会变化作鱼，那死了的颛顼，就趁着蛇化为鱼的机会，附在鱼的身上，死而复活。复活的颛顼，他的身体半边是人，半边是鱼。这种奇怪的生物，叫做"鱼妇"，意思大概是说鱼做了他的妻子，救活了他的性命吧。据说周民族的祖宗后稷也曾发生类似的变化：他在他的坟墓里面，死而复活了，半边身子正是鱼的形躯。

031 神国大战

自从女娲把天地修补好，世界上长时期又安宁无事。可是这个局面，后来却被神国的一场大战争打破了。交战的双方，自然都是高级的天神。根据古书的记叙，一方是很明确的，那就是水神共工。至于另外一方呢，则是众说纷纭，很不一致。或说是女娲时代的祝融，或说是神农，或说是高辛，或说是颛顼。根据我们的考察，自以最后一说较为可信。因为此说不但记录的时代最早，记录本身也最全面详尽，所以我们决定采用这一说法。

水神共工，本是炎帝后裔火神祝融的儿子。他的形貌是人的脸，蛇的身子，红头发。当时世界形势是陆地占十分之三，海洋江河湖泽沼占十分之七，共工就利用水的优势来控制天下。在黄帝和炎帝的战争中，共工用水帮助炎帝作战发挥了相当作用，后面我们还要大略讲到。

共工有两个臣子，一个名叫相柳，又叫相繇，也是人脸蛇身，浑身青色，长着九个脑袋，九个脑袋需要同时吃九座山上的食物；另一个名叫浮游，他生前的状貌是怎样，我们已经不知道了，只知道他死后曾经变化作一头红熊，跑到晋平公的屋子里去，躲在屏风后面，探头缩脑地向屋里窥看，结果把晋平公骇出一场大病。共工还有一个不知名的儿子，死在冬至这天，死了以后变成厉鬼，在人间作祟。这鬼什么都不怕，却单怕红豆。聪明的人们了解他这种习性，就在每年冬至这天做了红豆粥来禳祓他。厉鬼一见红豆粥，就骇得只好远远地逃跑开去。这帮人的形象自然都不太好，只不过古书记载如此，我们只好照样转述。倒是他另外一个名叫修的儿子还好，这位公子秉性恬淡，没有别的嗜好，只是喜欢漫游各地，观览名山胜水，只要是车子、船或步行能够到达的地方，都有他快乐而潇洒的游踪。人们对于这位公子的观感还不错，他死了以后，大家就奉祀他做了祖神。祖神，就是旅行之神的意思。古时候人们每逢出门旅行，定要先祭祀祖神，称为祖道或祖饯，附带设了酒宴，给出门的人送行，取神灵护佑，一路平安之意。他还有一个叫后土的儿子，则是一个赫赫有名的神，幽冥世界的统治者，下面还要大略讲到他，这里就不多说了。

共工和颛顼的战争，总的说来，是黄帝和炎帝战争的继续和余波，作为炎帝后裔的共工和作为黄帝后裔的颛顼都到了非打不可的时候。表面上是为了争神座，骨子里却是共工起兵，继蚩尤、刑天之后为失败的炎帝复仇。

在颛顼统治宇宙时期，曾经有过许多暴政，最没有道理可讲的，就是他把太阳、月亮和星星都拴系在北方的天空上，让它们永远固定在那里，丝毫也不能移动。这么一来，大地上有的地方永远明亮得连眼睛都睁不开，有的地方却永远黑暗得伸手不见五指，教人们感到生活非常不便，万分痛苦。横暴的颛顼，不但用他严酷的专制压迫着大地上的人类，也压迫着天上一部分他所不满意的神。北方的水神共工，这个在黄炎之战中败北的炎帝的后裔，自然也是被压迫者。后来，共工再也忍受不住颛顼的威压了，又兼受到祖辈失败耻辱的刺激，就暗中约集天上同受压迫的众神，以自己为盟主，统领着炎帝败残的余部，突然发难，起来推翻颛顼的统治，夺取天帝的宝座。

神国的这一场战争自然是很猛烈的，详细经过的情况现在已经不大清楚了，想来共工的臣子相柳、浮游，以及颛顼的几个鬼儿子和他的属神禺强等也都投入了这场战争。他们从天上打到凡间，一直打到西北方一座叫做"不周山"的山脚下，双方的军队还在那里鏖战不息。

032　怒触不周山

　　这不周山，山形最是奇崛突兀，它恰像一根巨大的柱子，直上云霄，何止万丈，也不生什么苍松翠柏，尽是一层层堆垒上去的赭黄色的峥嵘的岩石。说它像柱，一点也不错，它原本就是一根撑天的柱子，是身为天帝的颛顼维持他宇宙统治的主要凭借之一，说不定也就是女娲时代用以撑天的四只大乌龟足中的一只所变化的呢。总之，双方的军队打到这根天柱下面来了，打得难解难分，不分胜负。

　　共工一时不能取胜，陡然怒气发作，火冒三丈，猛地一头向不周山碰去。这位天将在神国素来以身长力大闻名，不周山经他这么一碰，只听得轰隆哗啦一声巨响，霎时间便把这根撑天柱子拦腰碰断，横坍下来。

　　天柱既经碰断，整个宇宙又发生了一场大变动。西北的天空失去撑持，倾斜下来，使本来被拴系而固定在北方天空的太阳、月亮和星星再也不能在它们原来的位置上站住脚，都不由自主地纷纷挫断系缚，朝着倾斜的西天跑，这样形成了今天我们所见的日月星辰的运行，解除了当时人们所遭受的白天永远是白天，黑夜永远是黑夜的苦难。另一方面，东南的大地受了山崩的剧烈震动，也陷下一个巨大无比的深坑，从此大川小河的水，也都不由自主地要急急忙忙朝那奔流去，就成了今天我们所见的海洋。

　　颛顼所统治的宇宙，就这么给共工的一怒所摧毁，整个世界顿然为之改观了。它虽然没有了女娲时代的和平宁静，却也打破了颛顼统治时期的死气沉沉。从此以后，残破的天地就没有听说再有神人去修复，直到如今。

不周山的命名，据说是因为共工和颛顼争神座，一怒之下碰坏了这座山，使山的形体缺坏不周匝，这才取名"不周"的，并非原来就有此名。这种说法自然言之成理，令人相信。又据古书记载，不周山下，有两头黄颜色的野兽看守在那里；有一条水叫寒暑水，水是半寒半热的，从山上发源下来；水的西边有湿山，水的东边有幕山，还有禹攻共工国山等，都是此山附近的景物。

人们为了纪念共工，曾在大荒北野和北方海外各修建了一座台，叫做共工台。大荒北野的共工台是在系昆山上，黄帝女魃曾经在这里住过。北方海外的共工台，是在禹所杀相柳的东边，深目国的西边，台是四方形的，台的每个角落都有一条蛇守卫在那里，老虎的颜色，蛇头冲向南方。两座台都位居北方，凡是射箭的人都不敢朝着北方射，为的是害怕共工的威灵。从这里我们便可见共工在人们心目中的地位是怎样的了。

033　大蟹和陵鱼

共工怒触不周山，使东南的大地陷下一个深坑，大川小河的水都往那儿流，就成了我们今天所见的海洋。

海洋是最容易启发人们的幻想的，对着那随着天上云霞的变幻而具有不同色彩的浩渺无际的海涛，人们总极容易设想那里面有种种非比寻常的奇怪而又美丽的物事，后世传说的海龙王宫殿、蚌精龙女、龟妖蛇怪之类都不必去谈它了，现在且略讲一讲关于大蟹和人鱼这两种有趣的动物的传说。

海里的大蟹，它之大，据说可能大到千里。这种大蟹当然少有人见过。比较近情理的说法，是说单是一只蟹，就可以装满整部车子。像这样大的大蟹，其实已经是大得可观了，可是人们却并不满足于这种说法，才又产生了后来的一种传说。据说曾经有个商人，坐了海船到海外去经商，走了不知道有多少天，茫茫的大海里忽然发现一座小岛，上面长满了苍翠茂美的树木。商人见了非常欢喜，便叫水手们把船靠近小岛，一齐跳上岸去，把缆索系在岸边，就在岸边砍了些树木的枝丫，架起一堆火，烧起午饭来。正烧到中途，忽然觉得小岛在动，树木在往下沉，众人骇得乱纷纷地赶紧跳上船，斩断缆索，拼命划离这座沉没的小岛，仔细一看，这小岛原来是一只被火烫痛了背壳的大蟹。

关于人鱼的传说更是有趣。早一点的记叙，说人鱼又叫陵鱼，是人的脸，鱼的身子，有手有脚，和人一样。因为这种动物既可以住在海里，也可以住在陆地上，所以又叫它做"陵鱼"，"陵鱼"就是陆居的鱼的意思。它和我们在有关"羿与嫦娥"里要讲到的那个女巫所乘的龙鱼其实就是一种动物。这种半人半鱼的动物，实际上非常凶猛，后世的传说却把它美妙化了。有的说南海里住着一种人鱼名叫"鲛人"，虽然住在海里，却仍旧时常坐在织布机上投梭织布，若是在深更静夜，海水无波，但有星月的时候，站在海岸边上，或许就能够听见从深海里传来勤劳的鲛人们唧唧的织布声呢。这些鲛人，也像人类一样有感情，能够哭泣，每一哭泣，从眼睛里就会流出颗颗明亮的珍珠。更有的说，海人鱼的形状和人几乎完全相像，眉毛、眼睛、嘴巴、鼻子、手、足无不齐备，不论男女，都美丽非常，皮肤细白像玉石，头发像马尾巴，约有五六尺长，只消稍微灌点酒，周身就会泛出桃花般的粉红颜色，看来更加美丽了。海边上死了妻子或失去丈夫的居民，就常把它们捕了来，养在池沼中，当作自己的妻子或丈夫。还有的说，有人到朝鲜去做外交官，亲眼看见海边沙滩上躺着一个女人，手肘后面生了像火焰般通红的长毛，大概也就是所谓的人鱼了。以上所举的关于人鱼的传说，已经和安徒生在他的著名童话《海的女儿》里所描写的人鱼差不多了。其实这类传说，还可以举出好些。大海给予人们想象上的启发，是不分古今，不论中外，都有其相同之处的。

034　海上神山

　　正因为大海能够启发想象，古代的人们，看见江河里的水，日夜不息地往海里流，却替大海发起愁来了：大海虽然大，难道就没有涨满的一天吗？假如溢出来怎么办呢？回答这苦恼的问题，又才产生了这么一种传说，说是在渤海的东面，不知道几亿万里的地方，有一个大壑，这壑的深简直就深得没有底，名叫"归墟"，百川海洋的水和天河的水通通往这儿流，归墟里面的水总保持平常的状态，既不增加也不减少。于是人们放心了，啊，原来还有这么一个无底的大壑，来容受百川海洋的水，那么就不用发愁了。

　　归墟里面，据说有五座神山，就是岱舆、员峤、方壶、瀛洲、蓬莱。每座山的高和周围都是三万里，山和山的距离通常是七万里，山顶平坦的地方也有九千里，山上有黄金打造的宫殿，白玉筑成的栏杆，是神仙们住家的地方。那上面所有的飞禽走兽都是素白的颜色。到处都生长着珍珠和美玉的树，这些树也开花也结果子，结的果子就是美玉和珍珠，味道很不错，吃了可以长生不死。仙人们大概也都穿着纯白的衣裳，背上都生有小小的翅膀，常见这些小仙人，在大海上面，在碧蓝的高空中，像鸟一样自由地飞翔，往还于五座神山之间，探望他们的亲戚朋友。仙人们的生活委实是快乐而幸福的。

　　在快乐和幸福的生活中，就只有一桩事情不妙：原来这五座神山都漂浮在大海当中，下面没有生根，平常还好，一遇着风波，就会漂流无定。这对于神仙们的彼此往来，感觉很不方便。估计已经快要飞到了，忽然又远了一程，估计在某处地方，忽然又不知去向，要现去寻觅。这都是劳神费力、很伤脑筋的事。他们感觉到诸如此类的痛苦，终于共同商议着，派遣了几个代表，到天帝那里去诉苦。天帝把这事在心里忖度了一下，神山漂流无定倒是小事，设或一旦风波过大，把无根的神山漂流到北极去，沉没在大海里，失掉了仙人们居住的地方，却很是可虑。因此命令北海的海神禺强，赶快替诸仙想个妥善的办法。

035　海神禺强

　　这海神禺强，乃是黄帝嫡亲的孙儿，又兼风神。当他以风神的姿态出现的时候，他就是一个人的脸，鸟的身子，耳朵上挂了两条青蛇，足上又踏了两条青蛇的威猛的大神。这天神扇动着他的一对大翅膀，鼓起蓬蓬的猛烈无比的飓风，风里面带着大量的疫疠和病毒，人当着这股风就会生疮害病，乃至于死亡。当他以海神的姿态出现的时候，他的形貌就比较和善，他就像陵鱼那样，是鱼的身子，有手有足，驾两条龙。他为什么是鱼的身子呢？因为他本来就是北方大海里的一条鱼，这鱼名叫做"鲲"，其实就是鲸鱼，这鲸鱼之大，可达好几千里。忽而他摇身一变，变作了鸟，这鸟名叫做"鹏"，其实就是一只凶猛的大凤。大凤之大，单拿他的背来说，那宽广也不知道有好几千里了。他愤怒起来，朝天一飞，他那两只黑沉沉的翅膀，就好像垂在天边的乌云。每年冬天，当海潮运转的时候，他就从北海迁到南海，由鱼变而为鸟，由海神变作风神。那呼呼的怒号着吹过原野的刺骨的寒冷的北风，就是由变作了鸟的这位海神禺强鼓吹起来的。当他初变大鸟，从北海起飞的时候，看哪！他的翅膀一击，就掀起了排天的海浪三千里，他扇动着它们，乘着暴风直上云霄九万里。他这一飞整整就飞了半年，一直飞到了目的地——南海，才降落下来稍作休息。——就是这位海神而兼风神的禺强，接受了天帝的命令，要给诸仙的居住地想个妥善的办法。

海神不敢怠慢，连忙调遣了十五只大黑乌龟到归墟去，把五座神山用头顶顶戴起来，一个顶戴着，其余的两个便在下面守候着六万年交换一次，轮流负担。顶戴神山的乌龟们，做这种工作，也并不就非常老实。有时它们顶着顶着，也会突然兴致发作，大伙儿一起，在沧海中拍着它们的足爪，快乐地舞蹈起来。这种无益的游戏当然会使神山上的神仙们小小受点苦恼，但比起先前所受的风波漂流之苦，也就算不得什么了。神仙们都欢喜无尽，大家又幸福平安地过了若干万年。不料有一年，却被龙伯国的一个大人来做了一次无心的捣乱，又使得仙人们遭受了一场天大的祸殃。

036　龙伯钓鱼

龙伯国原来是一个大人国，住在昆仑山北方不知道几万里的地方，这国家的人大概都是龙的种族，所以称为"龙伯"。且说其中有个大人，因为闲着没事干，闷得心慌，就带了一根钓竿，到东方海外的大洋中去钓鱼。两只脚刚一下水，走了不几步，就到了归墟五神山的地方，再走几步，五座神山就给他周游遍了。举起钓竿来一钓，接二连三地，便被他钓上来六只长久没有食吃的饿乌龟。他也不管三七二十一，把乌龟背在背上，就朝家里跑；回家后还把那乌龟壳剥下来占卦呢。这么一来，可怜岱舆和员峤两座神山，就漂流到北极，沉没在大海里了。累得不知道有多少神仙慌忙地搬家，带着箱笼帐被在空中飞来飞去，累得满头大汗。

天帝知道了这回事情，大发雷霆，便使出他伟大的神力，把龙伯国的土地尽量削小，把龙伯国人的身子尽量缩短，以免他们再出去到处惹祸。直到许多年以后，这一国人的身量已缩短到无可再短了，但据当时一般人看来，他们也都还有好几十丈长呢。

归墟里的五座神山，沉没了两座，还剩三座，这三座就是蓬莱、方丈（即方壶）和瀛洲，还叫那些大黑乌龟好好地用它们的头顶戴着。乌龟们自从受了龙伯国大人的教训以后，确也老实安静多了，它们一直顶着神山，再也没有听说出过什么乱子。

可是自从龙伯国的大人来捣了一场乱以后，海上神山的名声，却传扬开去了，大陆上的人们都知道海中不远的处所，有这么几座美妙而神秘的仙山，谁都想要到仙山去玩玩。大概果然也曾经有过在海边捕鱼的渔夫渔妇，偶然被风把小船给吹到了仙山的近旁，因而上了仙山，仙人们殷勤地招待了这些朴质勤劳的远客，然后又用一阵仙风，平安地吹送他们的小船回去。民间广泛流传着关于仙山的传说，还说仙人们藏有长生不死的良药，等等。这些传说辗转传播，终于吹送到了国王或皇帝们的耳朵里，那些富贵权威到了极点、享尽人间欢乐的帝王们，唯一的恐惧，就是怕死神突然来夺去所有的这一切。听说仙山有不死的良药，便都蠢蠢欲动，不惜钱财，打造大船，准备充足的粮食，派遣方士入海到仙山去求药，一心想要得到这世间最宝贵的东西。战国时候齐国有威王、宣王，燕国有昭王，秦代有秦始皇，汉代有汉武帝……都曾经做过这类徒劳无功的尝试。他们一个个都像普通人般地死去，谁也没有得到过不死的良药，甚至连仙山的影子在哪个方向也都没有看见。可怜！可怜！愚笨而贪婪的贵人们啊！也有求药不得回来的人说，仙山是确实曾经看见过的，远远望去，好像天边的浮云，及至到了，却看见几座仙山反而晶莹澄澈地浸在海水里，台榭、楼观、仙人、树木、禽兽，都显得清清楚楚。再把船开过去一点，却突然吹起一阵海风，吹得大小船只只好掉头走，到底不能靠近仙山的边缘。——这也许是真实的，那么就是仙人们不愿意接待这批帝王老爷们派来的使者；也许不过是个谎话，是方士们编造的许多美丽谎话中的一个罢了。总之，这以后关于仙山就只有传说，没有真实的消息了。

037　炎帝的功业

这里要讲述的，是黄帝和炎帝的战争。但在讲述这场大战之前，还得先把他们各自的情况分别讲一讲。

先讲炎帝神农。炎帝原是极慈爱的大神，如果说"行仁道"的话，他比黄帝恐怕还要行得多些。当他出现在世间的时候，大地上的人类已经生育繁多，自然界出产的食物不够吃了，仁爱的炎帝才教人类怎样播种五谷，用自己的劳力来换取生活资料。那时候人类共同劳作，互相帮助，没有奴隶，没有主人，收获的果实大家均分，感情像弟兄姐妹般亲切。炎帝又叫太阳发出足够的光和热来，使五谷孕育生长，从此人类便不愁衣食，大家感念他的功德，便尊称他为"神农"。传说他是牛的头，人的身子，这大概因为他在农业上像几千年来帮助我们耕种的牛一样，特别有贡献吧。

据说太阳神又兼农业之神的炎帝，刚刚诞生下来，在他诞生地的周围，完全不需要半点人力，自然就涌现了九眼井，而且这九眼井的水还是彼此相连，若是汲取其中一眼井的水，其他八眼井的水都会波动起来。又说，当他要教人民播种五谷的时候，便从天空纷纷降落下来许多谷种，他把这些谷种收集起来播种在开垦过的田地上，以后才有了供人们食用的五谷。又还有更美丽的说法，说那时候有一只遍身通红的鸟，嘴里衔了一株九穗的禾苗，飞过天空，穗上的谷粒坠落在地上，炎帝便把它们拾起来，种在田间，以后便长成又高又大的嘉谷，这种嘉谷，人吃了不但可以充饥，还可以长生不死。不管这些传说怎样，总而言之，都意味着神农时代的人民，已经学会把野生谷物用人工种植起来了。

炎帝不但是农业之神，他同时又是医药之神。因为太阳是健康的泉源，所以和医药也有关系。传说他曾经用了一种神鞭，叫做"赭鞭"，鞭打各种各样的药草，这些药草经过赭鞭一鞭，有毒无毒，或寒或热，各种性质都自然地呈露出来，他就根据这些药草的不同属性，给人们治病。另一种传说则是他亲自尝味了各种各样的药草，为了尝药，曾在一天当中中过七十次毒。更有民间传说说，神农皇帝尝百草，最后，尝到一种有剧毒的断肠草，终于肠子断烂，为人民牺牲了生命。到现在人们一见那攀缘在墙垣或篱笆边上开小黄花的藤状植物，都有了警戒，知道它毒性猛烈，曾经害死过神农皇帝呢。不管这些传说是怎样的不同，大神炎帝的这种为人民服务的精神总是让人难忘的。所以后世传说关于他在医药方面的遗迹，"尝药"和"鞭药"二者并存。据说在太原神釜冈，还存在着神农尝药的鼎。又说在成阳山里，还可以找到神农鞭药的处所；那山又叫神农原，或叫药草山。

太阳神炎帝，看见人民衣食虽然丰足了，生活上却还有些不方便，于是又叫人民成立市场，在市场上互相交换彼此需要的东西。那时没有钟表，也没有别的记录时间的方法，凭什么来定交换的时间呢？人们不能丢弃了工作整天在市场上老等呀！于是，炎帝又让他们拿他本身——或者他管辖的太阳作为标准，太阳当顶的时候就在市场上进行交易，过了这段时间就散市，大家实行起来感觉真是又准确、又简便，人人都很喜欢。

038　炎帝的后代

　　有关太阳神炎帝本身的神话，现在保存下来的已经不多了，就只有上面所说的这么一点点，而且还夹杂着很多历史的成分。倒是关于他的子孙们，尤其是他的女儿们，还有一些有趣的神话。

　　据说，他有一个叫伯陵的孙子，和人间一个美貌的妇人，吴权的妻子阿女缘妇恋爱而且有了关系，阿女缘妇怀孕三年，生了鼓、延、殳三个儿子，殳制作了射箭的箭靶；鼓和延开始制造出一种叫做"钟"的乐器，又创作了种种歌曲，音乐在人间便又进一步地展开了。延和殳的形貌未有所闻，鼓的形貌据说是尖脑袋，朝天鼻。此外，下方有一个国家叫做互人之国，一国之人通是人的脸，鱼的身子，有点像我们前面讲过的人鱼，腰部以下全是鱼形，有手而无足，他们能够乘云驾雨自由地上天下地，据说便是炎帝直接传来的后代。

　　炎帝子孙们中的著名人物，除了前面所说的火神祝融之外，还有水神共工、土神后土和那生了十二个年头的时间之神噎鸣等。他有这些著名的子孙，可见作为太阳神的他是怎样显赫的一个大神了。

039　帝女登仙

　　传说炎帝有四个女儿，四个女儿的命运和遭遇都各不相同。先说其中一个女儿。这个女儿没有名字，只说是炎帝的"少女"。但传说中他的其他三个女儿也叫"少女"或叫"季女"，或单称"女"，"季女"就是"少女"的意思，分不清谁是姐姐，谁是妹妹。大概所谓"少女"，只不过是泛称年轻的姑娘，不一定就是指最小的女儿。这都不必去管它了，且说炎帝这个没有名字的女儿怎样追随古代一个有名的仙人升仙而去的事。

　　这个仙人，叫赤松子，炎帝时候他做掌雨的官，常常服食一种叫做"水玉"——就是水晶——的宝贵药物，来锻炼自己的身体。练来练去，练就了一桩特别的本领，就是能够进大火里面，自己把自己焚烧起来。在熊熊烈烈的猛火的燃烧中，他本人的身体就随着烟气的上下而上下，终于脱胎换骨，成了仙人。成了仙人之后，他就到昆仑山去，住在西王母曾经住过的石屋子里。每当风雨来了的时候，身子非常轻飘的他，就在那高山的悬崖上，随着风雨上下往来。炎帝的那个没有名字的小女儿，因羡慕成仙，也追随他到了那里。后来大约也经过了一番服食焚烧等的锻炼，便和赤松子一样成了仙人，并且跟随着他一同去到了遥远的他方。

　　炎帝的另外一个女儿，也是没有名字，古书上称她为"赤帝女"，"赤帝女"自然就是"炎帝女"的意思。据说她学道得了仙，住在南阳愕山的桑树上。到了正月初一这天，她就去衔了些小树枝来，在树上做窠巢。辛苦经营半个月的时间，直到正月十五日，窠巢做成了，她便住在树上，再也不肯下来。她的形躯或者化作白鹊，或者仍然保持女人的状貌。炎帝见他女儿这种奇怪的行径，心里悲恸，千方百计想引诱她下来，都没有成功。后来干脆叫人在桑树下面焚烧起一把火，企图迫胁她从树上下到地面来。哪知在火光和烟焰中，年轻的姑娘，反倒蜕化了血肉的形躯，像追随赤松子行迹"入火自烧"的她的前一个姐妹一样，冉冉升上了天空去。姐妹俩火化登仙的情况一样，不过这位姑娘的火化登仙，乃是假手于其他的人罢了。后来这棵桑树，就被命名为"帝女桑"。这棵帝女桑，就是《山海经·中次十一经》所记的宣山的"帝女之桑"。据记叙，它是一棵围有五丈的大桑树，枝干交叉四出，叶子有一尺多大，红色的纹理，黄色的花，青色的花萼房。根据这棵树的粗细来推断，它的高当不下于一百丈，自然要算是一棵奇伟的大树了。自从炎帝的这个女儿在大桑树上鹊巢中火焚登仙以后，后代就有了这样一种风俗习惯：到每年正月十五日这天，人们总爱把鹊巢从树上取下来，焚烧作灰，拿这灰来调和了水，把蚕卵在灰水里浸上一段时间，据说将来孵化成长的蚕，可以多吐丝，吐好丝。这就不单关系到炎帝女儿的神话，也关系到我们后面要讲到的蚕马神话了。

040　巫山神女

　　炎帝的另外一个小女儿，名字叫做瑶姬，刚刚到了出嫁的年龄，还没有出嫁，就夭亡了。这个满怀热情的少女，她的精魂，就去到姑媱之山，变做了一棵瑶草。这瑶草的叶子长起来重重叠叠，非常茂盛，开黄花，结的果子像菟丝的果子。谁要是吃了这果子，就可以被人喜爱。

　　天帝哀怜她的早死，就封她到巫山去做了巫山的云雨之神。早晨她化作一片美丽的朝云，自由而闲暇地游行在山岭和峡谷之间；到黄昏她又变作一阵阵潇潇的暮雨，向着这山和水发泄她的哀怨。战国末年楚怀王游云梦，住在一座叫做"高唐"的台馆里，这个热情而浪漫的女神，就在大白天亲自跑到高唐来，向着正在午睡的楚怀王倾诉她的情爱。楚怀王醒来，回想梦境，又是惆怅，又是奇怪，便在高唐附近给她建造了一座庙，庙的名字便叫做"朝云"。后来楚怀王的儿子楚襄王和他的御前诗人宋玉到这里来游玩，听宋玉说起他父亲的行迹，不胜羡慕。当天晚上宋玉也做了一个相同的奇怪而又教人惆怅的梦，第二天把他的梦告诉楚襄王。楚襄王便命宋玉把这两次梦来作了两篇赋，一篇叫做《高唐赋》，另一篇叫做《神女赋》。后世诗文中引为典故的"襄王梦"，其实是古书错讹造成的误会，楚襄王和巫山神女原是一点关系也没有的。

　　关于瑶姬，还有另外一段神话传说，就是讲述她如何帮助大禹治理洪水的故事。故事大略说，云华夫人，名叫瑶姬，是西王母的第二十三个女儿。学道功成，从东海遨游回来，经过巫山，见巫山林壑幽丽，流连不忍离去。其时正逢大禹治水，驻在山下。忽然刮起了大风，吹得山摇地动，木石横飞，制止不住，无法施工。大禹只好请云华夫人帮忙。夫人于是传授给大禹召神策鬼的法术，又叫她的属神狂章、虞馀、黄魔、大翳、庚辰、童律等去帮助大禹治理洪水。不久，大风平息，巫峡凿通，大禹治水的工程顺利地告一段落。于是跑上山去向夫人道谢。哪知道当他站在高崖上正张望之际，夫人忽然已经化而为石，忽然又散作轻云，忽然又聚为夕雨，要不就变作游龙，或者是飞翔的白鹤……总之千变万化，捉摸不定。大禹见她这样狡狯，疑心她不是真正的神仙，便把心里的疑惑去向童律请教。童律向他说明：云华夫人原本不是胎生，而是西华少阴之气凝聚成的，所以常是这么变化无方，"在人为人，在物为物"。大禹的一团疑惑，才涣然冰释。以后又去向夫人重申谢意，大山中忽然显现出云楼琼台，瑶宫玉阁，有狮子把关，天马带路。夫人宴坐瑶台上，正式接待了大禹。大禹向夫人稽首问道，夫人对他作了周详而恳切的指示。然后又叫侍女陵容华打开一只红玉箱，拿出一卷治水的仙书来交给大禹，又命庚辰和虞馀再度去协助大禹治水。大禹得了夫人的这些帮助，才终于把横流十三年、为患全中国的洪水治理平息。

神女瑶姬，因为留恋巫山的美景，并且由于帮助大禹治水，和当地人民结下了深厚的感情，从此就在巫山留住下来，不再离开。她天天站在高崖上凝目眺望，看着往来于瞿塘峡、巫峡、西陵峡号称"三峡"的全长七百里的峡谷中的行船。她关心船只和旅客的命运，特地派遣了几百神鸦，叫它们飞翔在峡谷的上空，担任迎船送船的工作，让这些行船跟随着神鸦的导引，平安地渡过三峡。

她因为长久地站在高岸眺望，不知不觉地，渐渐自己也化身为许多峰峦中的一座峰峦了，就是有名的神女峰。陪伴她的侍女们，一个个也都变化作了大大小小的峰峦，就是现在的巫山十二峰。仿佛她们还都深情地站在那里，为来往的行船指引航向。这些峰峦真是秀美峭拔呀，至今行船过三峡的人，望见它们，还可以想象当年女仙们超尘绝俗的身影；特别是望见神女峰，谁都会感念瑶姬帮助大禹治水的业绩。早年传说的那个去向楚怀王梦中倾诉情爱的瑶姬，在人们心目中就变得一天比一天黯淡了。

041　精卫填海

最后还有一段关于炎帝的另外一个小女儿女娃的悲壮的故事，这故事的内容和性质，更是永远激动着人们的心弦。据说，女娃有一回到东海去游玩，不幸海上起了风涛，就淹死在海里，永不回来了。她的魂灵化作了一只鸟，形状有一点像乌鸦，名叫"精卫"。花头、白嘴、红足，住在北方的发鸠山上。她悲恨年轻的生命给无情的海涛毁灭了，因此常衔了西山的小石子、小树枝，投到东海里去，想要把大海填平。我们想想，这样一只小鸟，在波涛汹涌的海面上，从高高的天空中，投下一段小枯枝，或是一粒小石子，要想填平大海，这是多么悲壮！我们谁不伤念这早夭的少女，谁又不钦佩她坚强的志气？她真不愧是太阳神的女儿，她在我们的印象中，也和太阳一样，是万古常新的。晋代大诗人陶渊明的《读山海经》诗说：

精卫衔微木，将以填沧海。

一种哀悼赞美的情绪充分表现在诗句里了。这种鸟，据说在海边和海燕结成配偶，生下的孩子，雌的便像精卫，雄的便像海燕。到如今东海还有精卫誓水的地方，因为曾经淹死在那里，发誓不喝那里的水；所以精卫又叫"誓鸟"，或叫"志鸟"，也叫"冤禽"，民间却叫它做"帝女雀"。传说的名称有这么多，我们就可以知道她是怎样光辉地活在人们的心里了。

042　昆仑帝都

稍后于炎帝出现的一个大神，是黄帝；黄帝古书上也写做"皇帝"，它的意思实在就是"皇天上帝"。"帝"字见于《诗》《书》《易》和甲骨文、钟鼎文的，本来就指的是上帝。"皇"又是"帝"的形容词，形容"帝"的光辉伟大。如《诗·大雅·皇矣》说"皇矣上帝"，《小雅·正月》说"有皇上帝"，《鲁颂·闷宫》说"皇皇后帝"，无非都是赞美上帝的庄严伟大。古时候国君都不称帝，周代才开始称王，从文王、武王到灭于秦的赧王都只是王。到了战国末年，一群野心勃勃的诸侯，僭称了王还觉得不够，更纷纷称帝，于是秦为西帝，赵为中帝，燕为北帝。后来秦始皇统一中国，索性变本加厉，把"皇帝"两个字都拉在自己的身上，自居为"皇天上帝"，以后世代相沿下去，便成了人间帝王的通称了。讲到黄帝，首先就得讲一讲和黄帝最有密切关系的昆仑山。据说，在昆仑山上，有一座庄严华美的宫殿，是黄帝下方的帝都，也是他常来游乐的行宫。管理这座宫殿的，是一个名叫"陆吾"的天神，他的状貌极威猛：人的脸、老虎的身子和足爪，九条尾巴。他又兼管天上九城的部界，和神苑里宝物储藏的事情。另外又有一些红颜色的凤凰，管理宫殿里的用具和衣服。黄帝在办公的余暇，常常喜欢从天上降下到这里来游玩。

假如他高兴，他还可以从这里向东北散步走去，四百里的地方，便到了槐江之山，这就是有名的"悬圃"，又叫"平圃"或叫"玄圃"，是黄帝在下方的一座最大的花园。因为它的位置很高,好像悬挂在半天云里,所以叫它做"悬圃"。从悬圃再往上走,就可以一直到达天廷,我们在伏羲的故事里已经讲过了。

管理这座花园的,是一个鸟的身子、人的脸、背上长着一对翅膀、通身是老虎斑纹的名叫"英招"的天神。这天神常飞行在空中,周游四海,发出大声的嗥叫。站在悬圃观看四方,那风景真是壮观极了。从这里向南方望去,假如是夜晚,就可以看见昆仑山笼罩在一片闪耀的光辉里,想来那座华美庄严的天帝的行宫也该在光辉里隐约地显露出来吧。向西方望去,那里有一个大湖泽,叫做"稷泽",银白色水光连天,四周生长着郁葱茂绿的大树,是周民族的始祖后稷的神灵所在的地方。向北方望去,那是雄伟而高峻的诸毗山,槐鬼离仑在那里居住,山头上有勇猛的鹰和鹯鸟在那里盘旋。向东方望去,那是巍峨的恒山,高有四重,有穷鬼们各以类相聚,居住在恒山的四方。恒山,那也是鹰鹯们的住家。传说恒山有一只大鸟——想来就是鹰鹯之类吧,生了四个儿子,儿子们长大,羽毛丰满,翅膀坚硬了,将要离开母亲,分飞到四海去。母亲知道旷野和天空才是儿子们的家乡,再也挽留不住他们在自己的窠巢,只得悲鸣着,分头把她去向四方的心爱的儿子们送走。这时候,她啼哭的哀声震响了大地,和世间很多母亲送别远行的儿子的哀哭几乎就没有两样。——四方的风景已经是这么壮观,在悬圃的下面,又有一条纤尘不染、清冷透骨的泉水,名叫瑶水,一直通到昆仑山附近的瑶池去。把守这条瑶水的,是一个无名的天神,形状像牛,八只足,两个脑袋,马的尾巴,发出的声音像吹号筒,什么地方见了他什么地方就会有战争。

我们再看看昆仑山山顶上的情形吧:那上面四周围绕着玉石栏杆,每一面有九口井、九扇门,进入门内,便是巍峨的帝宫,是由五座城十二座楼所组合而成的。最高的地方生长着一株长四丈、大五围的稻子。它的西边有珠树、玉树、璇树，又有凤凰和鸾鸟，头上戴着蛇，足下踏着蛇，胸脯上挂着红蛇。它的东边有沙棠树和琅玕树。琅玕树上能生长像珍珠般的美玉，极其宝贵，是凤凰鸾鸟们的食品，黄帝特别派了一个长着三个脑袋、六只眼睛的天神，叫做离朱的，住在琅玕树旁边的服常树上，看守着它。离朱躺在服常树上，三个脑袋轮流睡觉，轮流醒来，他那明亮得连秋天毫毛的末梢都可以看见的眼睛，不分昼夜地注视着琅玕树近旁的动静，就是有通天本领的人也休想动得它半分。它——大稻子——的南边有绛树、鹍鸟、蝮蛇、六首蛟和一种非常奇特的东西：视肉。它的北边有碧树、瑶树、珠树、文玉树、玗琪树，都是些生长珍珠和美玉的树。文玉树更长出一种五色斑斓的玉，美丽极了。又有一种树，叫不死树，吃了这树上的果子，就可以长生不死。又有凤凰和鸾鸟，头上都戴着盾。又有一道清芬而甘美的水泉，叫做"醴泉"，四周长着各种奇花异木，它和瑶池同是昆仑山的两处胜地。又还有刚才提到的那一种奇特的东西：视肉。

043　怪肉与火鼠

　　视肉，在《山海经》这部书里，随处都可以见到。凡是名山胜水和古代有名的帝王陵墓所在的地方，总是有这种奇怪的东西。这究竟是一种什么东西呢？原来它是一种生物，这种生物四肢百骸都没有，只是一堆净肉，形状有点像牛肝，却在当中长了一对小眼睛。这种怪东西就是人们所理想的最美妙的食品；因为据说它的肉总是吃不完，吃了一块，又长出一块，吃到末了还是原来的样子。这对于那些死了躺在地下的伟大的祖先实在是一种设想得非常周全的佳肴，有了这东西，祖先们就一点也用不着担心肚子挨饿了。自然，名山胜水若是有这种宝贵的食物，也就会更增加旅行家们的向往：可以减少自带干粮的麻烦。和这类似的生物还见于别的书籍的记载：据说越嶲郡有一种牛，叫"稍割牛"，从这种牛身上割下几斤肉来，只要过一天它就会长还原状。这种牛浑身黑色，角细而长，约有四尺多，每隔十天，至少就得割它身上的肉一次，要是不割，它反而难受得要死。又据说月氏国有一种羊，尾巴生得特别肥大，一条尾巴就有十斤重，人们把这种羊尾巴上的肉割下来做肴膳，不久它又长还了原状——真是有趣得很。

　　现在暂且撇开这类奇怪的生物不提，回转来再说昆仑山。这昆仑山真是奇高无比的大山，一层一层的山重叠起来好像城阙，共有九重，从山脚到山顶，它的高据说共一万一千里一百一十四步二尺六寸。在它的下面，包围着弱水的深渊，在它的四周，又环绕着炎火的大山，火山里长着一种燃烧不完的树，昼夜都在燃烧，暴风吹来不能使它燃烧得特别猛，倾盆大雨也不能把它淋灭。它熊熊烈烈地燃烧着，发出一片灿烂的光辉，照耀得昆仑山山顶上黄帝的宫殿分外美丽和庄严。大火中生长有一种比牛还大的老鼠，千斤重的身体，两尺长的毛，毛细得像蚕吐的丝。这老鼠，住在火中便浑身通红，一出到外面就变成雪白。等它一离开火，赶紧拿水去泼它，一泼就死。于是把它的毛剪下来纺织成布，用这布来做成衣裳，永远用不着洗涤，若是穿脏了，只消脱下来放在火里面烧一烧，就洁白得跟新的一样，人们就叫它做"火浣布"。昆仑山上的宫殿大门，正对着东方，叫做开明门，迎接旭日的光辉。门前有一只神兽，就叫做"开明兽"，身子有老虎般大，长着九个头，九个头都各有一张人样的脸，威风凛凛地站在门前的冈岩上，守护着这座"百神所在"的宫城。

044　妖媚的武罗神

黄帝的行宫,除了这里的一处以外,还有一处在青要之山(今河南新安县),规模比较小,是黄帝的秘密行宫,有一个名叫"武罗"的神在这里管理。这武罗神,是人的脸,身上有豹子的花纹,小小的腰肢,白白的牙齿,耳朵上穿着金环,鸣叫的声音像佩玉的叮当,很是好听:模样看起来是不坏的,使我们很容易联想到《楚辞·九歌》里的"山鬼"。据《山海经》所记,这地方对于女子很相宜,因为附近有一种叫做"鸰"的鸟,青身子,浅红色的眼睛,红色的尾巴,形状像野鸭,吃了它可望生小孩子;又有一种草,叫做"荀草",方杆儿,开黄花,结红果,吃了这果子可以叫人面色美丽。那么说这武罗神是一个像"山鬼"样的妖媚的女神大概是不错罢。《九歌·山鬼》里有几句描写那个妖媚的女神的状貌和心情,我看实在大可以移用在青要山武罗神的身上:

是有一个女子在那深山里,
披着薜荔的衣裳,系着菟丝带子。
她的秋波含情,而又嫣然浅笑!
她的性情慈和,姿容又那么苗条。
她驾着赤豹,文狸在后面追随,
她把辛夷作车乘,桂芝来作旌旗。

车上罩着石栏，杜衡的流苏下垂，
她折取香花打算送给她所思念的人儿。

（请听，她在歌唱，她的歌声是那样凄厉！）
"……我为你留在这里。徒然地忘了归去，
年华已经迟暮，谁能使我再美？
我打算采撷巫山的秀芝，
磊磊的山石崎岖，绵绵的野葛迷离。
我怨恨你啊，怅然地忘了归去，
我想你是在思念我的，或许没有闲时。"

见于别的书的记载，又还说这位山神，是一位降霜之神，并且还肯定地说她是一位女性的山神，虽然也有人说这是见了《山海经》里的描写，附会出来的言谈，但我们想这附会既然由来已久，恐怕也不是毫无根据的吧。

距昆仑山不远的一座峚（音密）山上，生产一种柔软的白玉，从这种白玉中更涌出一种像脂蜡般洁白光润的玉膏来，黄帝就拿它当做每天的食品。剩余的玉膏就用来灌溉丹木，过了五年，丹木就开出五种颜色的清芳的花朵，结出五种味道的鲜美的果子。黄帝又把峚山的玉的精华搬去种在钟山的向阳处，后来钟山也生产出了许多坚致精密、润厚而有光彩的美玉来，于是天地鬼神都把这种玉当做食品了。人若是能够得到这种美玉，把它雕刻成装饰品，佩戴在身边，据说可以防御妖魔鬼怪的作祟。

045　黄帝失玄珠

　　黄帝经常喜欢到昆仑山去游玩，有一次，他从赤水经过，又到昆仑山去，回来的时候，一不小心把他一颗最珍爱的又黑又亮的宝珠丢失在赤水的近旁。黄帝心里很着急，马上派了一个聪明绝顶的天神名叫知的，去替他寻找这颗宝珠，知去寻找了一遍，全无踪影，只得空着两手转来向黄帝报告寻找的结果。黄帝又派那个在昆仑山服常树上躺着看守琅玕树的天神离朱去寻找宝珠。离朱虽然长着三个脑袋、六只眼睛，而且每只眼睛都明亮得出奇，可是去找了一遍，还是踪影全无。黄帝只得又派一个能言善辩的天神名叫吃诟的去寻找这颗珠子，吃诟去寻找了一遍，在这件细致的工作中，也没有能够用上他的辩才，终于还是失望地回来。黄帝没办法了，最后，只得派那个神国闻名的粗心大意的天神象罔去寻找。象罔领了旨命，潇潇洒洒，漫不经心地走到赤水岸上，用他那恍兮忽兮的眼睛约略向周围一瞧——哈，"踏破铁鞋无觅处，得来全不费工夫"，那颗黑而放光的宝珠，正不声不响地躺在草丛里呢。象罔便略弯了弯腰身，从草里拾起宝珠，仍旧潇潇洒洒，回来把宝珠交还给黄帝。

　　黄帝看见这个粗心大意的天神，一去就把宝珠寻找了回来，不禁大为惊叹："唉，别人找不到，象罔一去就找到，这真是奇怪啊！"于是黄帝便把他这颗最心爱的宝珠交给能干会办事的象罔保管。

　　哪知道这个"能干会办事"的象罔，拿着这颗宝珠，仍旧漫不经心地朝那袖子里一放，每天照样潇潇洒洒，无所事事地东游西荡；后来终于给震蒙氏的一个女儿知道了，只略用了点点计策，便把这颗宝珠从象罔身上偷了去。黄帝在懊恼之余，把事情调查实在，便派遣天神去追捕震蒙氏的女儿。震蒙氏的女儿害怕受罚，便把宝珠吞进肚里，跳进汶川（即岷江，在今四川省境内）去，变作了一个马头龙身的怪物，名叫"奇相"，从此以后，她就做了汶川的水神，据说后来大禹治理洪水的时候，先从汶川开始，她还帮过他很大的忙呢。

  关于黄帝在赤水上丢掉的那颗黑色宝珠，又有说根本就没有找到，可是却在赤水岸上，生出了一棵光明灿烂的树来，这树的形状有点像柏树，树叶都是些明亮的珍珠，从树身的两旁对称地生出两枝树干，和主干并列为三，远远望去，有点像彗星的尾巴，树干上长满珍珠的树叶，更像是彗星所发射的熠熠光芒，于是人们便叫它做"三珠树"。

046　黄帝的天威

　　作为天帝的黄帝，据说，他又是中央的天帝，其余东西南北四方，各有一个天帝主管着，前面我们已经把四方的天帝约略地介绍过了，现在再总的介绍一下：东方的天帝是太昊，辅佐他的是木神句芒，手里拿了一个圆规，掌管春天；南方的天帝是炎帝，辅佐他的是火神祝融，手里拿了一支秤杆，掌管夏天；西方的天帝是少昊，辅佐他的是金神蓐收，手里拿了一把曲尺，掌管秋天；北方的天帝是颛顼，辅佐他的是水神玄冥，也就是海神而兼风神的禺强，手里拿了一个秤锤，掌管冬天。黄帝本人则住在天庭的中央，辅佐他的土神后土，手里拿了一条绳子，四面八方都管。从这幅神国的图画看起来，整个宇宙的统治情况，可以说是完美无缺，非常合乎理想了。

　　黄帝的相貌也生得极奇怪，传说他长有四张脸。果然这样，那么对于作为中央天帝的他倒是很方便的，东西南北四方他都同时可以照顾到。无论什么地方发生了事情，总逃不过他的眼睛。

　　因此，他对于那些意气用事，常常发生斗争，甚而演成流血惨剧的天神，是最公平的裁判者。例如钟山的山神烛龙，有一个人脸龙身的儿子名叫"鼓"的，和另外一个名叫"钦䲹"的天神，合伙把一个名叫"葆江"又叫"祖江"的天神在昆仑山的东南面谋杀死了。这件事被黄帝知道了，惹得他非常生气，他马上派人到下方去，把他们一齐杀死在钟山东面的瑶崖，给可怜的葆江报仇雪恨。可是这两个凶徒还戾气不散，钦𩿧化作一只大鹗，白脑袋，红嘴壳，老虎的爪子，背上有黑色斑纹，形状像大雕，鸣叫的声音像晨鹄，它出现在世间，世间一定就要惹起猛烈的战争；鼓也变化作了一只骏鸟，形状有点像猫头鹰，红爪子，白脑袋，直嘴壳，背上有黄色斑纹，鸣叫的声音也和大鹗差不多，它出现在什么地方，什么地方就会发生可怕的大旱灾。

又例如有一回，蛇身人脸的天神贰负，有个名叫危的臣子，这个臣子心术很坏，教唆他的主人合伙把另外一个也是蛇身人脸的天神窫窳谋杀死了。黄帝知道了这回事，立刻又命人去把那个坏蛋捉来，把他捆绑在西方的疏属山上，枷了他的右脚，用头发反绑了他的两只手，拴在山头的大树下，来惩罚他的罪恶。据说，几千年以后，他才被人从一所封闭的石屋子里发掘出来。至于那个无辜被杀的窫窳，黄帝可怜他，命人把他搬到昆仑山去，叫巫彭、巫抵、巫阳、巫履、巫凡、巫相几个巫师各拿了不死药去救活他。后来他果然活了起来，可是活了回来的他，却跳进昆仑山脚下弱水的深渊中，变作了一个奇形怪状的吃人怪物，完全迷失了本性。我们在后面"羿与嫦娥"里还要讲到他。

047 神荼和郁垒

尊严的黄帝，他就是这么一个神国的最高统治者，无论是谁都得服从他的统治和听从他的命令。他不但统治神国，也统治鬼国，他的属神后土就是鬼国的王。那些游荡在人间的鬼，黄帝就叫神荼和郁垒俩弟兄去统领。这俩弟兄住在东海的桃都山上，山上有一棵大桃树，枝干屈盘起来荫盖了三千里的地面。树巅上站立着一只金鸡，当太阳的第一缕光线照在它的身上、它听见扶桑树上的玉鸡鸣叫起来的时候，就跟随着鸣叫起来。这时，神荼和郁垒就在大桃树东北树枝间的一座鬼门下面威风凛凛地把守着，检阅那些从人间游荡回来的形形色色、大大小小的鬼（据说，鬼只在晚上出现，不等鸡叫就得赶紧逃回去）。若是发现鬼当中有哪个特别凶恶狡猾、在人间妄自残害了好人回来的，俩弟兄马上就会给他个不客气，用芦苇绳子把他拴了起来，绑去喂山上的大老虎。这样一来，凶恶的鬼才稍稍敛迹一些，不敢那么任性胡为了。于是后世人们就在大年三十这天晚上，用桃木雕成两个神人，手里拿了芦苇绳子，代表神荼和郁垒，放在大门的两旁，门枋上又画了一只老虎，用来抵御妖魔鬼怪。为了简便，也有把弟兄俩的相貌画在门上或把他们的名字写在门上的。据说也有相同的功效，他们就成了民间世代相传的门神。至于另外的一种门神：画着大将军模样，手里拿了兵器，题作"秦军、胡帅"的那种门神，据说是唐太宗生病看见了鬼，心里害怕，便叫秦叔宝、尉迟敬德两个将军替他守卫房门，才得安然无事，以后这两个将军就做了贵族世家的门神，它和民间的门神神荼、郁垒是不相同的。

和神荼、郁垒这两个神有点类似的，在南方的荒野，又有十六个神人，一个个都是小脸颊、红肩膀，手臂和手臂互相挽连起来，在那里替黄帝守夜；我们想，大概也就是要巡察有没有什么妖魔鬼怪晚上出来惹是生非，以免惊动在某处行宫里酣眠的黄帝他老人家吧。白天他们便隐去了，到晚上他们又开始出现，人们叫他们做"夜游神"，偶然在荒野中碰见这些挽连成一长串的夜游神，大家都知道他们是在值班守夜，也并不为怪。

048　白泽神兽

据说有一次，黄帝到昆仑山东方的恒山去游玩，偶然在海边得到一只神兽，名字叫"白泽"。这只白泽神兽，能说人话，并且非常智慧聪明，它知道天地鬼神的事情，尤其把山林水泽间所谓"精气游魂"变化出来的鬼怪，了解得一清二楚：什么山的精怪夔罔象呀，水的精怪龙罔两呀，道路的精怪作器呀，坟墓的精怪狼鬼呀，等等，它都能一点也不含糊地说出来。作为一个宇宙统治者的黄帝，还自愧没有它这么细致地调查研究呢。于是便叫人把白泽神兽所说的种种怪物，画成图画，并在图画的旁边加以注解，一共得了一万一千五百二十种。从此黄帝要管理这些妖魔鬼怪，就非常方便了。

黄帝和别的天帝一样，也有许多子孙，有的是神，有的是下方的民族。例如人的脸、鸟的身子、耳朵上挂两条黄蛇的海神禺䝞，就是黄帝的儿子，禺䝞又生了禺京（就是禺强），也是海神，他们一个管领东海，一个管领北海。此外，从天上把"息壤"偷下来替人民平治洪水的大神鲧是黄帝的嫡孙，颛顼是黄帝的曾孙，"绝地天通"的重和黎是黄帝的五世孙，犬戎、北狄、苗民、毛民，这些荒远的民族都是黄帝传下的后代，黄帝实在是人和神共同的老祖宗。

049　黄帝大会鬼神

　　伟大的黄帝，传说他曾经在西泰山会合天下的鬼神，那时他坐在大象挽的宝车中，六条蛟龙跟随在他的后面。毕方鸟给他驾车子——这毕方鸟，形状很像鹤的样子，白色的鸟嘴，青身子，红色的斑纹，足只有一只，鸣叫的声音就是"毕方毕方"的。它出现在哪里，哪里就会起怪火；蚩尤带领着一群群虎狼在前面开路；稍后一点是雨师和风伯打扫道路上的尘埃——风伯名叫"飞廉"，头像雀，长着一对角，身体像鹿，蛇的尾巴，豹子的斑纹；雨师叫"萍号"，又叫"屏翳"，他的身体长得很奇怪，像一只蚕子，但这小东西却不能小视，只要他使法，天空中就会浓云密布，顷刻间就会降下倾盆的大雨来；所有其余的鬼神们便通通跟随在黄帝的车子后面。这些鬼神，有的马身人面，有的鸟身龙头，有的人面蛇身，有的猪身八足蛇尾……奇形怪状，种种不一。更有凤凰飞舞在天空，腾蛇（一种生有翅膀的神蛇）伏窜在地上，我们可以想象这支队伍的仪容是多么盛大而威严了。黄帝高兴起来，就制了一支名叫《清角》的乐曲。这乐曲悲凉激越，真是能够"动天地、感鬼神"。春秋时候晋平公最喜欢音乐，当他在施夷之台设宴招待来访问他的卫灵公时，听卫灵公随身带的一个名叫师涓的乐师奏了曲悲哀的乐曲——《清商》，觉得还不过瘾，问他自己的乐师师旷："难道《清商》就最悲哀了吗？"师旷回答说："《清徵》比它还要悲哀。"平公就叫师旷奏一曲《清徵》，师旷拿起琴来一奏，就有十六只玄鹤从南方飞来，列成队伍，集在城门楼上，伸长颈子，张开翅膀，很有节拍地唱歌跳舞起来。参加宴会的宾客们一个个都高兴非常，平公更是欢喜，端起酒盅来为师旷祝寿。又问师旷："《清徵》就最悲哀了吗？"师旷回答说："那又不如《清角》了。"平公又请师旷替他奏一曲《清角》。于是师旷就说这是黄帝在西泰山会合天下鬼神时的乐曲，不能轻易弹奏，恐怕招来灾祸。平公一定要师旷奏《清角》，师旷不得已，只得拿起琴来，奏了一曲。刚一开始弹奏，就有云出现在西北方，渐渐弥漫天空。再一弹奏，就刮来呼呼的大风，随着风就飘来了冰雹和大雨，把屋瓦吹了下来，把挂在台上的帘子幔子撕成破布条，把席桌上菜盆子、汤锅子都吹下地来砸个扁头涨脑。宾客们骇得四散逃走，平公骇得趴伏着躲在房廊角落止不住地颤抖。以后晋国接连遭了三年大旱，平公也躺在床上生了一场重病——据说根基浅的人还够不上听这种天乐呢。

  黄帝的威武和尊严，大体上便如这里所写，但这已经是他做中央天帝时候的光景了。在这以前，还有过一场和他的兄弟炎帝、更主要是和炎帝的后裔蚩尤斗争的过程，直待把他们都战胜了，黄帝这才坐稳了中央天帝的宝座，成为神国至高无上的首领。

050　蚩尤的传说

黄帝时代的一件大事情，就是他和蚩尤的战争。

这蚩尤，前面说过，不是还在西泰山上带了一群群虎狼替黄帝开路吗，为什么一下子又和黄帝作起对来了呢？

原来这蚩尤，固然是有些人眼里的天上恶神，实际上却是一个勇猛的巨人族的名称。这一族人住在南方，据说是炎帝的子孙后代。古书上说：蚩尤一共有八十一个或七十二个弟兄，一个个的形状都长得狞猛异常，铜头铁额，兽身人语。更有奇怪的民间传说，有说蚩尤是"人身牛蹄、四目六手"的；有说蚩尤的头上生有坚利的角，耳朵旁边的毛发直竖起来好像剑戟的；有说蚩尤是八只手、八条腿的，种种不一。总之，我们知道蚩尤是介乎神和人之间的不平凡的族类就行了。这族类的形状，综合各种传说给我们的印象，确实是更近乎牛，说是那人身牛头的炎帝的子孙后代，大致可以相信。

蚩尤不但形状奇怪，他吃的食品更是奇怪，他拿沙子、石头、铁块来做他的家常便饭。他又善于制造各种兵器：锋锐的矛、坚利的戟、巨大的斧、坚固的盾、轻捷的弓箭……这些都是他的拿手工艺；除此之外，他更具有超人类的神力。当黄帝在西泰山大会天下鬼神的时候，蚩尤虽然也去参加，表示顺服，但怎知不是他有意去窥探对方的实力呢？他看了，回来了，估计一下，觉得黄帝的排场虽然不小,究竟不过是排场罢了,真要讲动起武来,他自信不一定就会输。

他很想把他的祖父——仁懦的炎帝所遭受的战争失败的耻辱湔雪掉,把黄帝的中央天帝的宝座给夺过来。

051　黄帝和炎帝之战

　　原来黄帝在和蚩尤战争以前，早已和炎帝有了一场规模不小的战争。这场战争的详细情节已经无从考证，只知道战争的起因是由于弟兄俩水火不相容，各有各的"仁道"，也各行各的"仁道"，于是一场剧烈的战争终于不可避免地爆发了。炎帝用的是火攻；他手下有祝融这员大将，他本人又是太阳神，用火来摧毁敌人自然是再便当不过的。但身为一方天帝的黄帝，他本人便是雷雨之神，主管雷雨，对炎帝的火攻似乎并不十分放在心上，很容易就对付过去了。倒是后来黄帝统率着神兵神将，驱赶着老虎、豺狼、豹子、人熊、狗熊等种种野兽作先锋，拿鹍呀、鹖呀、鹰呀、鸢呀，种种猛禽作旌旗，在阪泉之野的战场上，狠狠地对炎帝进行了几次猛烈的进攻，这势头却相当强大，使得炎帝只有招架之功，绝无还手之力，最后不得不以失败而告终。说炎帝被擒或许有些夸大失实，他大概从此便被驱赶到南方去，成为偏处一隅的天帝了。

052　蚩尤寻仇

蚩尤从黄帝那里跑回来，把黄帝的情况向炎帝讲了，说黄帝目前表面上虽然声势浩大，实际上不过是虚排场，空架子，并没有什么了不起，劝炎帝重振军旅，再和黄帝见个高下，雪耻报仇。可是炎帝毕竟年老力衰了，宁愿守着眼下的一点基业，安分地做个小小一方的天帝，再也没有雄心大志去冒险，去和黄帝争什么高下。而且他知道，战争如果发动起来，不论胜败，世间的人民又要遭殃受害，这也是仁爱为怀的炎帝所不忍心见到的。因此，便没有听从蚩尤的挑动。

蚩尤见炎帝懦弱无能，决心动手自己来干，便去发动他那七八十个早已经在那里摩拳擦掌、等候报仇的弟兄。这些人既然久有此心，自然一说便成，大家都愿献出所有的力量，听候首领蚩尤的调遣。

蚩尤又去发动南方的苗民。苗民本是黄帝的苗裔，只因受到黄帝的歧视，没有将他们和也是黄帝苗裔的下方其他民族等同看待，不免心怀怨愤。又兼蚩尤还制作了好几种刑罚来威迫他们，只许顺从，不许反抗。怨愤和恐惧交织的结果是，大多数苗民便都跟着蚩尤造起反来了。

除苗民外，南方山林水泽间的怪神，如魑魅魍魉之类，怨恨黄帝手下那两个鬼头子——神荼和郁垒管制他们太严，也都闻风兴起，加入蚩尤的战团，愿在蚩尤的统领下，去夺取黄帝的宝座。

蚩尤于是假借了炎帝的名号，自称"炎帝"，正式揭起了反抗的旗帜。他统率着大军，浩浩荡荡地从南方杀向古代那个有名的战场涿鹿（在今河北省涿鹿县）。

涿鹿和阪泉，两地相距不过数里，所以它们其实就是一地。正在昆仑山宫苑里悠游自得、过太平日子的黄帝，听说蚩尤出动大兵，打到不久前击败炎帝的涿鹿（阪泉）来了，并且还明目张胆地打了炎帝的旗号，这就显而易见，蚩尤要求为炎帝复仇，并且还要来争夺天帝的宝座。我们可以想见，这时候他是怎样的惊惶和震怒。

053　涿鹿大战

老谋深算的黄帝，是善于"讲道德、说仁义"的。据古书上说，他最先还想用他那一套仁义道德去感化蚩尤，收到"攻心为上"、"兵不血刃"的良好效果，可是顽固的蚩尤，不受他的仁义道德感化，终于，他也就只得用战争对付战争了。

这场战争是猛烈无比的，蚩尤这方面的军队，前面说过：有他七八十个铜头铁额的弟兄，有苗民，有魑魅魍魉等山精水怪；黄帝的军队，则除了四方鬼神之外，还有罴、熊、貔、貅、貙、虎种种野兽，想来也还有来帮他打仗的下方的一些民族。正所谓棋逢对手，各不相让。

由于蚩尤是冒了炎帝的名号，所以黄帝和蚩尤的这场战争，有人竟把它当做黄帝和炎帝的战争，其实是弄错了的。

战争进行的开始，蚩尤这方面军队果然表现得很强悍，黄帝虽然有一大群野兽冲锋陷阵，又有四方的鬼神和下方一些勇敢的民族来帮他的忙，究竟也还不是蚩尤的敌手，所以接连吃了好几个败仗，情形是相当狼狈的。

有的古书上记载说，蚩尤变幻多方，有征风召雨、吹烟喷雾的本领，使得黄帝的军队在战阵上困顿迷惑，一筹莫展。下面就是一个蚩尤作大雾来围困黄帝的实际例子：

有一次，当双方的军队在原野上战斗正酣的时候，蚩尤不知道弄了一种什么魔法，造起了漫天遍野的大雾来，把黄帝和他的军队团团围困在核心，不辨东西南北的方向。在这一片白茫茫的大雾中，一个个铜头铁额、头上生角的蚩尤就更加可怕了。他们在雾中或隐或显，时出时没，逢人便砍，见人便杀，只杀得黄帝的军队马嘶人叫，虎窜狼奔。

"冲出去呀！冲出去呀！"黄帝手里挥舞着宝剑，站在战车上，大声地喊。

"冲出去呀！冲出去呀！"四方的鬼神也应和着黄帝的喊声，齐声呐喊。

老虎在吼，熊在咆哮，对着这片威胁生命的大雾，谁都希望早点冲出它的包围。

冲呀，冲呀，可是冲杀了大半天，转来转去，还是在这片白茫茫的大雾的包围中。

四方的鬼神没有办法了，黄帝也没有办法了。这雾，仿佛并不是雾，倒像是一幅大白布幔子，把天和地整个儿都包罗在它的当中。

正当黄帝愁眉不展的时候，他的一名叫"风后"的臣子，那个非常聪明的小老头儿，却在战车上微微闭着两只眼睛，仿佛在打瞌睡。当黄帝责问他为什么在这战争紧急万分的时候还有闲心打瞌睡时，风后霍地睁开了他的眼睛，分辩说："我打什么瞌睡，我正在想办法哩！"事实上，这个小老头的确也正在想办法：他想那北斗星的斗柄，为什么能依着时序的不同而变换它所指的方向呢？假如能发明出这么一种东西，不管怎样东转西转，总能指着一定的方向，一方能定出来，其余三方也就能定出来，那么问题岂不是就解决了吗？他就这么想呀，想呀，忽然给他想出了一个极好的办法，于是他就在战场上运用他鬼斧神工的本领，很快替黄帝做了一辆"指南车"。这车子的前面，有一个铁制的小仙人，伸出手臂，正指向南方。靠了这辆车子的领导，黄帝才能统率着他的军队，冲出大雾的重围。

054　天女助战

前面说过，在蚩尤所统领的军队里，有魑魅魍魉等山精水怪，这些魔怪都有一种发出怪声来迷惑人的本领。人听了这种声音，就会晕乎乎，失掉知觉，跟随着怪声发出的方向走去，结果便做了妖魔鬼怪的牺牲品。他们大概可以分做三种：一种是魑魅，人的脸，野兽的身子，四只脚；一种是神魑，也是人的脸，野兽的身子，只有一手一脚，发出的声音好像打呵欠；还有一种是魍魉，像个三岁小娃娃，通身黑里透红，长耳朵，红眼睛，乌黑光亮的长头发，喜欢用学人说话的声音来迷惑人。三种妖怪都不是好惹的东西，黄帝的士兵被他迷惑去的不知道有多少，这对于战争的形势很是不利。后来黄帝不知道从哪里打听到魑魅魍魉们虽然喜欢发出怪声来迷惑人，自己却最怕一种声音，就是龙的声音。于是，黄帝就叫兵士们牛羊角做军号，从中吹出低沉的龙吟般的声音来。这种声音回环宛转，响彻整个战场，蚩尤统领的山精水怪们，一个个都心惊胆寒，如痴似醉，再也不能兴妖作怪了。黄帝的军队拥上前去，便打了一个小小的胜仗。

黄帝果然也有一条神龙，名叫应龙，应龙生有一对翅膀，住在凶犁土丘山的南端，善能蓄水行雨。黄帝心想：蚩尤能作大雾，我的应龙却能下大雨，大雨的厉害还怕不及大雾？而且应龙来了，他就会作龙吟，那些魑魅魍魉就更加没法施展他们的伎俩了。主意拿定，黄帝就派人去叫应龙到战场来助战。

应龙一来，就马上出阵去攻打蚩尤。他正展开翅膀，飞行在天空中，摆起行云布雨的架子。哪知道架子还没有摆好，蚩尤早已经去搬请了黄帝在西泰山大会天下鬼神时结交的朋友风伯和雨师来，"先下手为强"，纵起一场猛烈无比的大风雨，使应龙犹如小巫见了大巫，简直没法施展他的本领。狂风和骤雨都向黄帝这边阵地上吹打过来，吹打得黄帝的军队站脚不住，四散溃逃。

站在小山顶上观战的黄帝，看见应龙原来这么不济事，大失所望，只得叫他的一个随军的女儿上阵去助战。

黄帝的这个女儿，名叫"魃"，住在系昆山的共工之台上，常穿一件青衣服，模样并不漂亮，据说还是秃头。但是她的身体里面却装满了大量的炎热，恐怕远远超过现在大型工厂里的冶铁炉。她一走到战场上，说也奇怪，刹那间狂暴的风雨顿时消失得无影无踪，天空中又是烈日当头，炎热得比下雨以前还厉害，蚩尤弟兄们见了这种景象，一个个惊惶诧异，应龙便趁此机会扑杀前去，结果成绩还不坏：杀死了几个蚩尤弟兄和一些苗民。

但是可怜的天女魃，帮助她父亲完成了这件功业之后，大概因为用的力量太多，或者受了邪魔的沾染，从此她就只能留住在地上，再也不能够上天了。她居留的地方，总是旱云千里，颗雨全无。人民受她的灾害极大，都非常痛恨她，叫她做"旱魃"，常常想方法来赶逐她。她就这样被人们赶来赶去，到处都不受欢迎，后来周民族的始祖后稷（五谷之神，下面就要讲到他）的孙子叔均向黄帝说出旱魃在人间不受欢迎的情形，黄帝才下命令把她安顿在赤水以北的地方，叫她固定地住在那里，不准乱跑。可是旱魃已经在人间游荡惯了，在一个地方待不惯，还是时常偷跑出来，东游西荡，人们不免又要遭受她所带来的旱灾之殃。不过，她既然有了固定的住地，到底总要好些。人们在驱逐她以前，就先把水道开好，把沟渠挖通，然后向她祝祷道:"神啊,到赤水以北你的住家去吧。"据说她经过这么一祝祷,往往也就自知惭愧,回到她的老家去,因而那个地方就获得了活命的甘霖。

055　奇异的军鼓

蚩尤又有飞腾天空和在险峻的山岭上行走的本领；虽是在战阵上丧折了几个弟兄，损失了一些苗民，但还有剩下的一大群人，首领安然无恙，声势仍旧浩大。黄帝对于这批凶恶的叛徒，还是愁着没有办法，而且战争旷日持久，他这边军队的士气又渐渐低落了，也使他不能不在心里暗中忧虑。

后来他终于想出了一个妙法，这妙法就是用一种特别的材料，制造一面特别的军鼓，来振作士气，制胜敌人。

原来在东海的流波山上，有一只叫做"夔"的野兽，形状像牛却没有角，苍灰色的身子，足只有一只，能够自由地进出海水之中，每当它进出的时候，必定伴随着大风大雨，而且眼睛里发出一种闪闪的像日月般的光辉，同时大张着口吼叫，声音好像打雷。这种一足怪兽古时越国的人又叫它做"山獡"，说它有一张人的脸，猴子的身子，而且会说人话。大概是传闻不同的缘故。总之，它不幸被黄帝看中了，便派人去将它捉了来，剥了它的皮，将这皮晾干，制成一面鼓。

军鼓有了，还差一个鼓槌。黄帝又打主意到雷泽中雷神的身上。这雷神，又叫"雷兽"，是一个龙身人头的怪物，常无忧无虑地拍打着自己的肚子在那里玩耍；每一拍肚子，就放出一个响雷。先前伏羲的母亲华胥氏踩了他的足印，就生出伏羲来，他实在也是一个著名的天神。可是，黄帝为了要战胜敌人，竟派人去逮捕了他来，不由分说，将他杀了，从他身体内抽出一根最大的骨头，当作鼓槌。

军鼓有了，鼓槌也有了，黄帝就把雷神骨头做成的鼓槌，来敲打夔牛皮制成的军鼓，两件响东西碰在一起，发出的声音竟比打雷还响，据说五百里以外也能听见。

这面军鼓被搬到战阵上，一连擂了九通，果然山鸣谷应，天地变色，黄帝这边军威大振，却吓得蚩尤们魂丧魄落，不能飞也不能走了。黄帝的军队就在震耳欲聋的鼓声中追杀上去，打了一个大大的胜仗，擒杀了好些蚩尤弟兄，当然也杀死了很多苗民。

这一次蚩尤的失败，损失却相当惨重了，检点剩下来的人马，已经不到半数，要不投降就只有全被歼灭，大家心里都很恐慌。投降，是可耻的，没有一个人愿意投降。有人提议去请北方的巨人族夸父前来帮忙，这提议，被大多数人赞同了，于是马上就派人动身到北方去。

056　夸父逐日

这夸父族，原来是大神后土传下来的子孙。后土，是幽冥世界即幽都的统治者。幽都在北海，里面有黑鸟、黑蛇、黑豹、黑虎和长着毛蓬蓬的尾巴的黑狐。又有一座大黑山，山上来来往往的都是黑人。这是一个黑色的国度，所以叫做"幽都"。看守幽都城门的，就是那个著名的巨人土伯。他长着老虎的头，额头上有三只眼睛，身躯像牛样的庞大；嘶哑地叫着，摇晃着一对明晃晃的坚利角，张开了涂满血污的肥大的手指，逐赶着幽都里那些哀声号叫、奔跑躲避的可怜的鬼魂。——这景象多么令人可怕！从这里我们就可以想见那幽都之王后土的威严是怎样的了。

夸父族的人住在北方大荒中一座叫做"成都载天"的山上，一个个都是身材高大的巨人，力气极大，耳朵上挂两条黄蛇，手里把握两条黄蛇，可是他们的性情却比较和平善良。他们当中，曾经有这样一个人，做了这么一件看起来有些傻气但却是惊天动地的事。

这个勇敢的夸父族人，有一天忽然发下了宏愿，想去追赶太阳，和太阳赛跑。在原野上，他果然就提起长腿，迈开大步，如风般急驰，向着西斜的太阳追去，瞬间已经超越千里。这一追一直便将太阳追到了禺谷。禺谷，就是虞渊，大诗人屈原曾经慨叹过的"望崦嵫而勿迫"的崦嵫山就在那里，是太阳落下的地方。一团红亮的火球就在他的当前，夸父已经完全处在光明的围绕中了，他欢喜无尽地举起巨大的臂膀来,要想把这团光明用双手捉住。可是他已经奔跑了一天,疲倦极了,又兼太阳的炎热烤炙着他,使他心里烦躁而又口渴,他就伏了身子来,去喝黄河、渭水里面的水,刹那间两条河都给他喝干了,口渴还是止不住。他又再向北方跑去,想要去喝大泽里的水。那大泽,又叫做瀚海,在雁门的北边,是鸟雀们孳生幼儿和更换毛羽的地方,纵横有千里宽广。这倒是一处好水泉,可以给追求光明的巨人解除口渴。可是他还没有到达目的地,就在中途口渴死了。他颓然地像一座山样地倒了下来,大地和山河都因为这巨人的倒下而发出轰然的震响。临死的时候,他抛弃了手里的杖,那杖落下的地方,忽而化作一片绿叶茂密、鲜果累累的桃林,给后来追寻光明的人们解除口渴,使他们继续向前赶路。

夸父死了以后,他留在人间的遗迹,有一座夸父山,这夸父山,有人说在现在湖南沅陵县,又叫撑架山,山的东麓,一直伸到桃源县界。山头上有三块成"品"字形的大石头,民间相传,说这就是夸父和太阳赛跑,肚子饿了,拿了个大鼎锅,在这里煮饭吃的。这显然是出于善良的人民的附会:朝北方跑要去喝瀚海的水解渴的夸父,是不会倒转头来跑向南方,而且也绝不会因为肚子饿临时拿鼎锅煮饭吃,所以这种说法并不可靠。还是较早的一种说法,说夸父山在陕西和河南之间,较为可信。

据注《山海经》的郝懿行说,夸父山又叫做秦山,在现在河南灵宝县东南,和陕西的太华山相连。山的北边有一片周围好几百里宽广的树林,差不多都是桃树,遍生嘉桃,叫做桃林,也就是古代有名的桃林塞。夸父山和桃林塞相连既是这么紧密,应该说夸父的遗迹在这里更是有理由的。武王伐纣,天下既定,就把无用的牛马散放在这片山林里,所以这里多的是野牛和野马,那些野马,原都是在疆场上身经百战的骏马的后代子孙,虽然变得野性难驯了,可是它们英武的禀性还在。据说周穆王的时候,那个有名的御者造父,就曾经在这里得到了骅骝、绿耳、盗骊等好几匹宝马,他把它们献给了酷爱旅行的周穆王。周穆王就叫他驾了八匹骏马拉的车子,周游天下,行经万里,一直到了大地的西极,见到了那个平时思慕已久的华贵的西王母。这件事情后文有机会还会讲到,现在暂且搁下不提。

057　玄女授兵法

且说蚩尤族的人来见了夸父族的人，说出要请他们帮忙的意思。前面说过，夸父族原是后土的子孙，而后土呢，又是炎帝的苗裔。所以说来说去，夸父也是炎帝的苗裔。蚩尤为炎帝复仇，战争失利，要来请夸父族人助一臂之力，这正是伸张正义、获得荣誉的良好时机，多数夸父族人都表示赞同，立刻部署军旅，投入战争的涡流。

蚩尤得了夸父族人帮助，声势一下子重新整顿起来，像火堆里添了柴，老虎添了翅膀，又和黄帝的军队成了势均力敌、相持不下的局面。

黄帝对于夸父族人加入战争，确实很感烦恼，一时想不出什么好办法来应付这种新局面。后来幸亏有一个人头鸟身的妇人，名叫"玄女"，是天上得道的女仙，来见黄帝，传授黄帝兵法。黄帝得了玄女的传授，从此行军布阵，变化不可捉摸。同时又得到了昆吾山的火一样的红铜，打造宝剑，这种宝剑造成之后，就变成青色，寒光四射，水晶般的透明，拿它来切玉就像切泥土一般。黄帝一下得到了兵法，又得到了武器，霎时间军威又大大振奋起来。蚩尤和夸父虽然猛勇，但他们仗恃的只是力气，究竟不能抵御黄帝的谋略，所以他们终于还是失败了。在最后一场战争中，残破的蚩尤和夸父的队伍，便落入了黄帝军队的重重包围。这时战阵上应龙大显神威：他翱翔天空，嘎嘎怪叫，杀死一个个跑不走的蚩尤，又杀死许多帮凶的夸父。黄帝的军队合围上来，那"力拔山，气盖世"的铜头铁额的蚩尤首领，就被生擒活捉了。

但可怜的是建立了这么大的功勋的应龙，也和天女魃一样，受了邪气的触染，再也上不了天，他的主人似乎也像忘记自己的女儿一样地将他忘记了。他从此就只好悄悄地去到南方的山泽里居住，所以至今南方多雨。而南方以外的别的地方呢，一则因为有了天女魃的居留，再则又缺少在天庭掌管行雨的应龙，所以常闹旱灾。后来聪明的人民想出了一个办法，每逢闹旱灾的时候，就集合众多的人来扮作应龙的模样，在地面上舞蹈，据说竟也因此常得到下雨。

058　黄帝杀蚩尤

被活捉住的蚩尤首领，像这种万恶的元凶，黄帝当然不会宽恕他的，所以马上就在涿鹿将他杀掉。杀他的时候怕他逃跑，还不敢把他手脚上的枷栲马上除去。直到已经将他杀死了，才从他身上摘下血染的枷栲，抛掷在大荒之中。这枷栲顿时化作了一片枫林，每一片树叶的颜色都是鲜红，那便是蚩尤枷栲上斑斑的血迹，直到现在还在诉说着他的怨恨。

把蚩尤在涿鹿杀掉，这是一种说法，另一种说法是蚩尤打了败仗，且战且退，一直退到冀州的中部，才被黄帝捉住，砍下了他的头颅，使他身首异处，分解为二，所以就叫那个地方做"解"，就是如今山西省运城市盐湖区解州镇。附近有一个盐池，叫做解池，周围有一百二十里宽广，池里的盐水呈红色，人们都说那就是蚩尤被杀流下的血。至于他分解开来的头和身体，却又被搬到如今的山东去，在阳谷县寿张镇和巨野县两处地方分别把它们埋葬起来，修造了两座坟墓，以免它们死后作怪。阳谷县寿张镇埋葬的大约是蚩尤的头，坟高七丈，古代那地方的居民总要在每年十月祭祀蚩尤，据说在这时候，往往有一道红色的雾气从蚩尤坟墓的顶上冲出来，直达云霄，好像悬挂着的一面旌旗，人们叫它做"蚩尤旗"。大家都知道：这失败的英雄还不甘心他的失败，还在那里愤恨不已，怨气冲天呢。至于在巨野县的那座蚩尤墓，埋葬的是蚩尤的身躯，又叫"肩髀冢"，大小和阳谷县寿张镇的差不多，却没有什么灵怪。

059　蚩尤遗踪

蚩尤的遗迹，除了上面所说的以外，又据说晋朝时候冀州地方有人掘得巨大的骷髅的碎片，铜铁般坚固，想来便是当年蚩尤的骨头了。还说有人得到了一颗蚩尤的牙齿，足有两寸长，也是坚固得用任何方法都敲它不破。

而汉代创制的"角抵戏"，晋代又新加入一些花样的"蚩尤戏"，三三两两的人们，头戴牛角，互相触抵，想来就是模仿蚩尤在战场上和敌人打仗的光景了。

又还有一种传说，据说殷周时代鼎彝上面刻绘的那个怪兽的形象，就是蚩尤。这怪兽只有个狰狞可怕的脑袋，却没有身子，脑袋的两旁贴附了一对肉翅膀，看来像对耳朵，人们叫他做"饕餮"；"饕餮"就是贪吃无厌的意思。正因他贪吃无厌，所以最后只剩下一个被砍下的吃人的头。也正如有的书上所讽刺的"吃人没吃到，自己先遭殃"，失败的蚩尤的结局正是这般光景。黄帝砍下了蚩尤的头，后代的国君们就把想象中的这头的形状刻绘在鼎彝上面，用来警戒一些野心勃勃、有非分之想的臣僚和诸侯。那像耳朵样的贴附在兽头两旁的肉翅，大概就是蚩尤背上生的翅膀，蚩尤正是用了这翅膀"飞空走险"、大逞威风的。至于又有的书上说，这饕餮是生长在西南方荒野中的一种毛人，头上戴着猪头，生性贪婪狠恶，喜欢积钱却舍不得花用，自己不爱劳动，却去抢夺人们的劳动果实——谷物；

抢夺的时候，又欺软怕硬，见是一群人就赶紧躲避，见是单身汉就去攻击他。状貌虽然和鼎彝上刻绘的饕餮不同，性情倒是和传说中的饕餮类似；实在也该是那个正统历史里著名在案的坏蛋蚩尤的化身。

060　帝子的隐忧

　　黄帝战胜了蚩尤，把那万恶元凶的首级砍了下来，还觉得不能甘心，他还把那些跟着蚩尤造反作乱的苗民，通通杀掉，来宣泄他心中的愤恨。可是人民究竟是杀不完的，正像古诗人所描写的原野上枯黄的秋草一样，说是不要看它们枯黄，就连野火都烧它们不尽呢，只要遇着春风吹来，转眼间又是一片新绿——人们要求生存的意志就有这样的强韧！所以后来代替黄帝做了中央天帝的颛顼，看见南方苗民的声势渐渐又浩大起来，害怕影响到上帝宝座的安稳，索性派了大神重和大神黎去把天地的通路阻断，自以为可以高枕无忧了；可是后来那些做下方人王、号称"天子"的天帝的儿子们，却还要为了对付南方的这个勇悍不驯的民族，昼夜都在忧虑重重。或者采取"德化"的方法进行感化，或者免不了也就要提兵调旅，兴师动众。人国的安危往往直接影响到神国的安危，在那紧急的关头，天帝还是不得不亲身出面，调遣天兵天将，去和南方的苗民周旋。苗民和下方其他民族一样，本来同是神的胄裔，就为了当初在平定蚩尤的这场叛乱中，"天帝"对他们的"报虐以威"未免太过了点，所以世世代代竟结下了海一样的深仇。记载这些血腥的斗争故事，枉费了历史许多宝贵的篇幅——好在今天"一唱雄鸡天下白"，所有阴暗的记忆已经永远成为过去了。

061　蚕神献丝

黄帝杀了蚩尤以后，为了庆祝战争的胜利，就作了一部乐曲，名叫《棡鼓曲》，共分为十章，有什么"雷震惊"、"猛虎骇"、"灵夔吼"、"雕鹗争"，等等。单从这些歌曲的名目看，已经可以想见那勇武和雄壮了；又还配以"棡鼓"这种宴会宾客时候用的特制大鼓，就更是气概不凡。在这一片咚咚的鼓声里，胜利的战士们唱着凯歌，又应和着鼓声在殿堂上做着种种象征杀敌制胜的击搏姿态的舞蹈，这时坐在大殿中央宝座上听乐观舞的黄帝，他那踌躇满志的高兴心情，我们也可以想见了。

正在作乐庆功、皆大欢喜的时候，作为"锦上添花"的，又有那披着一张马皮的蚕神，从天空冉冉下降，手里捧了两绞丝，一绞颜色黄得像金子，一绞颜色白得像白银，前来献给黄帝。这披着马皮的蚕神，原来是一个容貌姣好的姑娘，只可惜多了这一张马皮。而这马皮粘附在她的身上，又像生了根一般，和她的身体早已经连成一片，丝毫也没有法子揭取下来。倘若她把马皮两边的边沿拉拢点，包裹住自己的身体，那么她马上就会化为一条蚕，一条有着马样的头的蚕。甚至她如果愿意的话，她就可以马上从嘴里吐出细长的发出闪光的丝来。在北方的荒野，在那高有百丈、并排着生长的光干无枝的三株桑树的近旁，她确实是半跪着爬在另一棵大树上，不分昼夜地在那里吐丝，人们于是叫这片荒野为欧丝之野。这美丽的姑娘，为什么竟披着马皮，化身为蚕，做了蚕神呢？原来有这么一个民间传说。

062　蚕马的故事

上古时候，有一个男子出门远行，在外面很久都没有回家。他家里没有别的人，只有一个小女儿和一匹公马，这公马就由小女儿亲自喂养着。小女儿在家里很是寂寞，常常想念她的父亲。有一天，她开玩笑地向拴在马房里的公马说道："马啊，你如果能够去把我的父亲迎接回来，我一定嫁给你做妻子。"

那马一听这话，就跳跃起来，拉断了缰绳，从马房里跳出来，跑出院子，跑了不知道几天几夜，一直来到了小姑娘父亲住的地方。父亲见是自家的马从千里外的故乡跑来，又是惊异，又是欢喜。那马却也作怪，只是望着它来的方向，伸长了颈子，悲鸣不已。父亲心里暗想：这马远远从家里跑来，作出这种奇怪的模样，莫非我家出了什么事情？于是一刻也不停留，赶紧骑了马跑回家去。

回到家里，女儿才向父亲说明：家里并没有发生什么事故，只是想念父亲，马通人性，径自就去把父亲迎接了回来。父亲没话说，便在家里住下来。又见马这么聪明和重感情，心里很是高兴，待它更比往常不同，总是拿上等的料食来喂养它。可是马对着拿来喂它的丰美食物，不大肯吃，而每每见了小姑娘从院子大门进出，却神情异常，又叫又跳，非止一遭。

父亲觉察到这种光景,心里奇怪,便秘密地问他的女儿:"你说说,那马见了你为什么又跳又叫呢?"女儿只得老老实实地把那次和马开玩笑的话告诉了父亲,父亲一听就板着脸孔向女儿说:"唉,真是愁死了。别说出去,最近几天也不许你出这院子的大门!"

父亲虽然热爱马,可是决不能够让马来做他的女婿,为了省得那马长期作怪,父亲就埋伏了弓箭,亲自将马射死在马房里,然后剥下它的皮,将皮晒晾在院子里。

这天,父亲因为有事出门去了,小姑娘和邻家的姑娘们同在院子里马皮的旁边玩耍。小姑娘一见那马皮,心里生气,就用足去踢它,边踢边骂:"你这个畜生,还想讨人家做你的妻子哩!现在给剥下皮来真是活该!看你还……"

话还没有说完,那马皮就突然从地上跳跃起来,包裹了小姑娘就朝院子门外跑去,风样地旋转着,顷刻间就消失在原野。女伴们眼见这种情景,骇得手忙足乱,又惊又怕,谁也没有办法救她,只得等她父亲回来,告诉她的父亲。

父亲听了女伴们的诉说,非常诧异,到附近各处去寻找了一遍,全无踪影。几天以后,才在一棵大树的枝叶间,发现了他那全身包裹着马皮的女儿,已经变成了一条蠕蠕而动的虫样的生物,慢慢地摇摆着她那马样的头,从她的嘴里吐出一条白而光的长长的细丝来,缠绕在树枝的四面。好奇的人们纷纷跑来观看,大家就叫这吐细丝的奇怪的生物做"蚕",说她吐出丝来缠绕住自己;又叫这树做"桑",说有人在这树上丧失了年轻的生命。

这就是如今蚕的来历。小女儿后来就做了蚕神,那马皮一直披在她的身上,和她做了永不分离的亲密伴侣。

黄帝战胜了蚩尤,蚕神就亲自把她吐的丝献给黄帝,庆祝他战争的胜利。黄帝见了这美丽而稀罕的物事,大大地赞赏,便叫人把这丝织成绢子，又轻又软，像天上的行云，溪中的流水，比先前那苎麻织的布好到不知道哪里去了。黄帝的臣子伯馀就拿这丝织的绢做成衣裳，黄帝本人也利用它做成帝王的礼帽和礼服。黄帝的元配妻子嫘祖，就是那一切女性（包括人和神）当中最尊贵的天后娘娘，也亲自把一些蚕宝宝养育起来，为了让它们吐出像蚕神献来的丝一样好看的丝，织成许许多多行云流水般的又轻又软的绢子。嫘祖便开始养蚕，人民也纷纷仿效，蚕种滋生繁衍，越来越多，到后来竟遍及于我们祖先所据有的这块丰饶的大地。采桑、养蚕、织布，这诗歌般的美丽的劳动，竟成了中国古代妇女们的专业。

063　牛郎织女

　　从这美丽而具有诗意的劳动中，产生了一些追求生活自由、追求爱情和幸福的动人传说，像牛郎织女和孝子董永与七仙女的故事。

　　相传织女是天帝的孙女，或说是王母娘娘的外孙女，这都用不着去管它了，总之，是有这么一个仙女，住在银河的东边，用了一种神奇的丝，在织布机上织出了层层叠叠的美丽的云彩，随着时间和季节的不同而变幻它们的颜色，叫做"天衣"，意思就是给天做的衣裳。天也和人一样，是要穿衣裳的，虽然碧蓝如洗的赤裸的青天也自有它的美丽。做这种工作，除了织女之外，还有别的六位年轻的仙女，都是织女的姐妹，也都是天上的织造能手；织女在她们当中，是最勤勉、努力的一个。

　　隔着那条清浅的闪光的银河，就是人间。在那里住着一个牧牛郎，叫做牛郎，他的父母早死去了，常受哥嫂的虐待。终于，他被哥嫂不公平地分家出去，给了他一只老牛，叫他自立门户。

　　靠了老牛的帮助和他自己的努力劳动，他在荒野地上披荆斩棘，耕田种地，盖造屋子，一两年后，居然营建了一个小小的家，勉强可以维持生活。可是除了那条不会说话的老牛之外，冷清的家里只有他一个人，日子过得相当寂寞。

　　有一天，老牛忽然口吐人言，告诉他说织女和别的仙女将要到银河去洗澡，叫他趁她们洗澡的时候，夺取织女的衣裳，她就可以成为他的妻子。惊异的牛郎听从了老牛的话。到时候悄悄去到银河岸边的芦苇丛里躲着，等候织女和她的女伴们来临。

不多一会儿，织女和美丽的仙女们果然来到银河洗澡，脱下轻罗衣裳，纵身跃入清流，顷刻之间，绿波荡漾的水面上就好像绽开了朵朵白莲。牛郎从芦苇里跑出来，从青草岸上仙女们的衣裳堆里夺取了织女的衣裳，惊骇的仙女们乱纷纷地急忙穿上自己的衣裳，像飞鸟般地四下惊飞逃散，银河里就只剩下那个不能够逃走的可怜的织女。牛郎向她说，她要答应做他的妻子，他才能还给她衣裳。织女拿头发掩住她的胸脯，没法子只得含羞地点头（其实她对这虽然有点鲁莽可是却勇敢的少年也早已经动了一点爱念了）；这样，她就真的做了牛郎的妻子。

他们结婚以后，男耕女织，相亲相爱，生活过得非常美满幸福；不久生下了一儿一女，都是可爱的孩子。夫妻俩满以为能够终身厮守，白头到老。

哪知道天帝和王母娘娘查明了这件事情，都非常震怒，马上派遣天神，把织女捉回天庭问罪。王母娘娘怕天神办事疏虞，还亲自跟来观察动静。

织女和丈夫、孩子惨痛地分离，被天神押解着回天庭去。牛郎见爱妻去了，悲痛万分，立刻用箩筐挑了儿女们，连夜跟踪追去。他原打算渡过那清浅的银河，一直就到天庭，哪知道到了银河的地方，却早已消失了银河的踪影，抬头一看，原来银河已经被王母娘娘用法力搬到了天上。在苍蓝色的夜空中，银河，还是那么一泓清浅的闪光的水流，可是已经仙凡异路，再也不能够接近它了。

牛郎回到家里，和儿女们一样，捶胸顿足，悲哀地号啕，爷儿三个哭作一团。老牛在牛圈里又第二次发出人声："牛郎，牛郎，我快要死了。我死以后，你剥下我的皮来披在身上，就可以上天庭去。"

老牛说完话，便倒地死去。牛郎果然披了老牛的皮，仍旧挑着一对儿女，追上天去。为了使箩筐两头的重量均衡，他随意拿了个粪瓢来放在箩筐的一头。

　　牛郎到了天上，风一样地穿行在灿烂的群星之间，那银河，已经遥遥在望，隔河的织女，也仿佛可以看见。牛郎大喜过望，孩子们招着小手儿齐声欢呼："妈妈！妈妈！"哪知道刚跑到银河，正想要涉河过去的时候，从更高的天空中忽然伸下来一只女人的大手——原来是王母娘娘着了急，拔下她头上的金簪，沿着银河这么一划，清浅的银河马上变成波涛滚滚的天河……

　　对着这天河，眼泪除了像天河里的水一样地汹涌奔流，还有什么法子可想呢？

　　"爹爹，我们拿这粪瓢来舀干天河的水。"小女儿终于揩干了眼泪，瞪着一对小眼睛，这么天真而又倔强地提议。

　　"对，我们来舀干天河的水。"悲愤的牛郎毫不犹豫地答应了。

　　说着，他果然拿起粪瓢，奋勇地一瓢一瓢地去舀那天河的水。他舀得倦乏了，儿女们又合力用他们稚弱的小手来帮爹爹舀。这坚强而执著的爱情，终于也稍稍感动了那威严的天帝和王母娘娘冷硬的心肠，允许他们每年七月七日的晚上相见一次，相见的时候，由喜鹊来替他们搭桥。夫妻俩就在鹊桥上相会，诉说衷情。织女见了牛郎，免不得悲哀哭泣，这时大地上往往就是一阵细雨纷纷，妇女们都忍不住带着同情和叹伤的口吻说："姐姐又哭了！"

　　牛郎和他的儿女从此就住在天上，隔着一道天河，和爱妻织女遥遥相望，假如他们为相思所苦的时候，他们也自有巧妙的方法，传书递信，互通消息。——在秋夜天空的繁星中间，至今我们还可以看见有两颗较大的星，在那条白练样的天河两边，晶莹地闪烁着，那就是牵牛星和织女星。和牵牛星并列成直线的有两颗小星，是他们俩的小儿女。稍远地方有四颗像平行四边形的小星,据说就是织女投掷给牛郎的织布梭;距织女星不远有三颗小星,像等腰三角形,据说就是牛郎投掷给织女的牛拐子;他们俩把书信缚在梭和牛拐子上,就用这种方法来传达相思。——他们的爱情真可算是海枯石烂,坚定不移。

064　董永和七仙女

织女的故事之后又有七仙女和董永的故事。七仙女也是天上的织女,是织女姐妹们当中年纪最小的一个。她因为受不了天上的寂寞,偷偷来到凡间,在路上遇见了那个卖身葬父去傅员外家上工的孝子董永,爱上了他,就托土地主婚,请老槐树为媒,在槐荫下和董永成了婚配。

结婚以后,夫妻俩双双到主人傅员外家去上工,因为卖身文契上原写着"无牵无挂",如今凭空多添了一个女人,傅员外不肯收留。经过恳求和争论,才限定董永夫妻在当天晚上织成云锦十匹,如果织出来,三年长工改为百日,如果织不出,三年之后再加三年。七仙女马上答应了,董永却非常焦愁。

当天晚上,七仙女劝烦闷的董永先去睡了,自己则在屋子里烧起一炷下凡的时候姐妹们赠送她的"难香"来。顷刻之间,天上的众仙女闻香赶到,听了小妹妹的倾诉,大家马上一齐动手,"请动天丝","'经'将起来,'梭'将起来",这些灵巧的姑娘,天庭织造能手,果然就在一夜之间织出了布满了花鸟的绚烂的云锦十匹。

第二天,夫妻俩便把这云锦送给主人,主人大为惊异。到了百日期满,他们就欢喜地去辞别主人,回到他们自己的家。因为有约在先,主人无法留难,只好让他们回去。在回家的路上,七仙女才告诉董永,说她已经有了身孕,董永听了,觉得更是喜上加喜。他们都幻想着建立一个小家，像牛郎织女那样过男耕女织的勤劳而幸福的生活。可是天帝查出七仙女私下凡尘，"龙心大怒"，立刻派遣天使，催动钟鼓，传旨叫七仙女在"午时三刻，返回天庭，倘若不然，定派天兵天将捉拿，并将董永碎尸万段"。幸福的美梦就这样轻易地破碎了。七仙女怕她的情郎遭毒手，只得在他们婚配时候的那棵老槐树下和董永惨痛分离。原来董永叫一声应一声的老槐树，现在叫千声叫万声它都不应了，真是成了一段哑木头了！恩爱夫妻一下子就要永远分离，这是何其残酷的悲剧！可是七仙女在和董永约定"来年碧桃花开日，槐树下面把子交"之后，终于还是趁董永昏倒在地的顷刻，跟随着天使上天去了。

065　愚公移山

在黄帝时代涿鹿的那一场大战争里，上古的巨人族蚩尤总算绝灭干净了。只有夸父一族，还幸存了些时候，成为后来的夸父国，又叫博父国。而且我们还在《列子》这部书里，见到一段和夸父族有关的巨人移山的故事。

北山有一个叫"愚公"的老头子，年纪已经九十岁了，他家面对着太行、王屋两座大山居住，进出很是不便。于是他就召集家里大大小小的人来商议道："这两座山真可恶，挡住了我们进出的道路，我们把它搬到别处去，好不好？"有点傻气禀赋的愚公的子孙们都说："好好好。"倒是愚公的妻子献疑，头脑比较冷静，听说一家人要去搬山，便向愚公道："算了吧，老汉，像你这把年纪，恐怕就连魁父那点点大的小土坡你都动不了，还想去搬太行和王屋两座大山呢——就算你能搬吧，这些泥块石头又朝哪里堆呢？"愚公的傻儿孙们都说："担到渤海边上去一倒，岂不就完事？"大家既然赞成，搬山的工程就决定了，说干就干，马上开工。于是挖土的挖土，畚泥的畚泥，集中起来的泥块和石头，果然就结队朝渤海搬运。邻居京城氏的寡妇有一个遗腹生的儿子，刚刚到换牙齿的年龄，看见大家干活干得这么起劲，也跑跑跳跳地前来帮忙。这些搬运泥土到渤海去倾倒的人，一去就是大半年，脱下棉袄换单衫，才打了个来回。河曲智叟看见他们这么辛苦，笑着去阻挡愚公说："老头子，歇口气，像你这样风烛残年的人，能把这两座大山怎么办啊！"愚公瞪着眼睛回答他说："请你不要多说了！我看你的见识，竟连那寡妇和小孩子都不如。你就不知道，即使我死了，我还有儿子，儿子死了有孙子，孙子又会生儿子，我们世世代代地干下去，还怕这山平不了！"河曲智叟被他说得哑口无言，竟找不着话来反驳他。不料这话被一个手里握蛇的天神听见了，怕他真的这么傻干起来，这两座名山就会有些吃不消，赶紧去报告天帝。天帝感念愚公的坚诚，就派了夸娥氏的两个儿子替他把门前的两座大山背负在背上，一座搬去安顿到朔东，一座搬去安顿到雍南。两座大山本来是连在一起的，从此就天南地北地分开了。——这里所谓"夸娥氏"的两个儿子，怕也就是"夸父氏"的两个儿子吧，因为既然同是大力的巨人，"娥"和"父"声音又很相近，是有理由令人这么想的。就是那主张移山而马上就身体力行的愚公，他那精神和气概，和追赶太阳的夸父也还是有些相近的。

066　刑天舞干戚

蚩尤之后，和黄帝争那天帝宝座的，刑天应该也算是一个。刑天原是一个无名的巨人，因为和黄帝争神座，被黄帝砍掉了脑袋，这才叫他做"刑天"的。刑天，就是砍头的意思。

他本是炎帝神农的臣子，生平酷爱音乐，当炎帝统治宇宙的时候，刑天还替炎帝作过一支乐曲，叫做《扶犁》，还创作过一首诗歌叫做《丰年》，总的名称叫《下谋》。从这些歌曲的名称中，也可以想见当时人民所过的生活是怎样的幸福快乐了。

但是新崛起的黄帝却用强大的武力打败了炎帝，把炎帝逼到南方，去做了个小小的一方天帝，仁爱柔懦的炎帝在兵败之后也只好忍气吞声，不敢再和黄帝抗争。刑天虽然和蚩尤一样，也曾力劝炎帝举兵复仇，却没有动摇炎帝委曲求全的决心。

刑天自然是愤懑的。当听到蚩尤举兵反抗黄帝的时候，他心里也燃烧起希望的火焰，想一同去参加这场斗争，却被炎帝制止住了。后来听说蚩尤失败，被杀身死，他再也忍耐不住，决心采取单独行动，去和黄帝争个高下。

他偷偷离开南方天庭，左手握了一面盾，右手拿了一把板斧，气呼呼地直奔向中央天庭，径自去向黄帝挑战。他一路经过许多关隘，和把守重重天门的天兵天将交锋，没有一个是他的对手。因而势如破竹，一直杀到黄帝的宫门。

黄帝听说刑天杀来,怒不可遏,登时提了一口宝剑,出来敌斗刑天,两人在云端斧剑交加,你来我往,拼命厮杀。杀了许多时候,不分胜败,不知不觉,从天庭一直杀到凡间,一路杀去,直杀到西方常羊山的近旁。这常羊山,据说原是炎帝降生的地方,往北不远便是黄帝子孙聚居的轩辕国。轩辕国民一个个都是人的脸,蛇的身子,尾巴缠绕在头顶。两个仇人碰巧都来到了故地,因而战斗分外激烈。黄帝觑了个空子,冷不防一剑向刑天的颈脖砍去,刑天那颗像小山丘样的巨大的头颅,就从颈脖上滚落下来,落在山脚下了。

刑天一摸颈脖子上没有了头颅,心里发慌,忙把右手的板斧移给握盾的左手握着,蹲下身来伸手向地上乱摸,周围的大山小岭都给他摸了个遍。那参天的树木、突兀的岩石,在他巨手的接触下都折断了,崩溃了,只弄得烟尘弥漫,木石横飞。

黄帝恐怕刑天摸着了头颅,在脖子上凑合拢来,又将有一场好厮杀,倒是麻烦的事。因此赶忙提起手里的宝剑,向着常羊山这么一劈——哗啦一声,一座大山,中分为二,巨人的头颅骨碌碌地滚入山中,大山又合而为一。

正蹲在地面上摸索头颅的刑天,一下子停止了动作。他蹲在那里,呆呆地,身体就像是一座黑沉沉的大山,生根在那里已经有千百万年。他知道他的头颅已经被埋葬,他将永远身首异处了。他的看不见的敌人此刻也许正站在他的当前,发出胜利时得意的哈哈大笑呢。

他失败了吗?——不,他并没有失败!至少他并没有甘心失败!他突然站起身来,一只手拿着大板斧,一只手拿着那面长方形的盾,向着天空乱挥乱舞,继续和眼前看不见的敌人作拼死的搏斗。

赤裸着上身的断头的刑天,在我们看来,他是拿他的两只乳头来当做眼睛的,拿他肥大的圆圆的肚脐当做嘴巴的。他虽然被斩断了头,他的身躯就可以作为他的头。看啊,这个战斗不息的巨人的形象是多么威猛：他那长在胸前的两只眼睛似乎真要喷吐出黑色的愤怒的火焰，他那长在肚子上的阔大的嘴巴似乎真要骂出诅咒敌人的言语。他只不过被阴谋的宝剑偶然斩去了头颅，他并没有失败！他并没有失败！他还有战斗的力量和勇气。虽然他的敌人老早已经逍遥地跑回天庭去了，这个断头的刑天，至今还在常羊山的附近，挥舞着手里的武器。几千年后，晋代大诗人陶潜的《读山海经》里有"刑天舞干戚（干就是盾，戚就是斧），猛志固常在"两句，赞美这位英雄虽遭失败，但还能够奋斗不懈的精神，可说是并没有过誉。

067　黄炎战争余波

　　黄炎战争，黄帝和炎帝在阪泉的那一仗，可说是战争的序幕，和蚩尤在涿鹿（其实就是阪泉）那一场旷日持久的战争，才算是战争的主流。夸父后来也加入了这场主流战中。《盐铁论·结和篇》说："轩辕战涿鹿，杀两暤、蚩尤而为帝。""两暤"不见先秦古籍的记载，不知道究竟是一个什么样的人物。但既然和蚩尤并提，想来也当是和蚩尤一同起兵反抗黄帝的英雄，说不定也是炎帝的苗裔或属臣，可惜古书记叙太简略，除了一个名字而外，其他竟什么也不知道。刑天采取单独行动，近乎有点鲁莽地跑去和黄帝争神座，结果被黄帝斩断头颅，那就只好算是黄炎战争的余波了。

　　但虽说是余波，却并不是小小的微波，而是一波未平，一波又起，层层波澜，壮阔可观。蚩尤、夸父之后，继以刑天，算是掀起的一层波澜。刑天之后，又还有我们在前面已经提到过的那个和颛顼争神座的共工，斗争的结果致使地陷天倾，也算是掀起的一层较大的波澜。除此而外，我们还在《山海经》里查出了两处很有意思的传说中的古地名：一处是"孟翼之攻颛顼之池"，另一处是"鲧攻程州之山"。郭璞对前面一处注云："孟翼，人姓名。"后面一处注云："皆因其事而名物也。"郝懿行对后面一处注云："程州，盖亦国名，如禹攻共工国山之类。"其实郝的举例倒还不必举什么"共工国"，就举本经下文的"有始州之国"，和《大荒东经》的"有夏州之国"，就可以证明"程州,盖亦国名"的推论是可以成立的。至于郭璞说"孟翼,人姓名",那当然没有问题;"因事名物"的解释也是完全可以说得通的。"因事名物"者,就是因战争攻伐之事而名此山此池的意思。颛顼和鲧,都是黄帝系统的人物,因而推想到孟翼和程州(国),很可能便都是炎帝的裔属。其相互在某山某池作小规模的战争攻伐,便可以看做是黄炎战争余波所泛起的层层涟漪外围的数圈。到"禹攻共工国山",郭璞注云:"言攻其国,杀其臣相柳于此山。"那就到了黄炎战争余波的最外围,已经要接近消逝了。这个时候,禹已经成为众所公认的正面英雄人物,处在禹的对立面地位的共工,就只好不幸地以一个反面形象而告终了。

068　黄帝的创造发明

人们对于战胜蚩尤的伟大的黄帝，有种种关于他和他的臣子们创造发明的传说。有说黄帝造了车，所以叫做轩辕氏；有说他制作了冕旒；有说他发明了煮饭的锅和甑；有说他看见各种飞禽走兽，开始挖陷阱来猎捕它们；又有说他教人民盖了屋子来居住；又有说他发明了踢球的游戏，等等。这只是关于黄帝本身的创造发明。至于关于黄帝臣子们的创造发明，那就更多了，单就《世本》一书所记，就有什么雍父作杵臼，共鼓、货狄作舟，挥作弓，牟夷作矢，胡曹作冕，伯馀做衣裳，夷作鼓，尹寿作镜，於则作扉履，巫彭作医，巫咸作铜鼓，伶伦造律吕（乐律），大桡作甲子，隶首作算数，容成作调历，沮诵仓颉作书，史皇作图，等等。这些传说，多不胜举。中国文化的曙光，似乎在黄帝时代便已经灿烂地闪耀出来了，而黄帝也几乎成了古代创造发明的万能博士。

黄帝叫伶伦造乐律，有一个近乎神话的故事。传说伶伦从大夏的西边，一直走到昆仑山的北面，在嶰溪的山谷间选取竹子。他把那正直中空、厚薄均匀的竹子，从两段竹节当中截取一段下来，长度是三寸九分，吹出它的声音，定为黄钟的律调。然后再按照比例制作十二只竹管，带到昆仑山山脚下去听凤凰鸣叫的声音，用来区别其他十二种不同的律调。凤凰果然鸣叫起来了，雄的叫了六声，雌的也叫了六声，鸣声的差次比照起所定黄钟的律调，恰恰谐和。

于是就按照黄钟的律调，参考凤凰的鸣声，使十二只竹管长短有差，定下了十二种不同的律调。这就是伶伦造乐律的经过。

黄帝又叫伶伦和荣将，铸了十二口钟，用来配合宫、商、角、徵、羽五种声音，施于《六英》《九韶》大乐的演奏。更特别在仲春二月乙卯那天，太阳出现在奎星方位的时候，正式开始以所铸造的这十二口钟为主，演奏了一支盛大恢宏的乐曲，给它取了个名称叫《咸池》。"咸池"，本是一个星座的名称，是天池的意思，现在又用来作了黄帝乐曲的名称。它大概不仅是音乐的演奏，还兼有舞蹈的动作，已经具有了戏剧的雏形。战国时候赵简子病卧七天七夜，梦中听到见到的"钧天广乐"，大约就是从黄帝《咸池》这支天乐演变来的。天乐演奏的总指挥，无疑是伶伦，后人又把他附会成了仙人洪涯先生，汉代张衡的《西京赋》里描写到当时西京长安所演出的一幕鱼龙百戏的热闹场面，其中就有穿着纤纤毛羽衣服的洪涯先生，站在乐队当中作指挥的状态。所以后世把戏剧演员包括乐师、导演等人统叫做伶官，就是从黄帝时候伶伦制定乐律、演奏乐曲那里来的。

黄帝叫尹寿作镜，也有一个神话故事。据说黄帝和西王母在王屋山相会，便叫尹寿铸造了十二面大镜子，来照见华堂盛宴隆重的情况，在一年十二个月中，按照不同的月份，使用不同的特制镜子。又传说黄帝铸造的镜，是十五个比较小的镜子，第一个镜子横径是一尺五寸，"法月满之数"，以此递减，最后一个镜子，横径当然刚好只有一寸。唐代初年的王度，从隋末侯生的手中得到十五个镜子中的第八个镜子，横径是八寸，镜的背面有龟龙、凤虎、八卦、十二辰及古文字等精细的雕刻。王度得了这镜，遇到不少奇人奇事，又拿它来照见了许多妖魔鬼怪。据说他便根据自己亲身的经历，写了一篇小说，叫做《古镜记》，后来便成了唐人小说的开山鼻祖。

巫彭发明创造了医药以后，黄帝时代，传说有三个著名的医生。

第一个是俞跗。据说他医道高明，有一套非常完整的外科手术，他治病不用什么汤药、针石、按摩和药物熨帖等，直接就可以根据五脏六腑的本原，动用刀子，划开皮肤，解剖肌肉，结扎筋脉，挤出受病的骨髓和脑髓，分开处在横隔膜上下的膏和肓，用指爪轻轻拨去翳障蒙膜，把肠胃和其他脏腑，如心、肝、脾、肺、肾等都翻出来浣洗个干净，经过这番手术治疗，就能使病人的精神和形体完全改观，恢复正常。所以后代传说，俞跗的医道，能够使出丧的车子往回走，让那已经准备埋葬的死人复活回来。看来这位古代的外科医生确实是有这种本领的。第二个是雷公。关于雷公的医道和事迹现在知道的已经不多了，只知道黄帝曾经命他和岐伯两人作过一番有关经脉的学术讨论，黄帝要是身体违和，就叫雷公和岐伯两人来替他切脉、看病。还知道雷公曾经派遣过一个采药使者出去替他采药，那个采药使者大概在山林里迷失了道路，回不来了。不知怎样一来，竟变化成了啄木鸟，爬在树干上，用它长而尖的嘴壳啄食树木中的害虫，来度它未尽的生涯，也算是做了树木的医生。最后一个是岐伯，岐伯是雷公亲密的同事，除了和雷公共同研讨经脉之外，黄帝还叫他尝味各种草木，辨别用什么药草去治疗什么疾病，据说后世相传的医书《本草》《素问》等，就是岐伯的著作。又说岐伯曾经乘了绛云车，驾了十二头白鹿，遨游在东海中的蓬莱仙山里，大概是奉了黄帝之命到那里去寻求仙人和不死药吧。

069　仓颉作书

黄帝时代最著名的人物，是那个号称"史皇"的仓颉。有说他是黄帝的臣子；有说他是黄帝之前的另一古帝；有说仓颉、史皇是一个人；又有说仓颉是仓颉，史皇是史皇，仓颉作书，发明文字，史皇作画，创制图画，各不相干。真是众说纷纭。不过最早的文字，本来也就是图画，所以把仓颉、史皇作了一个人来看，也是比较合理的。至于或说他在黄帝之前为帝，或说他和黄帝同时而且是黄帝的臣子，因为都是神话传说，就不必去深究了。且说这个号称"史皇"的仓颉，生下来就不同凡响，据说他长有一张宽大的龙脸，四只眼睛放出灵光，婴孩时就喜欢拿起笔来东涂西抹，居然看起来还有些意思，并不讨人嫌。长大了就会动脑筋想问题，穷究天地万物的变化，抬起头便去探看奎星圆曲的形势，低下头来又去考察乌龟上的花纹、鸟雀羽毛的文采以及山川起伏曲折的光景，根据这些大自然的现象，随时随地在自己的手掌上指指画画，于是便发明创造了文字。据说当仓颉的这件非比寻常的创造发明刚一出现，连天都被惊动得下起雨点似的粟米来，鬼也被骇得在夜晚哀声啼哭。为什么呢？因为恐怕人们从此以后会舍本趋末，抛弃农耕的大业而去贪图用锥刀刻写文字的小利，弄得将来饿肚子，所以预先降点粟米来救济未来的灾荒，也是警告世人的意思；鬼则恐怕被这些可怕的文字弹劾，所以在夜晚啼哭。这说明文字的发明在人类文化史上，实在是一件"惊天地、泣鬼神"的大事。

070　鼎湖升天

黄帝和他的臣子们的创造发明，大略便如前文所说。其实他哪有许多闲工夫管这类事情，他只是在战胜蚩尤之后，叫风后和常伯两个臣子，一个替他背了书，一个替他背了宝剑，潇潇洒洒，到各个地方去旅行。他们去过许多地方，什么青丘、洞庭、峨眉、王屋……都有他们的游踪。

其中最有趣的，要算是西方大沙漠里的种种奇观了。他们早晨去到那里，晚上回来，瞬息间行经万里；究竟是神人，虽然在世间遨游，也和普通人大不相同。西方大沙漠又叫做"洹流"，意思是说那里的沙非常细，能像水一样流动。足一踏上去就会往下陷，深不可测。大概就是《楚辞·大招》里所说的"灵魂啊不要到西方去，西方有流沙，浩浩瀚瀚不见边际"的流沙，也大概就是《西游记》里所描写的沙和尚在那里干吃人勾当的八百里地流沙河。在那里，风把沙子吹扬起来，像迷蒙的雾，有许多生翅膀的龙、鱼、团鱼之类，在这片迷雾中飞翔往来，普通人见了或者有些可怕，神人见了倒是一种奇观。流沙上又生长有一种奇异的植物，叫做"石蓫"，就是石荷花，又坚硬又轻巧，一条茎干上生了百片叶子，一千年才开一朵花。叶子也是青绿的颜色，随风飘摇，浮在流沙的波面上，非常美观。

黄帝一面到处游行，一面叫人去开采首山的铜，搬到荆山脚下去铸鼎，用来作为他战胜蚩尤的永远纪念，并不像有些人所设想在那里熬炼丹药。黄帝本来就是天帝,用不着模仿后世的道士们还来炼丹修行。不过因为他在涿鹿和蚩尤打了一场大仗,杀死蚩尤以后又在人间逗留了一段时间,然后才回到天上,所以有些人就以为黄帝先修道然后成了仙,其实是错误的。这都不必细说了。

且说黄帝在荆山脚下铸的那个宝鼎,终于铸造成功了。在铸鼎的过程中,老虎、豹子和天上的飞禽都来帮助守护炉灶,看视炉火。这是一个很大的鼎,高有一丈三尺,鼎的容量比装十石谷的大瓷坛还要大。鼎的周围雕刻有腾云的龙,大概就是应龙,又雕有四方鬼神和各种奇禽怪兽。黄帝就把这宝鼎陈列在荆山脚下,在那里开了一个祝贺宝鼎铸成的庆功大会。到时候,天上诸神和八方的百姓都来了,真可算是人神济济,热闹非常。

在庆功会的盛大仪式进行的中途,忽然有一条神龙,披着金光闪闪的甲,从云里探下它的半截身子来,把它下巴上的胡须一直垂到宝鼎上。黄帝知道迎接他回转天庭的使者到来了,就带着和他一同下凡的诸天神一共七十多个,纵身入云,跨上神龙的背,冉冉朝高天升去。下方的一些小国王和老百姓看见黄帝乘龙登天,也都想跟随黄帝一同上去。大家没法子骑上龙的背,只得争先恐后地去拉住那龙的胡须,龙须经不住这么多人乱拉乱扯,纷纷坠落下来,连挂在龙须上的黄帝的那张宝弓也被拉掉下来了。跌在地上的国王和老百姓们只得有的抱住那张弓,有的握住龙的胡须,悲哀地号叫。后来就叫那张弓做"乌号",叫那个地方叫做"鼎胡"。"鼎胡",意思就是"宝鼎上的龙须",有些书上写作"鼎湖",那是讲不通的。至于拉落下来的龙须,据说后来都长成了草,就是如今的龙须草。

071　黄帝和神仙

正因为有了关于黄帝炼丹修行、终于成仙的荒唐传说，所以后来才又产生了一些黄帝和仙人们打交道，或仙人为黄帝服务的传说。

仙人中最有名的一个当然要算广成子了。据说黄帝曾经亲自到崆峒山去向广成子问道，当双方经过一些枯燥无味的哲理言谈之后，广成子便向黄帝道："我修炼身体已经有了一千二百年，你看我的外貌可并没有衰老。"黄帝这才佩服得五体投地，惊叹道："广成子真可算是和大自然同体的啊！"黄帝想得到仙药，知道圆丘山有名贵的药，可是那里又多产大蛇，黄帝将亲自上山采药，怎么办呢？广成子教黄帝身上佩带雄黄前去，蛇一闻到雄黄的气味，便远远避开，名贵药物便不太费力地采到了手。在黄帝和蚩尤的战争中，广成子大概曾经做过黄帝的军师，因为作夔牛皮鼓来制服蚩尤这件事，有的书虽然记在玄女的账上，有的书却记在广成子的账上。正像其他著名人物的遗迹所在多有一样，广成子的遗迹也是所在多有；单说他隐居的崆峒山（在今河南省汝州市），就是其中一处，说是那山巅有个像瓦罐的洞穴，每当天气变化，山下的农夫都把它来作为判断气象的征候，所以这座山又叫做玉犬峰。

另外一个和黄帝关系密切的仙人就是宁封子。传说宁封子隐居在蜀地的青城山，黄帝曾经亲自到那里向他请问龙跻飞行之道，所谓"龙跻飞行"，大概就是由凡登仙的意思。青城山有座主峰，叫做丈人峰，是连成一气好像屏风般的五座山峰组合起来的，山下有座丈人观，现在叫建福宫，祀的就是宁封丈人；因青城山据说曾被黄帝封为"五岳丈人"，所以此峰此观都以丈人为名。另一个传说又说宁封在黄帝那里做"陶正"的官，掌管烧陶的事务。烧了一段时间，遇见一个异人经过这里，为他掌管炉火，慢慢地炉灶中冒出五色烟来，异人便把他这套神奇的"作火"方法教给宁封。宁封学会了他这套方法，便在某天燃烧起一堆火来，自己跳进火堆把自己焚烧了。但见五色烟气中，仿佛有宁封的身影飘忽上下；检点烧余的灰烬，却还有宁封未化完的骨殖。当时人们就把宁封的骨灰埋葬在宁北山中，所以叫他做宁封子：封就是封藏、埋葬的意思。这是一说。还有另外一种现代民间传说，说青城山建福宫后面有山，叫丈人山，传说是轩辕黄帝问道于宁封的地方。宁封因封于宁山，故名宁封。那时洪水泛滥，人民居洞穴，每到山下取水，无取水物，乃以山下润湿的泥土作器皿，但容易破碎。偶烧野兽，宁封在火中得到硬泥，便悟出作陶之理，故传说宁封为黄帝陶正。某次架火烧陶，宁封升窑顶添柴火。哪知窑烧空了，窑顶的柴忽然塌下，宁封便葬身火窑。人见窑顶上宁封的形象，随着烟气冉冉上升，便说宁封火化登仙了。自然，后一传说更有意义：仙人宁封原来是为了发展人类文化事业而牺牲自己，形骸虽亡，精神却是永生了。

　　黄帝时代还有一个仙人，叫马师皇，做黄帝的马医。一见病马的形容状态，就能诊断出它或是能生，或是必死；病马经过马师皇的治疗，总是很快地就好了起来。后来天上忽然出现一条龙，从云中探下头来，垂着耳朵，张开嘴巴，向着马师皇。马师皇说："这龙有病，知道我能医好它。"于是就用药针去刺这龙的口腔，又拿甘草汤来给它喝，果然就把它医治好了。后来好几次都有病龙从水波里跳跃出来，求马师皇医治。忽然有一天，一条神龙从云端降落下来，背负了马师皇升天而去。

和黄帝打交道的仙人,还有什么容成公、浮丘公、云阳先生,等等。如今安徽省的黄山,据说就是黄帝和容成、浮丘同游讲道的地方,所以取名黄山。如今山西省翼城县东南有座山,古时候叫阳石山,那里有一座神龙池,据说就是黄帝派遣云阳先生养龙的地方。相沿下来,古时历代帝王都在那里养龙。国家要是发生了水旱不时之灾,就可以在池旁祈祷请求神龙降雨。

黄帝到青城山去向宁封问道的时候,遇见青城山天谷的一个神女,叫素女,后来成了黄帝的侍女。素女性爱音乐,最喜欢弹瑟。据说伏羲时代作的瑟是五十根弦,弹奏起来,音调过于悲哀,黄帝听了,忍受不了,便叫人把五十弦的瑟减少一半,成为二十五弦的瑟,让素女替他弹奏起来,这样才觉得心里好受些。素女所在的青城山附近,如今是川西平原,古时候叫做都广野,天梯建木便生长在这片原野上。这里又是后稷埋葬的地方,物产丰饶,各种谷物自然生长,米粒白滑像脂膏,还有鸾鸟唱歌、凤凰舞蹈等奇妙的景象,下面在有关"尧舜"的内容中还会大略讲到。

黄帝在鼎胡乘龙登天,这个神话传说的影响所及,使得后代又产生了好些类似这个传说的"白日升天"的神话传说。

据说汉朝时候,淮南王刘安喜欢神仙的学问,就来了八个须眉皓白的奇怪老头,号称"八公",来传授他这种学问。后来他的学问精通了,吃下了自己炼就的丹药,就跟随着八个老头在一座山上白日升天而去。他家里还有一些没有吃完的丹药,放在庭院中的钵子、罐子里,给一些鸡和狗来舐啄吃了,居然马上就见功效,庭院里霎时间消失了它们的踪影,只听见鸡在天上咯咯地啼,狗在云里汪汪地叫,原来这些蠢鸡和蠢狗,都飞升上天,变作了仙鸡和仙狗。稍后一点王莽时代唐公房的故事也和这个很相像。据说也是辛苦寻访名师、经指点炼成丹药吃了,白日升天而去。他家的鸡和狗也都沾了丹药的光,都升上了天,"鸡鸣天上,狗吠云中",把淮南王畜生们的得意情况重新又表演一番。故事里又重新加入的成分是:家里只有老鼠没得到丹药吃(唐公房因为老鼠坏,特地把丹药藏起来不给它吃),上不了天,气愤得很,每当月底月亮黑尽的时候,越想越难过,就气得把肚里的肠胃全都呕吐了出来,到下个月又另外生长出一副新的肠胃。唐家的这种倒霉的老鼠,据说后来传下的鼠子鼠孙都是这般模样,于是人们就把这种奇特的老鼠称为"唐鼠"。比这两个故事更有趣的是五代时候,传说有个王老者,村居慕道,接待了一个游方的老道士,殷勤备至。后来老道士给他吃了浸洗身上脓疮的酒,全家人也都吃了。那时麦场上正在打麦。忽而风动云蒸,王老全家人都轻飘飘地飞腾起来,屋舍鸡犬都随着他们飞腾上升,半空中还听见麦场上佣工们打麦的声音。——这些传说,有趣固然有趣,可也仅仅是有趣而已。例如那淮南王刘安,历史上就明明记载着他是因为有人告发他谋反而畏罪自杀,抹脖子死掉的,那么"白日升天"的传说岂不就一脚落空,从云端跌落下来了吗?

072　帝俊形貌

中国这地方，在古代，原住着好些不同的民族，每个民族都有他们奉祀的上帝鬼神和他们所传说的神话。随着时间的进展，民族和民族间的宗教和文化不断地彼此吸收、演变，上帝鬼神的数目加多了，传说的神话渐渐演化成了历史，也常复杂而矛盾。一件事情可能分派到几个人身上，一个人也都可能化身作几个人，像帝俊、帝喾和舜就是一个人化身作几个人的具体例子。

帝俊，是东方殷民族所奉祀的上帝（他和前面所讲的东方天帝伏羲并不相同）；"俊"，本来作"夋"，甲骨文作"🦅"，又作"🦆"，此外还作别的许多大同小异的形状，但都不出上面两种的范围。有人根据第一种，说画的大概就是猩猩；有人根据第二种，说应该是鸟头而人身的怪物。我们的看法却比较折中。

先从文字看，🦅的确画的是一个鸟头，他那鸟形的尖嘴，还显著地伸出来；🦆是比较简单的画法，鸟嘴虽不显著，但既然和🦅同是一字，它的头当然也只能是鸟头而不是兽头。可是下面的身子，却不像人的身子，因为好些这个字的图形下面，还有一条短短的尾巴，如🦆，它那弯曲上翘的短尾巴更是显明，人不会长着这种东西的，所以与其说它的身子像人，倒不如说像猕猴。又还有一些图形，画作🦅，似乎手里还挂了一只拐杖，大概真是如一般的说法：他只生了一只脚。他的头上，画作⌒或⌒，又似乎还生了两只角，综合起来看，东方殷民族所奉祀的上帝帝俊，就是长着鸟的头，头上有两只角，猕猴的身子，脚只有一只，手里常常拄了一根拐杖，弓着背，一拐一拐地走路的奇怪生物，这就是他们的始祖神了。

073 太阳和月亮女神

帝俊,就是那个生了殷民族的始祖契和周民族的始祖后稷的帝喾,也就是那个在历山脚下用象来耕田,后来当了皇帝的舜。大家都知道:舜是尧的女婿,帝喾呢,据说又是尧的父亲;而舜和帝喾,又是同一个人,这人一会儿在给人当父亲,一会儿又在给人做女婿,当古代的神话传说演变为历史的时候,所造成的复杂矛盾的情况往往如此。至于帝俊、帝喾和舜这几个人为什么会是同一个人的化身,一些学者们的繁琐而枯燥的考证,就不打算在这里引述了,只准备把有关他们的神话写出来,读者们从这些神话当中,自然会得到一个解答这问题的大概观念。

先讲帝俊。帝俊,前面说过,是东方殷民族所奉祀的上帝,这个上帝的伟大,实在和西方周民族所奉祀的上帝黄帝相当。不过,周民族是最后战胜殷民族的民族,所以关于黄帝的神话,保存下来的自然就要多一些,看来也就似乎更伟大些,以后历史化了的黄帝,又从上帝变而为人王,关于这个人王的后起的传说就更多了,所以黄帝最终成为人神共祖的老祖宗,比帝俊的声势显得浩大。帝俊呢,是战败民族的上帝,情景不免要黯淡些,关于他的神话恐怕多半都散失了,只剩下些不很连贯的片断。但就目前剩下的这些不很连贯的片断看,也可以推想到当时这位东方上帝的声威的煊赫了。

传说帝俊的妻子一共有三个。一个叫做娥皇,这娥皇生了下方的一个国家，叫做三身国，一国的人通长着一个头三个身子，姓姚，吃五谷，役使豹子、老虎、狗熊、人熊四种野兽做他们的仆人。这个妻子还只是一个平常的妻子。他的另外两个妻子可就伟大了。一个是太阳女神，名叫羲和，生了十个太阳儿子，常常在东南海外的甘渊，用清凉甜美的泉水替她新诞生的太阳儿子们洗澡，使一个一个的太阳鲜洁而明亮，好让他们轮班出去工作的时候，更能尽到他们的职责；另外一个是月亮女神，名叫常羲，生了十二个月亮女儿，也常在西方荒野的某个地方替她的月亮女儿们洗澡，用意大概也和太阳女神洗她的儿子们差不多。

074　帝俊交友凤凰

在东方的荒野，在那人的脸、狗的耳朵、野兽的身子的奢比尸神的附近，有一些羽毛美丽的五彩鸟，面对着面，在那里翩翩地舞蹈。帝俊时常从天上下来，和这些五彩鸟交朋友。说不定当他高兴的时候，他也会用他那仅有的一只脚，挂着他的拐杖，杂在这些五彩鸟当中，一拐一拐地和它们一同跳舞呢。帝俊下方有两座坛，就是这些五彩鸟在替他管理着。

帝俊为什么单单喜欢和这些五彩鸟交朋友呢？这事说来话长，有它的缘故的。原来五彩鸟有三种：一种叫做皇鸟，一种叫做鸾鸟，还有一种叫做凤鸟；其实都是古代传说的凤凰。它的形状据说像鸡，长着五色的羽毛，"饮食自然，自歌自舞"，只要它一出现在世间，天下就会太平无事。连生活在乱世中的孔子也有"凤鸟不至"的感叹，我们就可以想见它的名贵了。这种名贵的鸟，生长在东方的君子之国，翱翔在四海之外，据有的书上说，就连那尊贵的黄帝也都没有见过凤凰而想见它一见。黄帝曾经问他的臣子天老，凤凰是什么样子。天老大约也没有见过凤凰，只好凭着他丰富的想象力告诉黄帝说："凤凰的样子前半段像鸿雁，后半段像麒麟，蛇的颈子，鱼的尾巴，龙的纹采，乌龟的背脊，燕子的下巴，鸡的嘴……"描写了一大通，把飞禽、走兽、爬虫、游鱼各种动物的特征都集中起来荟萃在凤凰的身上，凤凰于是成了非常神秘的生物，其实它原来也并不这么神秘。"凤"字甲骨文作"𩙿",除了"🐦"别有解释以外,整个形体,画的就是一只孔雀。有凤字,还作"🐦"形,它那尾部的圆斑,更是显明。在古代的中国,当黄河两岸甚至连大象和犀牛都有的时候,是曾经有过这样的生物的,后来气候发生变化,才逐渐稀少终至绝迹了。帝俊从天上下来所结交的五彩鸟朋友,大概就是这种生物。而殷民族神话里有简狄吞了玄鸟(燕子)蛋就生了殷民族始祖契的这种传说,作为他们始祖神的帝俊,形貌上又明显地长着一个鸟的头,这鸟头,除了是玄鸟的头,不能有别的解释。玄鸟本是东方民族崇拜的神鸟,在想象中加以美化,它就成了像孔雀那样的凤凰。所以在同一作者记述简狄吞燕卵生契的同一故事里,《天问》作"玄鸟",《离骚》作"凤凰";可见凤凰就是玄鸟,也就是燕子。长着一个燕子头的东方上帝帝俊,他和东方荒野里的这些五彩鸟们,原来在很早以前都是同类,无怪他要从天上下来和它们交朋友,说不定还会夹在它们当中跳舞呢。

075　帝俊的子孙

关于帝俊的神话，除了上面说的他和五彩鸟交朋友以外，还有这么一条：说在北方荒野的卫丘，方圆有三百里辽阔，丘的南面，有帝俊的竹林，竹很大，只要剖开它的一节，就可以成为两只天然的船。这种竹，据说南方荒野里也有，名叫"涕竹"，几百丈长，三丈多粗，八九寸厚，也是剖开来就可以做船，大概也是帝俊的竹。而且从"涕竹"这名称，还使我们联想到后面就要讲到的美丽的斑竹的故事，它更该非是帝俊的竹不可。

帝俊子孙们的神话比较丰富一些。据说帝俊不单生了太阳和月亮，地面上许多国家，也都是他传下的子孙。例如在大荒的东野，帝俊生了中容、司幽、白民、黑齿四国。其中司幽国最特别，他们分作男女两个集团，男的集团叫做思士，不娶妻子；女的集团叫做思女，也不需要有丈夫。但虽说这样，却是神妙得很，他们只要像白鹇般瞪着眼睛互相望一望，就能够受感动，生出孩子来。

在大荒的南野，帝俊生了三身和季釐两国。三身国有一个四四方方的大水池，舜常常到这里来沐浴，所谓舜，恐怕就是帝俊的化身吧。在大荒的西野，有西周国，也是帝俊生的。帝俊生了后稷和台玺，台玺又生了叔均，后稷把百谷从天上带下来，于是叔均就代替他的父亲和伯父播种百谷，开始把野牛驯服了，用来耕田，后来叔均的子孙们组成一个国家，就叫做西周国。

帝俊的子孙里还有许多聪明能干的人，发明了种种文化上的事物：番禺造船；吉光用木头做车子；晏龙制造琴瑟；八个不知名的儿子创作歌舞；义均的心思和手艺最灵巧，能够制造种种工艺上的物事。上古文明的曙光在帝俊时候便渐渐发射出来了。

帝俊的这些子孙当中，特别值得提出来说说的，是义均。义均的名字，又叫做"倕"，因为他心思和手艺很灵巧，一般人又都叫他"巧倕"，他是尧时候的一个很有名的工匠，他创造发明了许多有用的东西，给人民带来很大的幸福。例如在工业用具方面有规矩准绳；农业用具方面有铫，有耒耜，有耨；武器方面有弓；乐器方面有罄、鼓、钟、磬、笭、管、埙、箎、鞀、椎钟等。

可是不知为何，据说到周朝时候，鼎彝上面却刻绘了他衔着手指头的形象，告诉人们说灵巧的心思和手段全无用处，只会引人走上邪道，不会给人带来什么好处。这事不知是否属实，假如真有这么一回事，大概也正说明当时的统治阶级生怕人民在制作各种工艺品的劳动中，心思一天天地聪明起来，将会对他们的统治有很大的不利吧。

076　帝喾的神话

帝喾的神话，和帝俊的神话的某些地方是相像的，因为我们前面说过，他们原都是一个人的化身。见于书传上记载的帝喾，已经是经过了一番历史化，成为半人半神的了，但还是有好些地方看得出来，他原是一个天神，而这天神乃是东方的上帝帝俊。

据说，他生下来就很神异，自己说他的名字叫"夋"，这夋，实在就是帝俊，也就是那个有着一个鸟的头、猕猴的身子的奇怪生物。又说他是黄帝的子孙后代；当他在人间做"天子"的时候，也和在天上做上帝的他的族兄弟颛顼一样，非常喜欢音乐。颛顼叫飞龙仿效八方风的声音，作了八支曲子，又叫一只猪婆龙睡在地上用尾巴敲打它的肚子；帝喾却命乐师咸墨作了《九招》《六列》《六英》等种种歌曲，又命乐工倕作了鼙鼓、钟、磬、苓、管、埙、篪、鞉、椎钟等乐器，于是叫人把这些乐器按着乐谱吹打起来，又叫一些人在两旁有节拍地拍着巴掌。在音乐声和拍掌声中，一只叫做"天翟"的凤鸟，受了帝喾的差遣，便展开它美丽的翅膀，雍容而有度地在殿堂上翩跹地舞蹈起来——这比颛顼的猪婆龙的音乐表演，似乎更有趣些吧。不过从凤鸟天翟的舞蹈，不由也教人联想到在东方荒野里帝俊和它们交朋友的那些五彩鸟的舞蹈，恐怕竟是一回事情的两种不同的传说吧。

帝喾时候的一件大事情，就是房王或犬戎的作乱。说是房王似乎更可靠，因为据有的书上记载，帝喾也姓房。那么情况就是一场内争，正像他的两个儿子的内争一样，也正像我们不久就要讲到的舜和他的弟弟象的内争一样。我们知道，同一传说，总是以不同的形式再三出现，这并不足为怪。

帝喾这两个儿子，一个叫做阏伯，一个叫做实沉，弟兄俩住在荒山野林里，各逞意气，互不相让，整天到晚都在舞枪弄棒，不是你来打我，就是我去杀你。做父亲的帝喾拿他们简直没有办法，后来只好把阏伯搬到商丘去，叫他管理东方晶莹明亮的三星。三星又叫心宿，也叫商星，是情人们的星，它象征爱情像心一样地贞固。又把实沉搬到大夏去，叫他管理西方的参星。兄弟俩分隔开来，从此不见面，于是才风平浪静，没再闹什么乱子。他们管理的两个星座也是东出西没，彼此不碰面。所以杜甫诗里有"人生不相见，动如参与商"这样的话，一般人也把弟兄不和睦叫做"参商"。

帝喾有一个妃子，是邹屠氏的女儿。据说黄帝杀了蚩尤以后，就把好人都搬到邹屠这地方来，而把坏人都流放到北方寒冷荒凉的地方去。帝喾的这个妃子就是好人当中的精英，她走路脚不沾地面，而是乘风驾云，在半空中往来，与华胥国的人民一样，是介乎人和神之间的异人。她常常这么飘然而来，飘然而去，遨游在伊水和洛水之间，帝喾对这个潇洒的姑娘产生了兴趣，就纳她做自己的妃子。这妃子经常梦见吞吃太阳，做一次吞太阳的梦，就生一个儿子，一共做了八次这样的梦，就生了八个儿子，一般人都叫她这八个儿子做"八神"。这个故事没有什么特殊的意义，只不过使人联想到生了十个太阳的帝俊的妻子羲和，以及帝俊的八个开始创作歌舞的儿子罢了。

当帝喾确实已经"人化"，成为古代的帝王之一的时候，据说他有这么四个妻子：大的一个妻子叫姜嫄，是有邰氏的女儿，生了后稷；第二个妻子叫简狄，是有娀氏的女儿，生了契；第三个是陈锋氏的女儿庆都,生了帝尧;第四个是娵訾氏的女儿常仪,生了帝挚。这常仪,又和帝俊生月亮的妻子常羲同名,可见帝喾就是帝俊。帝喾这四个妻子所生的四个儿子,都是不同凡响的:有的成为一个民族的始祖,如契成了殷民族的始祖,后稷成了周民族的始祖;有的就直接继承老子的王位,做了人间的帝王,如帝挚和帝尧。

077　玄鸟生商

先讲殷民族始祖契诞生的神话。据说有娀氏有两个女儿,大的一个叫简狄,小的一个名叫建疵,姐妹俩都非常美丽。她们共同居住在九重高的瑶台上,每到进餐的时候,就有人在旁边敲鼓作乐。有一天,天帝打发一只燕子去看她们,燕子飞到她们的面前,回旋着,嗌嗌地鸣叫着,一时惹动了她们的欢喜,她们都争着去扑捉这只飞鸣的燕,终于把它用玉筐盖住了。停一会儿打开玉筐一看,燕子从玉筐里飞逃出来,向北边飞去,不再飞回,里面却遗留下两个小小的蛋。姐妹俩就只好失望地歌唱道:"燕燕飞去了!燕燕飞去了!"据说这就是北方最初的乐歌。至于燕子留下的两个蛋呢,据说被简狄吞吃了,后来就有孕,生了殷民族的始祖"契"。也有说她和别的两个女郎在河里洗澡,看见玄鸟(就是燕子)从天空坠下一个蛋来,简狄把这蛋抢来吃了,后来就怀孕生了契。说法虽然稍微不同,事实却只有一个:就是殷民族原是天帝派玄鸟下来传留的后代。所以始祖契又被他的子孙们尊称为玄王;由于曾经帮助大禹平治过洪水,舜帝爷让他做了司徒的官。

078　冰上弃儿

周民族始祖后稷诞生的神话却没有这样的天真烂漫，而是已经略微染上了人世间的悲苦色彩。

据说有邰氏的女儿姜嫄，有一天到郊野去游玩，在回家的路上，偶然发现地面上有一个很大很大的足迹，又是惊异，又是觉得好玩，便想试用自己的足去踏在这大人的足迹上，比一比大小的差别。哪知道足迹太大，她的足踏不满，刚刚踏到大脚趾的地方，就仿佛精神上受了一种什么感动，回来不久，就怀了孕，到时候生下一个怪胎，既不是猫，也不是狗，而是一个圆圆的肉球。她害怕了，便暗地把它抛弃在村落间一条狭窄的小巷里。小巷里常有牛羊经过，可是说也奇怪，过路的牛羊都小心翼翼地绕着道儿去，生怕踩着伤害了它。她又带着肉球想把它抛弃到山林里去，可巧正碰见一大帮人在那里砍树，闹哄哄的，没有抛弃成功。回来的路上，经过荒野地里的一个水池，池里结了冰。她狠了狠心，就把肉球抛弃在池子里的寒冰上。稀罕的事儿在这时候发生了：忽然有一只大鸟从天边飞来，绕着寒冰上的肉球回翔悲鸣。它最后落在肉球旁边，用一只翅膀盖在肉球上面，一只翅膀垫在肉球下面，恰像母亲怀抱着爱儿，使它身体受到温暖一般。惊奇万分的姜嫄忍不住走了过去，想看个究竟。大鸟见有人走来，"嘎"地怪叫了一声，丢开肉球，从池面飞起，向着高高的天空边飞边叫，一直飞去。大鸟刚刚飞去，就听见有婴儿洪亮的哇哇哭泣声从肉球中传来。姜嫄赶紧跑过去一看，只见肉球已经像蛋壳似的破裂开，一个胖壮结实的红彤彤的小男孩正躺在裂开的肉球里舞动着他的小手小足呢。有的书上叙写这段神话时，还说婴儿刚破壳出来时身上就带着弓箭，弯着小弓，搭上小箭，作出要向天空发射的架势，使坐在九重高天的天帝都受到了惊骇。不过，天帝终于还是爱怜这神奇的小孩，后来保佑他的事业发展、子孙繁昌就是一个很好的证明。却说姜嫄见既不是怪胎，而是自己亲生的可爱的孩子，不禁又是惊讶，又是欢喜，断线珍珠似的泪水从脸上流下。赶紧把婴儿从冰上抱起，小心翼翼地用自己的衣裳包裹着他，把他带回家去，抚养起来。因为他曾经被抛弃过，就给他取个名字叫"弃"。这弃，据说就是后来周民族的祖先，他从小就喜欢农艺，长大后教人民种五谷的方法，所以他的子孙又尊称他做"后稷"。

079 后稷的功业

后稷小时候就有远大的志向。他做游戏,总是喜欢把野生的麦子、谷子、大豆、高粱以及各种瓜果的种子采集起来,用小手儿亲自种到地里。后来五谷瓜豆熟了,结的果实又肥又大,又甜又香,显然比野生的好得多。等到后稷长大成人,他在农业上便积累了一些经验。他开始用木头和石块制造了几样简单的农具,教他家乡一带的人耕田种地。靠打猎和采集野果为生的人们当人口繁多、食物不足的时候,生活的确也时常发生困难;看见后稷在农业上的成就,也都渐渐地信服了他,于是耕种的事儿——这件新鲜的、有意义的劳动,就在后稷母亲的家乡邰流传开来——以致当时做国君的尧都知道了后稷和他家乡人民的工作成绩。因此之故,尧就聘请后稷做了农师,要他指导全国人民在农业方面的各种工作。后来继承尧做了国君的舜,又把邰这个地方封给后稷,做了他和他的人民的农业试验场。

这个具有神性的英雄,传说他还曾经到天上去,把天上百谷的种子带到凡间来,让人们将它们撒播在大地上,使遍野都长出最美好的农作物。从此以后,人们吃穿不愁,生活过得更是幸福了。

后稷有一个弟弟,叫台玺。台玺生了一个儿子,叫叔均,他们都是农业上的能手。叔均还发明了用牛力来代替人力耕种的方法,更把农业朝前大大地推进了一步。这在前面帝俊的神话里已经讲过了。

后稷死了以后，人民为了纪念他的功德，就把他埋葬在一个山环水绕、风景非常美好的地方；这地方就是有名的都广之野，神人们上下往来的天梯建木就在它的附近，古时候有名的神女"素女"也出在这里。这真是一片肥沃的原野，各种各样的谷物在这里自然生长，米粒白滑像脂膏；还有鸾鸟唱歌，凤凰跳舞种种神奇的景象。后稷在人民的心目里，是光辉的和伟大的，所以一切传说，都不免带着几分想象和夸张，但从这里也可以看出人民对于这位爱好劳动并引导他们走向幸福生活的远祖的真诚爱戴。

080　尧的品德和瑞应

在讲舜的故事之前，还得先把尧的故事讲一讲，因为舜是尧的女婿，后来又继承尧做了国君，两人原是有着密切关系的。

提起尧，谁都知道他是历史上出名的节俭、朴素、顾念人民的好国君，人们对于他，几乎绝无不同的意见。传说他住在用参差不齐的茅草盖就的屋子里，屋子里的柱和梁都是拿山上采下来的粗糙木头架好就算了事，连刨都不刨光一下；喝的是野菜汤，吃的是糙米饭，身上穿的是粗麻布衣服，天气冷了就加上一件鹿皮披衫挡风寒；使用的器皿不过是些土碗土钵子。所以后来的人听说当皇帝的尧过的竟是这么一种刻苦俭朴的生活，不禁感叹地说："恐怕就连守门小官过的生活也比尧过的生活好些呢！"

尧又是怎样地顾念人民呢？据说，假如国里有一个人饿肚子没饭吃，尧必定说："这是我使他饿肚子的。"假如国里有一个人身上冷没衣服穿，尧必定说："这是我使他穿不上衣服的。"假如国里有一个人犯了罪，尧必定说："这是我陷害他到罪恶的泥坑里去的。"——他就是这样，把一切责任都担在自己的肩头上，所以在他做国君的整整一百年当中，即使有可怕的大旱灾，大旱灾之后又继以大水灾，人民对于这个好国君，仍旧是衷心爱戴，毫无怨言。

因此，据说在他的宫廷——也就是那几间茅草房里，一天当中，忽然呈现出了十种吉祥的征兆：什么喂马的草料变作了稻子啦，凤凰飞到天井里来啦,等等。这些都不必细讲了,只略把当中的两种作为吉祥的征兆而出现的草和一种奇异的浮槎来讲一讲。

一种草叫做"蓂荚",又叫做"历荚",生长在阶沿的缝隙中。这种草非常奇特,每月初一,就开始生长出一个豆荚,以后每天生长一个,到月半就生长十五个。十六以后,又每天落下一个,到月底就落光了。假如是月小二十九天,那么它就剩下一个豆荚在上面焦枯了不落下来。到下个月它又重新这么表演一番。人们一见豆荚的或生或落,就知道这天是这月的哪一天。这吉祥的草就做了尧的活动日历,给他办公以很大的方便。

还有一种草,更是奇特,它生长在碗橱里,叫做"萐蒲"。它的叶子像一把把的扇子,能够自然地摇动,一摇动就有习习的凉风生出来,可以驱逐苍蝇和虫子,并且可以使碗柜里存放的食物不会因为天气热就变得酸臭。这对于节俭的尧当然也是很有好处的。

再说浮槎。据说尧做国君的第三十年,西海上忽然出现一只巨大的浮槎,槎上闪耀着亮光,晚间明亮,一到白天,光就熄灭了。这光乍大乍小,在漆黑的夜晚看来,浮槎竟像横贯着一轮忽闪忽闪的明月。浮槎绕着四海游行,十二年一周天,就算进行完了。然后又周而复始,人们便把这槎叫做"贯月查(槎)"。

081　皋陶和夔

尧不但本人是一个好国君，在他左右办事的，也差不多全是一些有名的贤臣：如后稷做农师，倕做工师，皋陶做法官，夔做乐官，舜做司徒掌管教育，契做司马掌管军政，等等，也都不必细说了，只把做法官的皋陶和做乐官的夔的故事略说一说。

皋陶的状貌，长得很奇：脸色青中带绿，好像刚削下来的瓜皮，嘴巴长长地伸出来，像马嘴巴。他当法官，可真是精明干练，铁面无私，无论什么疑难的案子到他手里，他都能马上弄它个一清二楚，决不含糊。他为什么会有这么大的本领呢？原来据说他养有一只独角神羊，叫做"解廌"，替他效了很大的劳。这羊长着青色的长毛，身躯庞大，有点像熊，夏天住在水泽边上，冬天住在松柏林里，性情极忠耿正直。遇到两人发生了争端，它总是用角去触那没道理的一方。马嘴的皋陶就养着这么一只神羊，他审问案件只消把争论的双方叫上堂来，命这羊用角向下面触去，谁是谁非，谁有道理谁没理，一下子全都明白了；真是再简单省事不过。所以他对于这只替他效劳的神羊，看得比什么都宝贵，进进出出都不忘要去侍候它。当然，如果他的羊真是出了什么毛病，他这法官也就很难当下去了。和神羊触邪的情况相仿的，据说尧时候朝堂的庭阶上，生有一种叫做"屈佚草"的草，凡是有奸佞的人入朝，那草就会弯曲了它的茎干，用茎干的尖端指向那佞人，所以又叫"指佞草"。这比神羊触邪方便多了。

做乐官的夔，据说只有一只脚，他和东海流波山的那个也是只有一只脚的夔牛，好像有一点远亲的关系。他做了尧的乐官以后，就仿效山川溪谷的声音，作了一支乐曲，叫做《大章》，人们听了他这乐曲，都自然心平气和，减少了许多无谓的争端。他又把一些石块和石片敲打得啪啪地响，以至于各种各样的飞禽走兽都应和着他这音乐的节拍起劲地跳起舞来。

尧做了国君很多年，在他的晚年，祇支国献来了一只重明鸟。这重明鸟，又叫双睛鸟，一只眼睛里面生有两个瞳子，形状像鸡，鸣叫的声音像凤凰，时常把羽毛解落下来，光着身子在天空中飞翔。这鸟能够驱妖除怪，赶逐豺狼虎豹。不吃别的东西，只吃点玉膏。把它献来之后它却又飞回国去，以后或者一年来好几次，或者好几年都不来。人们都非常盼望重明鸟飞来，时常洒扫门户，表示对它欢迎。它没有来的时候，人们便拿木头或金属刻铸成它的形状，安置在门户上面，据说这么一来，妖魔鬼怪见了，也就自然胆怕，只好远远地逃避开去。

082　偓佺和击壤翁

当时槐山上有一个采药的老汉，名叫偓佺，因为常吃仙药，身上遍长白毛，两只眼睛都吃成了方形；年纪虽老，却身轻体健，能够把那飞跑的马逮住。他看见做天子的尧整天到晚操劳国事，愁眉双锁，看起来好像是个"八"字，并且身体也很羸瘦，心里很可怜他，便把山上采来的松子，带下山去送给他，并告诉他服食的方法。尧承领了采药老汉的好意，可是因为国事忙碌，实在没工夫去吃那松子；据说当时有别的人得到松子吃的，他们的寿命都活到了两三百岁，而尧呢，才活了一百多岁就死了。

尧这么劳心焦思地替人民办事，可是也还有并不感谢他的劳苦的这种怪人。据说有这么一个老汉，年纪已经有八十多岁了，在大路上做丢木块的游戏。这种游戏，叫做"击壤"；就是把两只削成上尖下阔、形状像鞋子的木块，一块放在地上，一块握在手里，站在三四十步远的地方，把手里的木块向地上的木块掷去，打中的就算赢。有点像古时候欧洲人玩的"九柱戏"，也有点像俄罗斯人玩的"扫城"。老汉正在那里天真烂漫地玩这种游戏，玩得很起劲，观众当中忽然有人发出感叹说："啊，真伟大呀，我们国君尧的圣德竟广被到这个老头子的身上来了。"老汉听了这话，很不以为然，便向那人说："我不懂你说这话的意思。每天早上太阳出来我就起身工作，到太阳落山我才休息，我自己凿了井来喝水，自己耕了田来吃饭，请问尧对我又有什么恩德呢？"问得那人竟无话可答。

083　许由和巢父

尧的年纪渐渐老了，他的儿子丹朱又很不肖，他不愿意因为爱儿子的缘故而使天下的人民受害，便时常留心天下的贤人，想把帝位禅让给他。当尧还没有得到舜的时候，他听说阳城的许由最贤，便亲自去拜访许由，说明自己禅让天下的来意。可是许由是个清高的人，不愿意接受他的禅让，连夜逃跑到箕山下面的颍水边去居住。尧见他不愿意接受天下，又派人去请他来做九州长，清高的许由听了更是讨厌，赶忙到颍水边去掬了水来洗自己的耳朵。他的朋友巢父牵了一条小牛到这里来正想给牛饮水，看见他洗耳朵，觉得奇怪，便问他缘故。许由说："尧想聘我去做九州长，我讨厌这种恼人的言语，所以来洗我的耳朵。"巢父听了他的话，鼻孔里微微哼了一声，说："算了吧，老兄，假如你一向就居住在深山穷谷，存心不想让人知道的话，那么谁又能来和你找麻烦呢？你故意在外面东逛西荡，造成了名声，现在却又在这里洗耳朵，可不要把我小牛的嘴巴弄脏了！"说着，径自牵了牛到上游喝水去。据说至今箕山（在今河南省登封市）上还有许由的墓，山下面还有牵牛墟，颍水的旁边还有一眼泉叫犊泉，石头上还有小牛的足迹，这就是巢父从前牵牛饮水的地方。

084 丹朱的传说

关于丹朱，也有一些神话传说，零星点滴地散见在各种古书里，现在把它们汇集起来，大略叙写如下：

丹朱是尧的长子。尧娶了散宜氏的姑娘，名叫女皇的，生了丹朱。丹朱为人骄傲暴虐，喜欢带了随从臣仆，到各地去漫游，稍不遂意，就大发脾气，虐待他的臣下。那时洪水为害，弥漫天下，丹朱出游，总是坐船。渐渐习惯于水上生活，对于人民的痛苦无动于衷，倒是觉得坐着船东逛西荡很有意思。后来洪水被大禹治理平息了，有些地方水浅，不能通船，任性的丹朱却还要不分昼夜地叫人替他推着船走，谓之"陆地行舟"。有时他干脆就和一些朋友关起门来，在家里胡闹，闹得真不像话。尧看见丹朱性情太乖戾，教育无效，暗中焦急。因此，他制作了围棋教给丹朱，希望用棋道来潜移默化地改造丹朱的性情，希望他最终能够改邪归正。尧给丹朱制作的这副围棋据说是拿文桑来做棋盘、拿犀角和象牙来做棋子的，都是名贵的材料，不同凡响。哪知道丹朱对于围棋这玩意儿，起初还觉得新鲜有趣，曾经专心致志去研究它。一旦玩得厌倦，就扔开围棋，仍旧伙同他的那些坏朋友胡闹去了。尧拿他也实在没有办法。

后来尧决定把国君的位置禅让给舜，怕丹朱不服，便先颁下诏命，把丹朱放逐到南方的丹水去做诸侯，由后稷监督着，克日动身起程。那时南方有一个部族叫"有苗"，又叫"三苗"的，论戚谊是丹朱的近亲，和丹朱关系很好。他们的首领对于尧把天下让给舜这件事，大不以为然，群众中也议论纷纷。丹朱来到，就像火堆里添了干柴，使火势燃烧得更猛。很快他们就互相勾结起来，举起反叛的旗帜，企图进攻中原，推翻尧的统治。大公无私、智量高远并且勇敢坚毅的尧（传说他和善射的羿一样，曾经射过十个太阳），早已料到有此一朝。他决不会因为三苗和丹朱的反对而改变他的政治主张。于是在得到确定的情报之后，不慌不忙，调兵遣将，亲自挂帅，开赴南方去消灭乱事。丹朱和三苗未料到尧的军队来得这么快，只好匆忙整顿旗鼓，迎住来敌。父子俩的军队就在丹水的战场上进行了一场鏖战，因为人心所向在尧的这面，尧的军队一举而击溃了丹朱和三苗的联盟军。虽然据说这联盟军都操有割取丹水里所产丹鱼的血来涂足、在水上行走如履平地的邪术，究竟还是挽救不了溃败的命运。在这场大战当中，三苗的首领被杀。丹朱呢，有的说是战死了；有的说是畏罪自杀，跳水死了。不管怎样，反正是他罪有应得。

像冰化雪消般地，一场声势浩大的乱子很快就被平息了，剩下的三苗部众，随同丹朱的溃军，远徙到南海去，在那里建立一个国家，就叫"三苗国"。这国的人都生有翅膀，翅膀很小，生在腋下，只能点缀观瞻而不能飞行。丹朱的子孙后代，也在三苗国的附近，建立了一个国家，叫讙朱国，其实应该称为丹朱国才对，因为讙头、讙朱，都和丹朱的音相近。这国的人相貌都长得很特别，人的脸，鸟的嘴壳，常用他们的鸟嘴在海滨捕鱼。背上也都生有翅膀，却不能飞，只能用它们来做拐杖一拐一拐地走路。

关于丹朱的神话传说，大略便是如以上所述。在这里丹朱是被否定的。可是根据另外一些零碎的材料，却也透露出人们对于丹朱的怀念与同情。《山海经》里所记的几处古帝的台观墓所，凡涉及丹朱的地方，都称"帝丹朱"，足见人们对他的尊崇。又说，南方的柜山有一种鸟，形状像猫头鹰，一对爪子却像人的手，它的名字叫䳜，整天"朱，朱……"地叫着，鸣叫的声音便是自呼其名。据说此鸟就是丹朱死后的魂灵所变化。它出现在哪里，哪里的"士"（有学问和本领的人）就将被放逐。陶潜《读山海经》诗说："鵃鹅（鹓鹅）见城邑，其国有放士。"一种叹伤的感情，油然表露在纸上，也可以隐约见到丹朱的被"放"，恐怕实在是有些无辜。但因古神话的佚亡，详细的情形我们已经不能知道了。

085　驯服猛象

有个瞎眼的叫做瞽叟的人，有天晚上忽然做了个奇怪的梦，梦见一只凤凰，嘴里衔了米来喂他，并且告诉他：它的名字叫"鸡"，是来给他做子孙的。瞽叟醒来，觉得诧异，后来生了一个儿子，取名叫舜。舜的眼睛据说和一般人的眼睛不同，每只眼睛里有着两个瞳子，所以又叫他做重华。这个故事使我们联想到前面讲过的祇支国人向尧皇帝贡献重明鸟的故事，那重明鸟正是一只眼睛里有两个瞳子，形状像鸡，鸣叫的声音像凤凰。这两个故事之间可能是有着一些关联的。

舜生下来不久，他的母亲就死了，瞽叟又另外娶了一个妻子，生了一个儿子，叫做象。

古代神话的真实面貌究竟怎样，已经荒远难稽了。舜的弟弟象，可能是一个名字叫做"象"的人，也可能实在就是一头真的象——一头庞大的，有着长鼻、大耳、巨脚、利齿的野性未驯的凶猛的象。根据有些材料的推测，后者的可能性似乎还要更大些。

象这种动物，虽是热带的动物，但在中国古代黄河两岸也还是有的。《吕氏春秋·古乐篇》说："商民族役使许多野蛮凶恶的象，在东方一带国家逞威，周公于是派了军队去驱逐他们，一直把他们赶到长江以南的地方。"足见商民族已经把驯服了的象，使用到战争上去，再证以甲骨文，"象"字作𧰼，作为它的特征的长鼻形象地从文字上表现了出来,"卜辞""卜田"又有获象的记载,知道象在殷代也还不少;"为"字作🐘,画的就是人手牵象的光景,从这个字的字义推想起来,古代商民族的驯服象,恐怕还远在驯服牛马以前呢。舜是商民族的始祖神,古代神话里,想来一定还有关于他怎样驯服野象的传说,如今民间传说里所说的大舜用象耕田应该就是远古传说的遗留。《楚辞·天问》说:"舜所驯服的他的那个弟弟,结果还是到处去为害别人,为什么他本人只消拿狗屎来洗一个澡,竟就十分安全,一点也没有遭到祸灾?"驯服野象的事已成为舜在驯服他的弟弟了,从这里可以见到古代神话传说的演变。但即使演变成为历史,也还可能有太古野蛮的痕迹蜕而未尽。例如《汉书·武五子昌邑哀王髆传》说"舜封象于有鼻"。有鼻,是地名,可是恰恰又描写出了那个作为动物的象的特征。所以古代神话里舜的弟弟象,或许就真是一头凶猛难驯的野象,曾经多次为害人民,后来终于被英雄兼神人的殷民族的始祖舜驯服了。可惜关于这方面最原始的神话材料我们已经找不到了,只能就较后起的一些传说故事谈谈。

086　孤儿的悲苦

舜，生长在妫水（今山西省永济市南，"妫"字从"为"，又和服象的传说有关），除了每只眼睛里有两个瞳仁的奇特相貌以外，别的看来也还是平常：中等的身个，黑黝黝的皮肤，脸颊上没有胡须。年轻时候，乡里间就传扬着他孝顺父母的美名，事实上天性笃厚的舜，的确也是这样。舜的父亲瞽叟是个脑筋糊涂、遇事不讲道理的人；正因为糊涂，便单单宠爱了后妻和后妻的儿女，而把前妻生的儿子舜看做了眼中钉。后母呢，也是心地狭小，泼辣凶悍，难惹难当；又遇着一个弟弟象，秉性也和后母差不多，非常粗野和骄傲，全然没有一点当弟弟的礼貌。只有一个小妹妹叫做敤手的，大概也是后母生的，虽然也有些坏习性，究竟还稍稍有点人心，并不像那班天生的恶徒那么坏。早年丧母的舜处在这样的家庭环境里，他的心境的悲苦和事实上环境的难处也就可以想见了。可是竟然还在乡里之间传扬了孝顺的名声，实在是难能可贵，这孝顺就不会是假孝顺，而是真的孝顺和友爱。

据说可怜的舜，常受父母的毒打，遇见还吃得消的小棍子，他就含着满眶热泪，用身体承当住；遇见实在吃不消的大棍子，他就只好逃避到荒野里去，向着苍天痛哭号啕，呼唤他那死去的亲娘。他对顽劣不堪的弟弟象的侍候，小心翼翼到了极点。只要看见象一欢喜，他也就欢喜；只要看见象一忧闷，他知道这位少爷的脾气就要发作，祸事就要到来了，不禁也就忧闷起来。他总想尽量对弟弟照顾周到，以取得后母的欢心，让自己少受点虐待。

　　虽说这样，可是心肠歹毒的后母，还常常想把舜杀死才称心满意。作为帮凶的又有她的亲生儿子象和糊涂的瞽叟。舜在家里实在待不下去了，只好一个人单独分居到外面去，在妫水附近的历山脚下，结上一两间茅草屋子，开了一点点荒地，就这样，孤单而愁苦地过着日子。他常常看见那布谷鸟，带着孩子们快乐地一道在天空飞翔，母鸟衔了食物，在树上哺养它的小鸟，一派亲爱和睦的景象。想着自己是一个从小丧母的孤儿，受后母的虐待，不禁万分感慨，于是经常信口作歌，排遣悲怀。

087　天子的女婿

　　舜在历山耕种，没有多久，历山的农人受了他德行的感化，都争着让起田界来；舜又到雷泽去打鱼，不久雷泽的渔夫也争着让起渔场来；舜又到河滨去做陶器，没有多久，说也奇怪，河滨陶工做的陶器都又美观又耐用了。舜所住的地方，人们都喜欢靠近他住，这地方一年就会成为小小的村庄，再过一年就会成为较大的城镇，到第三年简直就会变成都会，真可谓是难以理解的奇迹。

　　尧当时正在寻访天下的贤人，准备把天子的位置禅让给他。大族长们都推荐舜，说舜既贤孝又有才干，可以备选。于是尧就把他的两个女儿一个叫娥皇、一个叫女英的嫁给舜做妻子，又叫他的九个儿子和舜在一块共同生活，看看他是不是真正有才干。与此同时，又把细葛布衣和琴赐给舜，又叫人替他修建了几间谷仓，并且还给了他一群牛羊，原本是普通农民的舜，这下做了天子的女婿，骤然间就显贵起来了。瞽老汉一家人看见他们素来讨厌的舜忽然平地升天，又富又贵，一个个嫉妒得咬牙切齿，万分难受。

　　证之于以后的事实，舜并不像他的家庭那样地记念旧仇。大约就在这时候，舜亲自带着新媳妇去看望他的父母和弟妹，送给他们礼物，和他们和好如初。他对待他们，还是和从前一样的孝顺友爱，并不因为富贵就骄傲起来；他的两个妻子也丝毫没有一点贵族姑娘的架子，操持家务，侍奉公婆，全是一派好媳妇的风范。

088　火中化鸟

但虽说这样，却没有消除那班恶徒对于舜的嫉恨心，毋宁说倒是因为舜的发迹而变本加厉了。尤其是舜的两个美丽的妻子使舜的弟弟象垂涎万分，时常想夺过来据为己有。按照当时的风俗习惯，弟兄死了，各人都可以占有对方的老婆，在这样一种社会风习的诱惑和鼓舞之下，阴险恶毒的象，就总想设下一个什么圈套把哥哥害死，名正言顺地达到自己的心愿。象的母亲当然没话可说，完全同意儿子的打算；干掉那个不是自己亲生儿子的讨厌的舜，本来也是自己老早就有的愿望。糊涂的瞽叟呢，对于舜素来没有好感，又羡慕舜的财产，也同意设法干掉他，并吞他的家财。几个人像地洞里的老鼠一样，唧唧哝哝地在家里商量了一个通宵，暗害舜的阴谋就这么定了下来。小妹妹敤手在这场血腥的阴谋里可能并没有直接参加，是一个局外的旁观者，但因为嫉妒嫂嫂们的家庭幸福，多少也还是抱着一种幸灾乐祸的心理。

"哥哥，爹叫你明天一早去帮他修一修谷仓，早点来啊！"一天下午，象到舜的家里，这么说。

"噢，知道了，明天一定早来。"正在门前堆麦垛的舜，愉快地回答。

象去了，娥皇和女英从屋子里走出来，问舜是什么事。

"爹要我明天一早去帮他修谷仓。"舜告诉她们说。

"你可不能去呀，他们要烧死你呢。"

"怎么办呢？"舜惶惑了，"爹叫做的事，不去也是说不过去的呀！"

娥皇和女英想了一想，说："不要紧，去吧，明天你把旧衣服脱下来，我们另外给你一件新衣服穿去就不怕了。"

这两位姑娘，不知道她们从哪里学来的神奇本领，既能未卜先知，又有神妙的法宝，总之她们是用了她们的聪明才智，保护了她们亲爱的人。到第二天，她们就从嫁箱里拿出一套五色斑斓、画着鸟形彩纹的衣服给舜穿上，舜穿了这身花衣服，就去替父亲修谷仓去了。

恶徒们看见舜穿了花衣服前来送死，肚子里暗暗好笑，可是面孔上还装得假意殷勤，欢欢喜喜地把舜接待着，替他扛了梯子，引导他到一座高高的菌子形的朽坏的谷仓下面去。舜就沿着梯子爬上谷仓顶，老老实实地在那里干起活来。殊不知恶徒们早已经按照预先安排好的计划，马上抽掉他的梯子，在谷仓下面，堆柴禾的堆柴禾，点火把的点火把，要烧死他们共同的仇人。

"爹爹，爹爹，你们这是在干什么呀？"站在谷仓顶上下不来的舜，看见这种凶象，惶恐极了。

"孩子，"舜的后母恶毒地应声说，"让你上天堂去呀，去和你那亲娘住在一块吧，哈哈哈哈哈哈……"

"哈哈哈哈哈哈……"瞎子爹也点头晃脑毫无心肝地傻笑着。

象一面在下面点火，一面开心地大笑："哈哈哈哈……这下你可逃不了啦——我们怕你还能飞上天去！"

谷仓的四周，熊熊烈烈的大火已经燃烧起来，舜在谷仓顶上颠踬着，骇得满头大汗（他已经完全忘记了他的新衣服的功用），当他向恶徒们呼喊求助无用的时候，他只得张开两只手臂、向着头顶上的青天高呼："天呀！……"说也奇怪，就在这一张开手臂，露出新衣服上全部鸟形彩纹的顷刻，舜就在火光和烟焰当中，变作了一只大鸟，嘎嘎地鸣叫着，直朝天空飞去。恶徒们一见这种意想不到的变化景象，一个个都在下面惊得目瞪口呆，半晌不能动弹。

089　井内变龙

一次阴谋圈套失败，恶徒们还不甘心，第二次阴谋圈套又给舜布置下了。

这一回是瞎子爹亲自出马。"儿呀，那回事情一家人真是做得万分糊涂，务必请你原谅。"瞎爹坐在舜的家门前，用手里的一根竹棍敲着阶沿石，老着脸皮这么说："现在爹又要劳你神去帮忙淘一淘井，你可一定要来，别多爹的心哟！"

"爹放心，我明天一定来。"舜柔和地说。

爹去了，舜把爹的来意告诉了他的两个妻子，妻子们都对他说："这一回也还是凶多吉少，但是不要紧，你去吧。"到第二天，给舜一件画着龙形彩纹的衣服，叫舜穿在旧衣服里面，到了危急时候，只消脱去旧衣服，自然就有奇迹发生。

舜照着妻子们的嘱咐，穿了龙纹衣服在旧衣服里面，去给瞎眼爹淘井。恶徒们一见舜穿的并不是奇装异服，都暗暗称心，以为这一回倒霉的舜是准死无疑了。

舜带着工具，让人用绳子吊着，下到深井里面去。哪知道刚一下去，绳子就被割断了，紧接着，不由分说，乒乒乓乓地一阵石头、泥块就从上面倾倒下来。曾经吃亏上当而变得机警的舜，还不等石头、泥块倒下来，就脱去了外面的旧衣服，变作一条披着鳞甲、银光闪闪的天矫的游龙，钻进地下的黄泉去，逍遥自在地浮游着，然后从另外一眼井里钻了出来。

恶徒们填满了井，在井上用脚踏着，踏着，欢天喜地地大叫大跳着，以为仇人终于毙命，大功终于告成；一家人闹闹嚷嚷，去到舜的家，准备接收他的老婆和财产。小妹妹敤手也跟了去看热闹。

090　仁厚的长兄

凶信报到，不知道是真是假，两个嫂嫂掩了面转身回到后面的屋子里悲哀地大哭起来。得意忘形的弟弟象却正在堂屋里和爹妈商量着分配死人的财产。

"主意本来是我出的，"象张开他那张丑陋的蛤蟆形的嘴巴，指手画脚地说，"照理财产我该多得一分，可是我什么都不要，牛羊分给爹妈，田地房屋也分给爹妈，我只要死人的这张琴、这把弓和两个嫂嫂……嘻嘻嘻……陪我睡觉……"于是象就从墙上取下舜的琴来，意满心得地玎玎琮琮地在那里弹奏着，老太婆和瞎老头欢喜得在屋子里团团转动，摸摸这样，看看那样，而屋子后面妇女们的哭泣声却更哀恸了。这一来终于激发了小妹妹敤手的少女的良心，她觉得家里人做的事未免太凶残和卑鄙了，而自己见死不救，也更加卑鄙可耻。正在这时，舜忽然从外面像平常一样神色自若地走进屋子里来。

这突如其来的死而复生的舜，使屋子里的众人都骇得惊怔了半响，最后，当大家断定舜确实是人而不是鬼，恢复了常态之后，那坐在舜的床上弹琴的象才脸色讪讪地、很不带劲地说："哥，我正在想念你，很忧闷呢。"

舜说："是啊，我知道你正在想念我啊！"

此外再也没有说什么。天性笃厚的舜，虽然经过这两次事故，对待爹妈和弟弟，还是像先前一样孝顺和友爱，并没有因此而有所改变。倒是本来有些坏习性的小妹妹敉手，经过这两次事故之后竟痛悔前非，和哥哥嫂嫂真诚地和好了。

091　敤手作画

现在来谈谈舜的这个小妹妹敤手。《世本》(张澍稡集补注本)说:"敤首作画。"敤首,《汉书·古今人表》作敤手,原注云:"舜妹。"《说文》十三下说:"敤,研治也,从攴,果声;舜女弟名敤首。"段注:"首、手古同音通用。"从"敤"有"研治"之义这点看来,"敤手"应该是正名,"敤首"倒是同音通假了。《列女传》误将"敤手"二字合为"𢽴"字,正是根据她的正名而误的(这一点清代学者王照圆在她《列女传补注》一书中有很好的辨正)。

其余或作颗手(《史记》正义),或作媒首(《路史》注),都是假借字,非本义。"敤手作画",道出了原始社会狩猎时期绘画起源的真相。不久前有学者说:"在刀笔尚未发明以前,画起图来,当然是徒凭两只手。在西班牙阿尔塔米拉洞穴所发现旧石器时代的壁画之中,曾发现两只红色的手印,可以证明那时的绘画艺术可能是徒手涂抹成功的。敤手作画一语,正反映出中国的图画在蒙昧时代,没有工具,是使用两只手创造出来的。"

是的,神话传说中这个发明绘画的原始女画家,和她哥哥猎人舜的工作配合得多紧密啊!当舜和其他猎手从山林猎取了野兽回来,洞窟中就再现了由妹妹敤手以其灵巧的双手涂泥做成的野牛、野马乃至大象的栩栩如生的壁画。"敤手作画",画的当然不是翎毛花卉,而是供氏族群体食用的兽畜。由这一点也就可以反证舜称虞舜就真个是猎人舜的意思。这样，我们就不难理解𢽤手和舜在心灵上是息息相通的，当舜遭到家人的迫害时，𢽤手终于十分同情舜，完全站在了哥哥一边。

092　不醉之谜

　　受了两次事故感动，痛悔前非的小妹妹敤手，从此以后就经常注意家里人的行动，生怕他们又玩出什么花样来暗害哥哥嫂嫂一家人。事情正如所料，恶徒们害舜不死，总不甘心，又定下了新的阴谋：这阴谋就是假意请舜去喝酒，灌醉他然后把他杀死。小妹妹敤手侦察清楚了这一阴谋，就赶紧悄悄跑去报告给两个嫂子知道。嫂子们听了都笑着说："谢谢你！——好，你回去吧，我们自有办法对付他们。"

　　不多一会儿，那请客吃酒的象果然摇摇摆摆地来了，向舜说明他的来意："以前两回事情实在很对不起，这回爹妈特地备办了点酒菜，跟哥哥表示歉意，一定要请哥哥赏脸，明天早点过来。"象走了以后，舜又犯愁了。"怎么办呢？"他向他年轻的妻子们说："去好呢还是不去好呢？——不知道他们又在玩什么鬼花样啊！"

　　"怎么不去呢？"妻子们都说："不去爹妈又要怪你了——去吧，不要紧。"

　　她们说着，就走进屋子里，从嫁箱里拿出包药末来，递给舜说："这药拿去，和上狗屎，洗个澡，明天你去喝酒，包你不出事故——厨房里水已经替你烧好了。"

　　舜听信了妻子的话，果然拿狗屎和药洗了个澡；到第二天，穿上一身干净衣服，便到爹妈家赴宴去了。

　　恶徒们假意殷勤，欢欢喜喜地接待着舜，不久摆上了丰盛的酒宴，大家坐下来喝酒。磨得锋利的板斧已经预先藏在门角里,筵席上呢,却是一片"干杯啊,干——干——"的劝酒的欢笑声。大盅和小杯,舜拿到手里,总是一饮而尽,从不推辞。一盅又一杯,也不知道喝了多少盅、多少杯了,直喝得这些劝酒者都有些颠三倒四,说话不大灵便了,舜还直挺挺地坐在那里,好像没那回事一般。最后,几个酒坛子都已经喝空了,菜肴也已经吃光,再也拿不出什么东西来待客了,恶徒们才眼睁睁地看着舜抹了抹他的嘴唇,很有礼貌地向爹妈告辞,扬长而去,只剩下门角里那把没有使用的板斧在发出嘲笑的寒光。

093　恐怖的考试

　　从女儿和儿子们的报告里,尧认为舜的确是如所传说的既贤孝又有才干的青年,可以传给他天子的位置。传位以前,还须经过一些政治上的学习和锻炼,于是便把他叫到朝堂上来做官;做了各种各样的官,他都能够称职。最后,尧决定要把天子的位置传给这个有才干的青年,但是为了慎重起见,还对他作了一番考试。

　　这考试就是把他放到一个雷雨将要到来的大山林里去,看他单独一个人用什么法子走出这座山林。据记载:舜行走在大山林里,全没一点儿恐惧,毒蛇见了他远远逃开,虎豹豺狼见了他也不敢侵害。一会儿,果然暴风雨来了,森林里一片墨黑;又是霹雳,又是闪电,又是倾盆的大雨,四周都是像精怪一般披着头发、张开着手臂的树,简直分不出东西南北。可是勇敢智慧的舜,在这片千奇万变的雷雨交加的森林里行走着,行走着,丝毫也不迷惑。最后,他终于沿着来时的道路,走出了这片山林,见到了在森林外面等候着的那些考他的人们。

　　也有的书记载说:舜在尧对他的各种各样的考试中,每遇到一种新的考试,都要先和他的妻子们商量。到雷雨的山林里去这件事情,据说也是和他的两个亲爱的妻子商量过的,至于她们怎样帮助他渡过难关,古书上没有明确记载,只能阙疑。推想起来,舜身上或许带有妻子们给他的某种除害辟邪的宝物,他因此才能够安然回来。可是他那单独一人进入山林接受考试的勇敢精神，实在难能可贵，不由人不佩服了。

经过了最后的这场考试，尧果然把天子的位置禅让给舜。舜做了国君之后，就坐了马车，打着天子的旗号，回家乡去见他的父亲瞽叟，还是像从前一样地恭敬孝顺。瞎眼爹到这时候才知道儿子真是一个好儿子，以前种种都是自己糊涂昏聩犯下的错误，也就真心诚意地改过向善，和儿子和解了。舜见了他的父亲，又把那桀骜难驯的弟弟象封到有鼻去做诸侯，象受封以后，觉得哥哥真是仁爱宽大，心灵上受了深切的感动，从此就渐渐把他那恶劣的习性改掉，成为一个有用的好人了。

舜做国君的几十年中，也像尧一样，做了很多有利于人民的事情，最后连传位都像尧，不把王位传给只知道唱歌跳舞的自己的儿子商均，而把王位传给治理洪水有大功于人民的禹，这也可见舜的确是大公无私了。

舜的一生，非常喜欢音乐，所以尧把两个女儿嫁给舜的时候，还特地赐给他一张琴。到他做了天子，便叫乐师延把他父亲瞽叟过去制造的十五弦瑟添了八弦，成为二十三弦的瑟。又叫乐师质整理帝喾时代乐师咸黑所作的《九招》《六英》《六列》等几支乐曲，成为新的乐曲。其中《九招》又叫《九韶》，乃是使用箫、笙等细乐器配合着演奏的一种乐曲，所以又叫《箫韶》。这种乐曲演奏起来，清扬婉转，好像天上百鸟的歌鸣。据说舜因为演奏了《箫韶》的乐曲，连凤凰都双双飞来朝见他呢。后来孔夫子在庙堂上听了这种音乐，也止不住连连称赞说："《韶》这种乐呀，是尽美又尽善了；至于《武》（周武王制的乐曲）这种乐，虽说是尽美了，却还没有尽善，远不如《韶》感动人啊！"至于舜一个人独居的时候，就只喜欢弹五弦琴，伴随着琴音的弹奏，唱一首他自己写作的叫做《南风》的歌曲：

南方吹来的清凉的风啊,
可以消除人民的愁烦啊!
南方吹来的及时的风啊,
可以增长人民的财富啊!

094 湘妃竹和委蛇

舜晚年时候，到南方各个地方去巡视，不幸中途死在苍梧之野，噩耗传来，全国人民都像死了爹妈一样的悲哀。他的两个曾经和他共患难的妻子，听到不幸的消息，悲恸得连肝肠都快要断裂了。她们马上坐了车和船奔丧到南方去，路上看见异乡风物，止不住伤心地哭泣，眼泪像泉水般奔涌。这些伤心的眼泪，洒在南方的竹林上，竹林上便挂着了她们斑斑点点的泪痕，所以以后南方便有斑竹又叫"湘妃竹"的这种竹。当她们走到湘水，不幸风波起来，弄翻了船，她们就遗恨地淹死在江中，成了湘水的神灵。当她们心境和悦的时候，就在秋风袅袅、木叶飘坠的光景中，出来在浅滩上徐舒地巡回，远远就可以看见她们那令人惆怅的美丽的眼睛在闪耀。但倘使遇到心境不好，惹起了从前的悲恨的时候，她们进出江水，就会伴随着猛烈的风，狂暴的雨，而且在风雨中，还有许多形状像人的怪神，站在蛇上，左手右手握着蛇，腾跃在浪涛之上；一群群怪鸟也趁机出来在雾雨昏濛的天空中乱飞乱叫。我们可以想见这情景是多么的愁惨和惊心啊！

舜死以后，人民就把舜的尸骨，用瓦棺装敛着，埋葬在苍梧的九嶷山的南面。这座山共有九条溪涧，条条溪涧的形势都很相像，到山上去的人们，每每容易被这种类似的地形所迷惑，所以叫做"九嶷"。山上各种奇禽怪兽都有，其中以一种叫做"委维"，又叫"延维"

或叫"委蛇"的动物最是奇特。

这委蛇，是一种生着两个脑袋的怪蛇，据说平常人见了这怪蛇，一定要死。春秋时候，还是小孩子的楚国孙叔敖曾经在路上见过这种两头怪蛇，心想人们都说见了两头蛇的人就要死，我一定要死的了，可是后来的人见到它又怎么办呢，岂不是也都要死吗？我为什么还要留下这东西来祸害世间呢？想着，这勇敢的少年就拾起地上的石头泥块，给怪蛇一顿乱打。结果把怪蛇打死，便在地上掘了一个坑，把它埋葬起来，不让人看见。说也奇怪，这少年后来不但没有死，反而做了楚国的宰相，非常贤能，为人民所爱戴。大概正直勇敢的人，即使是妖魔鬼怪也不能给他什么祸害吧。这两头怪蛇，有时又以一种头戴红帽、身穿紫袍的奇特姿态出现，当国王的如果见了它，据说就可以雄霸天下。也是春秋时候，齐桓公出去打猎，就曾经见过这种红帽紫袍的两头怪蛇，当隆隆的猎车经过蛇的身旁的时候，那蛇就直挺挺地翘着两个头直立起来。桓公一见这景象，吓得心惊胆战，连说有鬼。问替他驾车子的丞相管仲看见什么没有，一心只在驾车子的管仲回答说："什么也没看见。"桓公回到宫廷，愈想愈怕，闷恹恹地竟生起病来。后来齐国有一个贤士叫皇子告敖的来见桓公，向桓公讲了一大篇关于鬼的话，刚讲到委蛇，桓公听说有个"蛇"字，便问委蛇的形状怎么样，皇子告敖就把桓公所见到的那两头怪蛇的形状向他一点儿不差地描述了一番，最后说："当国君的如果见了这怪蛇，就可以雄霸天下。"桓公听了不禁展颜微笑说："这就是我打猎时候所见到的啊！"心境一开畅，他那病不知不觉就好了。——这能为人祸福的奇怪的委蛇，就生长在埋葬伟大的舜的九嶷山的近旁。

095　鼻亭神及其他

在九嶷山的山脚下，据说，每到春秋两季，就有那长鼻大耳的巨象来耕种舜的祀田。后来他那封在有鼻的弟弟象从封地赶来祭扫哥哥的坟墓，象去了以后，人民便在坟墓附近造了一座亭，叫做鼻亭，供养着象的神主，叫做"鼻亭神"。——在这里，作为动物的象和作为人的象已经几乎要合而为一，不很能够分辨了。

舜的妻子除了前面所说的娥皇和女英外，据说还有一个，叫登比氏。登比氏替他生了两个女儿，一个名叫宵明，一个名叫烛光，住在黄河附近的大泽中。每到晚上，从她们身上所发出的神光，把周围百里的地方都照得清清楚楚的。这使我们联想到帝俊的两个生太阳、月亮的妻子，舜的这两个女儿，实在有点和帝俊的两个妻子相像。据这个传说,舜的身份又不大像下方的人王而像是天上的上帝了。所以有人说登比氏是舜的原配妻子，是在尧把他的两个女儿下嫁给舜之前就住在家里的了，这是把两种不同的传说混在一起的结果，是不很可靠的。

有的书上说舜的儿子一共是九个，但除了前面所说的那个本来名叫义钧（和帝俊的孙子义均名字相同）后来封在商又叫他做商均的儿子外，其余的八个，我们都不知道名字。只知道他们和商均一样，都喜欢唱歌、跳舞罢了。这一群只懂歌舞的风流浪荡的贵家公子，无怪乎不能担当天下的重任。除了这些儿子，还有边荒的两个国家，据说也是舜的子孙后代，一个是东方荒野的摇民国，一个是南方荒野的载（音秩）国。载国的人黄皮肤，擅长拉弓射蛇。他们得天独厚，用不着耕田，自然有食物吃；用不着织布，自然有衣服穿。还有鸾鸟在那里唱歌，凤凰在那里舞蹈。载国人住居的地方，简直就是地上的乐园。

096　十日并出

尧时候，传说曾经有十个太阳一齐出现在天空，带来了严重的旱灾，给这圣王以最大的忧愁和烦恼。

这是多么可怕的景象！天空成了太阳们的世界，地面上再也找不到一片影子，一切都在强光的辉耀中。炎热把土地烤焦了，把禾苗晒枯干了，甚至铜铁沙石也快要晒熔化了。人们热得喘不过气来，血液在体腔里差一点儿就要沸腾；而且大地上已快断绝了可吃的东西。胃里又燃烧起一把饥饿的火，逼得大家全要发疯。

十个太阳，前面讲过，原来都是东方天帝帝俊的妻子羲和生的。他们原住在东方海外的汤谷，这地方又叫"旸谷"或"温源谷"，在黑齿国的北方。汤谷里的海水像汤一样的滚热、沸腾，大概因为十个太阳经常在那里洗澡的缘故。那里有一棵大树，生长在沸腾的海水中，名叫"扶桑"，扶桑有几千丈长，一千多围粗，就是天帝的十个太阳儿子的住家。有九个太阳住在下面的枝条，一个太阳住在上面的枝条。他们轮流交替地出现在天空，一个太阳回来了，另一个太阳才出去值班，进进出出都由母亲羲和驾了车子伴送。所以太阳虽有十个，经常和人们会面的，却只有一个。这大概是他们的爸妈给他们安排好的秩序。

太阳出来的光景真是庄严而又美丽。据说，在扶桑树的颠顶上，终年站着一只玉鸡，当黑夜快要消逝，黎明快要到来的时候，玉鸡就张开它的翅膀,喔喔地鸣叫起来。玉鸡一叫,桃都山大桃树上的金鸡也跟着鸣叫起来,野鬼游魂听见金鸡叫,就得慌慌忙忙地回到桃都山去,通过鬼门,听候神荼和郁垒弟兄俩的检阅。金鸡一叫,各处名山胜水的石鸡也跟着叫,石鸡一叫,天下的鸡都一齐叫——这时,澎湃的海潮就应和着喔喔的鸡声轰然地鸣响起来,那一轮鲜洁的红太阳就在澎湃的海潮和满天的霞光中显现出来了。

太阳出来了,他的妈妈羲和就替他驾了车子,六条龙拉着车子飞快地驰行。当他刚从汤谷出来,在咸池里洗了个澡,从扶桑树的下面升上扶桑树的颠顶的时候,就叫做"晨明"。已经升上扶桑树的颠顶,坐上妈妈给准备好的车子,开始出发了,这时候就叫做"朏明"。到了曲阿的地方,就叫做"旦明"。以后每经过行程上的一个重要地方,都有一个代表时间的特别名目。这样由妈妈伴送着,一直到了悲泉,妈妈就得在这里停下车来,然后驾着空车转回去。这地方,就叫做"县车","县车"就是"悬车",也就是停车的意思。剩下的一段短短的路程,就得自己去行走。可是妈妈还经常不放心她的爱儿,总是要坐在车上等候着,眼看着爱儿走向虞渊,进了蒙谷,把最后的几缕灿烂的金光涂抹在蒙谷水滨的桑树和榆树上的时候,她才驾了空车,在晚凉的夜风中,穿过繁星和轻云,回到东方的汤谷去,准备着伴送第二个出去值班的儿子,新的一天的行程又将要开始了。

十个太阳儿子,每天便由妈妈这样伴送着,照着严格规定的路线和程序,轮流出去值班。这样一个制度,起初实施起来还好,大家都感觉着母爱的温暖,可是日子久了,千百万年都是这么轮流值班巡行,实在未免有些乏味。于是有那么一天晚上,太阳儿子们就聚在扶桑树的枝条上交头接耳地议论起来,大家商量定了,便在第二天早晨轰的一声一齐飞跑出来,谁也不去坐那由妈妈驾驭的乏味的车子,而是欢喜地跳着、蹦着,四散在广阔无垠的天空中。急得妈妈站在车上大声呼唤，可是顽皮而恶作剧的孩子们哪里还理睬慈母的徒劳的呼声。自从这么一结伴出来，尝到了天马行空的自由无羁的乐趣之后，他们就为自己定下了一个新的制度，每天都这么结伴一同出来，再也不想分开了。

097　女巫的神通

十个太阳齐照的大地，是多么的光明灿烂啊！也许他们的心里，还误以为这光明灿烂的大地在向他们表示欢迎，哪知道大地上的一切生物，都怨他们到了极点。

郁热而又饥饿的人们，对于每天出现在紫红色天空中的这十个狰狞可怕的太阳的烤炙，简直是忍受不了，他们没有别的办法，只得按照当时的风俗习惯把一个叫做女丑的有名的巫师抬到王城附近的小山坡上去曝晒，据说这么一来就可以下雨。

这个叫做女丑的女巫神通和本领都很大，她经常骑了一只独角龙鱼巡行在九州的原野。这龙鱼，又叫做鳖鱼，有四条腿，形状有点像鲵鱼，就是一般人所说的"娃娃鱼"，而比娃娃鱼要大得多，同时也凶猛得多。这种奇怪的鱼，就是《山海经·海内北经》所说的"陵鱼"，也就是《楚辞·天问》所说的"鲮鱼"，原是生长在海里的大鱼，但又能居住在陆地上，是水陆两栖的动物，它之大，据说能够把船吞下肚子去。它的背脊和肚子上又长有三角形的尖刺，是它和敌人作战的最厉害的武器，它一出现在海面上，就有大风大浪伴随而来。女丑就能够骑了这种怪鱼，乘云驾雾，飞腾天空，在九州的原野巡行。除此之外，她还有一只大蟹，这大蟹生长在北海，它那背脊有千里宽广，也是随时听候着女巫的役使和差遣。

一大群黑瘦的人，在强烈阳光照射的郊原上，擎着旗幡，敲着钟磬，簇拥着一乘用树枝和藤萝编成的彩轿，蜂拥着向王城附近的一座小山跑去。女丑穿了一身青颜色衣服，扮作旱魃的模样，端坐在彩轿里面，她仰着她那冒着汗珠的黄瘦而油亮的脸孔，举眼望天，嘴里喃喃地祈祷着。从她那颤抖的声音和不安的眼神里，可以知道这时她心里是交织着虔诚的希望和疑虑的恐惧的。

人们到了小山坡上，跳着，嚷着，钟磬敲打着，做过一些法事之后，就把那装扮作旱魃的女巫抬来放在山头的草荐上，让她单独去晒那精光光的太阳；人们则四散开去，躲在附近的岩洞或树穴里，等候着奇迹的发生，并且监视着那个女巫，防着她受不了太阳的暴晒拔腿逃跑。可是一个时辰过去了，两个时辰过去了，天空中除了十个逞威的太阳之外，竟连一丝儿云影也没有。那跪坐在草荐上晒太阳的女巫，她的神通一时也不知道跑到哪里去了。起初还看见头上、脸上冒油汗的她跪在那里喃喃着，似乎是在念咒语，随后就只见着她伸着脖子，半张着嘴巴一口一口地喘气，再后就只见她举起两只膀臂来，用她那宽大的袍袖蒙着头和脸。人们正想劝告她叫她放下她的袍袖，说这样做不合于求雨的规矩时，却只见那女巫像喝醉了酒般的，身子向左向右晃了几晃，忽地一个仰身倒在地上，抽搐了两下，然后就不动弹了。人们跑上前去一看，原来这个著名的女巫女丑，已经被十个凶恶的太阳晒死了。她死的时候，还用她的袍袖遮住她的脸，表示她实在熬受不住太阳的毒焰。

098　受命除害

　　女丑的被杀使人民几乎濒于绝望，大家对于天空中的那十个横暴可恶的太阳除了听其逞威之外，简直想不出对付的方法。人民的苦难还不仅是十个太阳造成的旱灾，而且因为气候酷热之故，猰㺄、凿齿、九婴、大风、封豨、修蛇这一般怪禽猛兽，都纷纷从火焰般的森林或沸汤般的江湖里跑出来，逞着它们暴烈的性情，在各个地方残害人民，弄得本来已经生活不下去的人民叫苦连天，更加感觉生活不下去。

　　住在简陋的茅草屋里，平日吃糙米饭、喝野菜汤的"天子"尧，这时恐怕也会和人民一样闹起饥荒来。他遭受的痛苦，更是肉体和精神两方面的。因为他爱人民好像他的儿女，如今人民陷在这样巨大的可怕灾祸中，怎样去解救他们的苦痛，这一问题，是压在做领袖的尧肩头上的重任。但是他也和人民一样，对于天上这一群恶毒的太阳，又有什么办法呢？除了祷告上帝，向上帝呼吁以外，他一点办法也没有。而女巫的被杀又加重了他心灵上的负担，因此他烦愁、难过极了。

　　尧皇帝的祷告，当然每天都会传达到做天帝的帝俊的耳朵里，孩子们的恶作剧，帝俊大概也曾经禁止过，但具有很大神力而又顽皮惯了的他们，几句空话哪里便能把他们约束住！真要使用神国的法律来加以惩罚呢，实在又于心不忍，要听任他们这么自由自在地恶作剧下去呢（这对于神国当然没有多大影响），下方人民的呼吁确实又教人烦心。身为天帝的帝俊，面对着这件事情，竟感到非常的难办。

最后，或者就连神国也有了些骚动的现象，帝俊觉得再不能纵容孩子们胡闹下去了，就派了一个擅长射箭的名叫羿的天神到人间去，想法给这些坏孩子吃一点苦头，并且帮助尧解决国内种种艰难困苦的事情。

羿，他擅长射箭，由于后来种种事实的证明，得到了后世无穷的赞美和景仰。只要一提到羿，谁都会联想到他高明的箭法。据说，即使一只小雀子飞过他的面前，他也准会把它射落下来；又说当他弯弓搭箭，准备射出去的时候，连居住在海滨、一向不会射箭的越国人也愿意争着替他拿箭靶子。从这类称扬的话语看来，我们可以想见羿的箭法是何等神妙了！

临到羿辞离天庭、降下人间的一天，帝俊赐给羿一张红色的弓，一口袋白色的箭，不但华美，而且坚固锋利。由于古书的记载简略，这时候帝俊对羿的嘱咐怎样，我们已经无从知道。但推想起来，总不外叫羿对于他的胡闹的孩子们还是须要"手下留情"；最好只装出样子来把他们吓一吓，万一真要用武力对付，也只消略微弄伤一两个，给大家做一个榜样看也就好了。帝俊当然是不愿意羿真的在他的孩子们身上显武艺的。

099　羿射九日

　　羿领了帝俊的使命，带着他的妻子嫦娥，降到下方。嫦娥，又叫姮娥，原本是天上的女神，和前面讲的月亮女神常羲多少有些关系。有人把她当做凡间的姑娘，是不妥当的。羿带着妻子降到下方，在热闷难当的茅草屋里见了愁苦的尧，尧一知道羿就是上帝派遣下来的天神，大喜过望，马上化烦忧而为快乐，就带了羿夫妻俩到外面去巡视人民的光景。可怜的人民，在十个太阳每天的烤炙下，有的已经热昏死去，不死的也奄奄待毙，只剩下一把黑瘦的骨头了。可是，当他们听到天神羿下了凡间，顿然全身又都恢复了活力。远远近近的人民，都赶到王城所在的地方来，他们聚集在广场上，大声呐喊和欢呼，要求羿替他们诛除害恶。

　　像曾经做了十二件困难工作的希腊神话里的英雄赫克利斯一样，大神羿受了天帝的使命和人民的请求，也开始做他自己困难的工作。

　　第一件困难工作当然就是要去对付出现在天空中的十个太阳。人民早已在广场上等候得不耐烦了，继续不断传来的欢呼和呐喊，催促着羿跟随尧走向广场。在这种情形下的羿，再也无法只是向太阳们摆摆样子。受了害的人民心里的愿望怎样，羿知道得很清楚。羿怜惜人民，同时也就痛恨太阳的逞威。于是他再也不管天帝的嘱咐，决计将这批可恶的阔少收拾下来，一劳永逸，以免将来又让他们出来捣蛋。

于是他慢慢地走到广场中央，从肩上除下那张红色的弓，再从箭袋里取出一支白色的箭，搭上箭弯满弓，对准天上红球的所在，嗖地一箭射上去。起初没有影响，隔了顷刻，只见天空中一团火球无声地爆裂，流火乱飞，金色的毛羽纷纷四散，訇然坠落在地面上一团红亮亮的东西，人们跑近前去一看，原来是一只带着箭的硕大无朋的金黄色的三足乌鸦，想来就是太阳的精魂的化身。再一看天上，太阳果然已经只剩下九个，空气也似乎凉爽了一些，人们不由得齐声喝彩。

祸事既已经闯定，羿索性一不做二不休，便又连忙抬弓拿箭，向天空中东一个西一个战栗而正想逃遁的太阳射去，一支支的箭像疾鸟般地从弓弦上发出，只听得嗖嗖的箭声，只看见天空中一团团火球无声地破裂，满天是星火，数不清的金色毛羽四散在空中，三脚乌鸦一只只地坠落下来，人民的欢呼声响彻了大地。羿射得正酣畅而高兴，站在土坛上看射箭的尧，忽然想起太阳对于人民也有大功，是不能全射下来的，急命人暗中从羿装满十支箭的箭袋里抽去一支箭，所以末了天空中的太阳终于还剩下一个，可怜这顽皮的孩子已经吓得脸色发白，地面上的人们都吵嚷着冷起来了。

100　诛妖除害

　　太阳的为害算是除去了，但是还有种种恶禽猛兽为害没有除去。羿以后的工作就是要替人民除去种种恶禽猛兽的为害。

　　那时中原一带猰貐为害最烈。猰貐，有的书写作"窫窳"，是一只形状像牛，红色的身子，人的脸，马的脚，嗥叫的声音像婴儿啼哭的怪兽，常拿人来做它的粮食，人民被它残害的不知道有多少，只要一提起它谁都会胆战心惊。因而关于猰貐的传说就有种种：有人看见的猰貐是人的脸，蛇的身子，也有人看见的猰貐是龙的脑袋或虎的爪子，总之都是神经过敏，自相惊疑罢了。

　　原来猰貐本来是天上的诸神之一，不知道为了什么缘故，给贰负神和他的一个名叫"危"的臣子共同谋杀死了，后来被昆仑山的巫师救活，才跳到弱水中去化为龙头、虎爪、牛身、马足这般模样的怪兽，我们在前文已经讲过了。假如上面的传说可靠，那么可怜的猰貐已经被杀一次，现在又碰见了羿这样的对头，真是太不幸了。

　　羿和猰貐战斗的经过，古书的记载简略，我们不知其详。但以羿射太阳的神勇来对付这种蠢兽，想来定也不会费多少力气的，所以不久羿就将它杀死，给人民除了一方大害。

　　其次的工作就是要到畴华之野去杀一个叫做"凿齿"的怪物。畴华，是南方一个水泽的名字。凿齿这东西，有说它是人，有说它是兽，推想起来，大约是兽头而人身的怪物。从它的嘴里吐出一个长约五六尺、形状像凿子的牙齿，这牙齿就是它最厉害的武器，没有人敢挡它的锋芒。因此它就逞着它蛮悍的性子，在这一带任意残害人民。哪知道羿却带了天帝赐给他的弓箭，毫不惧怕地前来和凿齿作战。凿齿起初还拿了一把戈去攻击羿，后来知道羿的箭法厉害，心里着慌，就拿了一面盾来保卫自己。但是羿，靠了他过人的勇敢和灵巧的射艺，没有让凿齿近得身来，就将它从盾的掩护下射死了。

然后羿再到北方的凶水去杀九婴。九婴大约是长着九个脑袋的水火之怪，能够喷水也能够吐火，人民不知道受了他多少灾害。羿来到这里，就和那怪物激战了一场。那怪物虽然猛悍，究竟不是天神羿的对手，终于还是给羿射死在波涛汹涌的凶水之上了。

在羿杀了九婴回转的时候，北方有一座奚禄山，忽然崩坏了，羿从崩坏的山里得到了一个天赐的坚利而精美的玉扳指。扳指这样东西，是射手们套在右手大指上用来勾弦的，一般是用象骨做成，如今羿在奚禄山得到的扳指，却是一块美玉不假雕琢自然形成的，当然比那用象骨做成的普通扳指名贵不知道多少倍。羿得到了这个天赐的玉扳指，他的神勇更是无比地增加了。

羿回转来，经过东方的青丘之泽，正遇见一只名叫"大风"的鸷鸟在那里为害人民。——所谓"大风"，可能就是"大凤"，因为古时"风"和"凤"可能是一个字。凤也就是孔雀。这里讲的大风，就是一只大孔雀。古时在中原一带，是常有孔雀这种鸟的。在人民的想象中，这种鸟的特大者，性极凶悍，能伤害人畜。它的翅膀飞掠过的地方，似乎常有大风伴随，因此它又作了风的象征，传说它能够毁坏人们的房屋房舍。古人造字，就把"凤"字来当做"风"字用了。所以这里的大风，其实就是大凤，也就是一只大孔雀。

羿知道这种鸷鸟多力善飞，恐怕一箭射去还不能把它射死，倘或带箭逃去，躲在什么地方不出来，养好创口再来为害人民，反而费事。因此，羿便特地用一条青丝做成的绳系在箭尾，自己则藏伏在林薮中，等候那鸷鸟低飞到头上，一箭射去，正中鸷鸟的当胸。箭在绳上，鸷鸟不能飞逃，便被羿拖拉下来，用剑砍作了几段，替人民除了一方大害。

羿再到南方的洞庭湖去。洞庭湖中，正有一条巨蟒在那里兴波作浪，渔夫渔妇们被它弄翻船活吞到肚子里的不知道有多少。靠水生活的人们可真被害得惨苦极了。这种巨大的蟒蛇，各地都有。例如大咸山的长蛇，长有百丈，脊梁上长着猪鬣般的硬毛，鸣叫的声音好像敲梆子；又如镎于毋逢山的大蛇，红脑袋，白身子，发出的声音像牛吼，哪里见了它哪里就会发生大旱灾。洞庭湖里的这条巨蟒，叫做"巴蛇"，黑身子，青脑袋，能把一头大象囫囵地吞在肚子里，消化了三年，然后才吐出象的骨头来，人若是吃了这巨蟒吐出的象骨，据说可以治心痛和肚子痛。

羿遇见了这种对头，委实也很感棘手。但他既奉天帝之命到下方替人民除害，当然没有畏难的道理。所以他就单独驾了一只小船，在洞庭湖的洪涛中巡行，找寻那长蛇的踪影。找了好半天，终于远远地发现，那蛇正昂着头，吐出饥饿的、火焰一样的舌头，掀排山倒海的白浪，向着羿的船头浮游过来。羿忙拈弓搭箭，对准那蛇连射了几箭，虽是箭箭都中要害，蛇还不死，还一直窜到羿的船边，羿只得拔出剑来，和凶蛇作了一场猛烈的战斗，在滔天的白浪中，到底把那蛇斩作了几段，腥臭的血流出来染红了一大片湖水。湖岸边的渔民用震天响的欢呼声迎接羿的归来。

后来人们把这条巨蟒的尸骨打捞了起来，单是它的骨头，就堆成了一座山陵，据说就是后来的巴陵，又叫做巴丘，在现在湖南省岳阳市西南角，下面就临着洞庭湖。

最后只剩下一件困难的工作了，就是到桑林去捉大野猪。桑林这地方,古书无考,不知道在哪里,据说后来遭了七年旱灾的成汤也曾经在这地方祷过雨,那么想来应该不出中原的范围了。大野猪即所谓"封豨",是有着长牙、利爪,力气赛过牛的猛兽。它不但毁坏田里的禾稼,还吃家畜和人,附近一带的人民都很遭它的殃,提起它没有不痛恨的。如今羿一来,野猪就只好遭羿的殃了。羿的神箭哪里是野猪所能挡的?羿连发几箭,都射在野猪的腿上,教这蠢东西死不了而又逃不脱,结果被羿生擒活捉,人民皆大欢喜。

  羿为人民除了七桩大害,天下的人民都感念他的功德,想来到处定然传扬着关于他的颂歌,羿在人民的心目里准是最大的英雄。尧不用说自然也是万分感激羿的。而羿呢,觉得自己没有辜负天帝的委命,也兴奋而且快乐。他便把在桑林擒获的大野猪宰杀了,剁得细细的,蒸成肉膏,奉献给天帝,满以为天帝定会嘉许他一番,哪知道天帝竟一点儿也不欢喜,完全出乎羿的意料。

  天帝为什么不喜欢羿呢?我们推想起来,这和羿射太阳的事必定是有关的。天帝的十个太阳儿子,一下子就被羿射死了九个,羿对人民虽然有功,对天帝却是万分对不起。天帝心里的悲痛,已渐而变为仇恨,无怪他要不满意于这样的英雄了。

101　英雄的堕落

　　古书上关于羿以后的事，留下一大段空白，教研究神话的我们很费思考。推想起来，大概从此羿就住在地上，再也没有上天了。也许正因为他射太阳的过失，天帝革除了他的神籍。而且，和他一同下凡的他的妻嫦娥，当然也会连带受累，而在被开革神籍之列，所以这以后关于羿的故事就比较带着"人话"的气味了。羿和他妻子嫦娥的感情，根据以后的事实推断，可能在这时候开始有了裂痕。因为嫦娥原是天女，如今被连累不能再上天了，都是羿的鲁莽所造成的错失。人和神的距离有多么远，从神仙降落而为凡人，这巨大的遗憾将如何填补！嫦娥妇人的狭隘心胸，哪里容得下这么多的悲愁和烦恼；羿被时常抱怨和责怪，我们想会是很自然的了。但在心绪上已经抑郁不畅的羿，定然也受不了他妻子的絮聒不休，结果他只有从家里遁逃出去，开始他漫游的生涯。
　　我们可以想见他的心境是多么痛苦和忧郁，他曾经冒着生命的危险替人民除害，立了大功，却被天帝疏远和冷淡，在家庭里也得不到一点儿安慰，得到的只是嫌怨的絮聒。那时候大概还没有发明酒，否则他将会拿酒来浇愁，天天都在醉乡中了。他唯一借以解闷的方法，只好是赶了隆隆的大车，带领家众，到原野去驰驱，或到山林中去打猎。呼呼地拂过耳畔的天风也许会吹散他的忧愁，和野兽搏斗时候的兴奋也许会暂时消解他的痛苦。他就这样一天天地漫游下去，不做别的正经事情，在一般人的眼光里，英雄羿确实是有些堕落了。

102　羿遇宓妃

是不幸还是幸运呢？在一个偶然的机会中，漫游的羿遇见了洛水的女神雒嫔。雒嫔就是宓妃，传说她本是伏羲的女儿，因为在洛水渡河淹死，后来就做了洛水的女神。她的美丽是非常闻名的，诗人们对她有最高的礼赞和颂歌。屈原在他著名的诗篇《离骚》里这么写道：

> 我叫云师丰隆驾上他的云车，
> 去寻找宓妃这旷古的美人；
> 解下我的佩带表达我对她的爱慕，
> 我请伏羲的贤臣蹇修来做我的媒人，
> 可是她的芳心忐忑，主意没有拿定，
> 忽然拒绝了我的恳请。
> 晚上她回到西方的穷石，
> 昆仑山脚下的弱水在那里发源；
> 早上她在洧盘河边洗她美丽的长发，
> 灿烂的朝阳唤醒了沉睡的崦嵫山。
> 骄傲的女郎啊隐遁在山林，
> 空怀着绝世的艳姿飘然不群；
> 唉，她未免太无情又无礼了吧，
> 我只得离开她到别处再去追寻。

曹植在《洛神赋》里也这么写道："她的体态像惊飞的鸿雁那么轻盈，又像是乘云上升的夭矫的游龙。远远望去，光耀得好像太阳升在朝霞的天空，近看又像是白莲花绽开在绿波的水面。她的身材肥瘦适中，长短合度，肩膀像用刀削成，腰肢像束着光滑的绢子，秀长的脖颈，呈露出白腻的肌肤，不需要脂粉的妆饰，自然美丽无双。乌黑而高耸的云鬓，细长而弯曲的双眉，红馥馥的嘴唇闪着鲜艳，白灿灿的牙齿耀着光彩，明亮的眼睛顾盼生姿，脸颊边还有销魂动魄的两个小酒窝儿……"

羿遇见宓妃的时候，她正和一群女仙在洛水的水滨游戏：有的在急流的浅滩上采撷黑色的灵芝，有的在岸边的树木里拾取翠鸟的羽毛，有的手里拿着从深潭里找到的老蚌的明珠，翩然地行走在碧绿的水波之上。她们往还倏忽，行踪难测。这时，游鱼在江中腾跃，水鸟在波面翱翔，它们好像也因为女仙们的游戏而高兴起来，在那里助兴添欢呢。在这天高气爽的秋天的晴朗日子，的确，每个游戏的女仙们都表现得这么的天真、快乐，其中只有宓妃，时时从女伴们的欢乐游戏中走出来，独个悄悄地站在岩石边上，观赏那挺拔的孤松和灿艳的秋菊。我们可以看得出来，她的神情是黯淡的，她的微笑是凄凉的，好像夜静月明的空际，擦着月亮掠过的一缕灰色浮云。为什么这么美的女神竟是这么的忧伤，落落寡欢，与众不同？原来这当中是有着一段隐情的。

103　河伯娶妇

宓妃，是水神河伯的妻子。河伯名叫冰夷，又叫冯夷，有传说他也是因为渡河淹死做了水神的，也有传说他因为吃了一种药，遇水而成仙的。这河伯，是一个风流而潇洒的漂亮男子，白白的脸孔，长长的身躯，当他以本来面目出现的时候，他的身躯的下半段就有着一条鱼的尾巴，好像北海的陵鱼那样。

他经常喜欢乘了荷叶做篷的水车，驾着龙螭一类的动物，和女郎们在九河遨游。屈原在他的诗篇《九歌·河伯》里把河伯所过的风流潇洒的生活描写得非常生动：

鱼鳞的屋顶啊龙纹的厅堂，
紫贝的门楼啊珍珠的殿房，
河神的家啊住在水乡。

他乘着白鼋啊后跟着文鱼，
和女郎们啊河州同游共欢娱，
潺湲的流水啊向下奔驰。

河伯过着这种风流潇洒的生活，无怪后来民间传说他每年要娶一位新娘子来陪伴他玩耍作乐了。

战国时候魏国邺（今河北省临漳县）这个地方就有为何伯娶媳妇的风俗。在地方上掌权的三老和廷掾主办这件事情，每年要骗取人民的钱财好几百万，只拿出二三十万来办"喜"事，其余都入了他们的腰包。要到娶媳妇的时候了，女巫便挨家挨户去巡视，见了中意的姑娘，就说该做何伯的新娘子，便拿一点点钱把她聘娶过来，给她洗了澡，穿上绫罗绸缎的新衣裳，把她安顿在河边临时搭就的"斋宫"里，酒肉饭养着。这样过了十多天，到了娶媳妇的那天，人们就把这可怜的姑娘打扮起来，让她的亲人们在河边的小路上祭她一祭，娘儿俩抱着头伤心地哭一哭，然后把她放在一张下面铺着篾席的花床上，几个大汉杠抬着丢在河里。开始花床还漂浮在水面，随着水波向下流去，花床就渐渐沉没，这时想必岸上杂然齐作的音乐和河心无援的悲号会交织成为一片，可怜的姑娘从此就去见她那无情的丈夫，永远不再回家了。所以凡是人们家里有好姑娘的，无不害怕女巫讨去做河伯的新娘子，多带着姑娘远远地逃遁，一城人都走空了，人民的生活过得更是艰难和困苦。人民要想反对这种害人的风俗，但又怕河伯真个发起怒来，放水淹没无辜的人民，所以只得无可奈何地顺随着。

这时候，恰巧遇着西门豹到邺来做县令，知道人民的痛苦，决心要革除这种丑恶的风俗。于是他向三老和廷掾说："给河伯娶媳妇的时候，一定请通知我，我也要来送一送新娘子。"大家都高兴地说："好。"到了那天，西门豹果然先来了，三老、廷掾等地方上掌权的人也都来了。人民奇怪县官居然会有这种兴致，来看热闹的也比往年多。替何伯做媒选姑娘的是个老女巫，年纪已经七十多岁了，身后跟随着十来个年轻的女巫，是她的女弟子。西门豹说："叫河伯新娘子来，看看长得好不好。"女巫们便把一个哭泣得像泪人儿的姑娘从帷幕里簇拥出来，到西门豹眼前，西门豹看了一看，摇头说："不好,这姑娘长得并不好,烦劳大巫婆去告诉河伯,改天另选个漂亮姑娘来送他吧。"说了便叫人把那个又蹦又跳的老女巫抱起来投进河里。过了一会,西门豹皱着眉说:"大巫婆去了这半天还不回来,叫个弟子去看看。"又把个年轻的女巫投进河里,接连着就投下三个年轻的女巫。西门豹又说:"巫婆弟子,都是些妇女,恐怕说话不清楚,还请三老去说一说。"又把三老投下河去。两岸的人民都看得呆了。西门豹恭恭敬敬地弯着腰站在河边等候着,地方上掌权的人们都木鸡似地站在西门豹的身子后面直瞪着眼睛,不知道这遭又该轮到哪个。河岸边的音乐早已经停止吹打,两三千人的盛会这时竟没有一点声音,只听得风吹着旗幡微微作响。西门豹又说话了:"巫婆和三老都还不回来,怎么办呢?还是请廷掾、豪长们去看个究竟吧。"这些家伙一听这话都吓慌了,谁也不愿意到河伯那里去做客,都一齐跪在地上,砰砰砰地朝着西门豹直磕头,额颅都碰得红彤彤地出血了,脸色却白得像死灰。西门豹想了一想,说:"既然你们也都不想去见河伯,那么就停止这个大会,回家去吧。"从此以后,再也没有人敢提起为河伯娶妇的事,这种丑恶的风俗居然就打消了。

　　河伯娶妇的事,不管是否真有,在河伯这个浪荡公子身上,倒是很可能发生的。而且从有的记载看,他又有乘人之危和欺软怕硬的卑劣性格,所以正在高高兴兴办喜事的时候,一遇到西门豹这个硬角,他也就毫无办法了。他未尝不想兴波作浪,拿出点颜色来给大家看看,可是西门豹比他更厉害,他还没来得及表演这一手,西门豹就发动全县人民开了十二道沟渠,把河水引来灌溉民田,化有害而为有用,泄了他的气。究竟说来,人比神的本领还要高强。下面再讲另一个关于羞辱河伯的故事,便可以说明这层意思,并且给河伯的卑劣性格下一点注脚。

104　羞辱河伯

春秋时候鲁国武城（现在山东省平邑县西南）地方有一个勇士，叫澹台灭明，字子羽，容貌非常丑陋，却很有德行，是孔子的弟子。因为他容貌丑，孔子起初还以为这学生一定不会有多大出息，后来一看他无论哪方面都表现得不错，各国诸侯都尊重他，孔子才很感慨地说道："以言取人，失之宰予（宰予也是孔子的学生，专门爱说漂亮话，行为却并不见得十分好）；以貌取人，失之子羽！"这话就成了直到今天我们也偶尔还说的一句话。

有一次，澹台子羽带着一块价值千金的白璧，从延津（现在河南延津县以北）渡黄河过去，不知道怎么一来，给河伯打听清楚了。河伯想要得到他这块璧，于是就趁他的船渡到中流的时候，派遣大波之神阳侯去掀起滔天的巨浪，又叫两条蛟龙去夹着他的船，企图把他的船弄翻，夺下他的白璧。澹台子羽早已经料到河伯的这种坏心思，竟一点儿也不害怕，巍然地站在大风大浪和蛟龙作怪的船头，大声说过："谁想要我这块璧，用正当的方法请求，可以；要用威力来挟制，那不行！"说罢就从腰间拔出宝剑来，左挥右舞，奋力和蛟龙搏斗，顷刻之间，两条蛟龙都被杀死在河心。大波之神阳侯见势不妙，自己也很识趣，马上收拾起风浪，躲得不知去向了。于是风平浪息，船安然渡过了黄河。

船过河以后，澹台子羽就把那块价值千金的白璧拿出来，鄙夷地丢在河里,说:"拿去吧。"却又很是作怪,那璧从水里弹回来,又落到澹台子羽的手里。澹台子羽又说:"拿去!"又把璧朝河里一丢,璧又照样弹了回来。这么连丢了三次,三次都弹回来。——大概河伯遭了这场没趣,也实在没脸面要这块璧了。澹台子羽见河伯不肯要璧,就把璧在石头上砸个粉碎,然后扬长而去,表示自己不是为了一块璧而战斗,而是为了比璧更宝贵的东西。

105　羿射河伯

照这样说，过着放荡风流的生活，性格上又有些卑劣的河伯，对于他的妻，当然不会有真实的情感。家庭里必定会随时掀起爱情的风波，宓妃必定也会听腻味了那些甜蜜的谎话、恼羞成怒的难看脸色和指天誓日的乔装做作，"遇人不淑"这个思想会像蛇蝎一样无日无夜地盘踞在她的心里，使她痛苦。这就是她要离开水上游戏的女伴，独个站在山岸边上，暗自悲伤的缘故了。那么羿和宓妃的遇见，一个是盖世的英雄，一个是旷古的美人，而他们又都同病相怜，得不到家庭的慰安，彼此由相怜而相爱，也就很自然了。

这对于羿和宓妃在精神上固然彼此有了慰藉，羿的堕落生活也得到了稍微的振拔，但是我们推想起来，这种恋情，定然会引起两个家庭内部的纷扰。河伯会摆出丈夫样子的声色俱厉的态度，来责怪宓妃的不贞（他当然除开了自己）；而嫦娥呢，也会用女子们惯用的啼哭和吵嚷来声讨羿的无情了。所以爱情的蜜糖，在羿和宓妃，定是混合着妒忌的苦酒一同吃下的。

河伯，这个水国的王，他的手下有大批的官员和兵马。普通的虾兵蟹将都不必说了，单说其中几种比较特别的。例如猪婆龙（就是曾经在上帝面前演奏过音乐的那种动物），人们叫它做"河伯使者"；团鱼，叫做"河伯从事"；乌贼，叫做"河伯度事小吏"——这些想必都是河伯亲信的官员。它们时常出来到水面上逡巡，把探听到的各种消息报告给河伯知道,政治消息和爱情新闻想必都处在它们报告的范围之列。河伯使者出来时排场甚至还很大:变化作人的身躯,骑一匹红鬣毛的白马,穿着白衣服,戴着黑帽子,仪表堂堂,后面跟着十二个小孩子,骑着马在水面上如风地急驰。有时跑上岸去,马蹄跑到哪里,水也就淹到哪里。所到的地方,顷刻间大雨滂沱。到了黄昏时分,出来巡游的河伯使者才带着可能是小鱼小虾变化的孩子们回到河里去。水国里这些大小官员的献殷勤,对于羿和宓妃的爱情当然是很不利的。

河伯听了很多令人气恼和伤心的报告,实在沉不住气了,决定亲自出去侦察一下。又惧怕曾经射过太阳的大神羿的勇武,不敢公然出面,只得化作一条白龙,在河面上游行。他这一变化出来做暗探不打紧,却引起了轩然的洪涛,使河水泛滥到两岸,淹死许多无辜的人民。但是河伯的这副形貌,最终被羿认出来了。羿恼怒他这样下流,失掉水神应有的身份,于是不客气地一箭向那化形为白龙的河伯射去,正射中他的左眼。

可怜"赔了夫人又折兵"的河伯,只得哭哭啼啼,睁大了剩余的一只眼睛,跑到天帝面前去诉苦。

"天帝啊,羿欺人太甚了,请替我把羿杀了吧!"

"你为什么被羿射瞎了一只眼睛?"天帝问。

"我……我么,"河伯吞吞吐吐地说,"我那时正变了一条白龙,出来到河面上游行……"

一切发生的事情,具有大神通的天帝早已经知道得清清楚楚的了。天帝对于这个不敦品行的水神,委实也没有多少好感,因此不耐烦地打断他的话说:"不用多说了,谁叫你不在水国里安住,好好的却要去变一条龙呢!龙既然不过是水族动物,当然会给人射的了,羿又有什么罪过呢?"

碰了钉子回来的河伯,自然免不了和他的妻子又有一场吵闹,吵闹的结果,大概宓妃也觉得自己有些对不住这损失了一只眼睛的丈夫。她虽然爱羿,为了双方家庭的和睦,只得中止了和羿的交往,没有让他们的爱情向更悲剧的道路发展去。《楚辞·天问》说:"天帝派羿到下方去,原是要他替人民解除痛苦的,为什么传说他竟射杀了河伯,而把雒嫔霸占做妻子呢?"霸占雒嫔做妻子的这种传说,原不大可靠,所以诗人屈原才发出了这种疑问。为了谨慎一点儿,我们姑且相信羿和雒嫔(就是宓妃)间只有过一段恋爱关系,而且到羿射中河伯左眼之后,这关系也就在形式上中止了。

106　王母赐药

羿回到家里，虽然和他的妻嫦娥又言归于好，但是感情的裂痕却始终存在。最大也是最初的原因，前面我们已经说过了，不外和羿得罪了天帝，不能上天，连带也叫妻子受累的事有关。嫦娥本是天上的女神，想不到却得了这样的结果，难怪她不甘心。可怕的倒不在于上不了天，是怕将来死了以后，到地下的幽都去和那些黑色的鬼魂住在一起，过那愁惨黯淡的生活。就是羿也不愿意弄到这种地步的。这不仅可怕，而且可耻。作为天神的他，怎么可以去伴随鬼魂呢？可是死神的脚步，却一天天地迎面走来，使勇武的羿也没法不偶然心惊。这样，他对于妻子的责怨也就很能谅解了。现在的问题只是：怎样想一个解除死神威胁的办法，大家不再担忧死去，那么爱情也就能够恢复了。

后来听说在昆仑山的西方，有一个神人，名叫"西王母"，藏有不死之药，吃了这药，就可以永生。羿决定不管道路的艰险和遥远，要去向西王母请求这不死的良药。

西王母，后代的人都爱照着字面推想，以为定是西方的一个王母，年老而慈祥。不读书的道士们更造作了种种的谎话，来证明这种猜想的正确。其实都弄错了。西王母原来是一个长着豹子尾巴，老虎牙齿，头发乱蓬蓬地披着，头上戴了一只玉胜，善于啸叫，掌管瘟疫刑罚的怪神。他的性别是男是女，我们也还无从断定。"胜"虽然算是妇人的首饰，但在野蛮时代，男人也一样可以戴的，正如穿耳的环，在野蛮人中不问男女都可以作为装饰品。不过很是凑巧，传说在岩洞里生活简单的他，又有三只青鸟经常轮流地找寻了食物供给他。王母、玉胜、青鸟都带有女性的意味，因此就渐渐把他女性化和温和化了，实际上却并不是这样的。

就拿替他寻找食物的那三只青鸟来说吧，它们住在昆仑山西方的三危山，这山有三座峰峦，高耸入云，所以叫做"三危"。三只青鸟一只叫做"大鵹（音黎）"，一只叫做"少鵹"，还有一只就叫做"青鸟"，它们都是青身子、红脑袋、黑眼睛的多力善飞的猛禽，而不是那种娇小玲珑的依人小鸟。它们从三危山展翅一飞，就超越千里，来到西王母所常住的玉山岩洞里，从锋利的爪子下面掷下连毛带血的各种攫取自天空中和原野的能飞会跑的动物，做它们那生着老虎牙齿的主人一顿可口的肴膳。肴膳用过了，那狼藉在地面上的皮骨，就由另外一只三脚神鸟一拐一跛地走上前来收拾了去。这三脚鸟，是专门跟随在西王母身边，做种种杂事的。西王母高兴起来，就从洞穴里走出来，站在悬崖峭壁上，仰着脖子朝着天空长啸，他那可怕的凄厉的声音响彻深山穷谷，骇得鹰鸢们在空中乱飞，老虎豹子在森林里夹着尾巴没命地逃窜；这大概就是有的书所记载的"虎豹为群、乌鹊与处"的实际景象，并不像后来人们所说的那么雍穆和平。

掌管着灾疫和刑罚的怪神西王母，为什么又传说他藏有不死之药呢？这因为灾疫和刑罚都是有关人类的，他既可以夺取人的生命，当然也就可以赐予人的生命；正如希腊神话里的太阳神阿波罗一样，传播瘟疫，同时又是医疗之神。所以一般人都相信西王母藏有不死的良药，有福气得到这药的，吃了就可以长生。

不死之药，西王母确实是有的。如果我们回想一下，那就应该记得昆仑山上的那棵不死树，不死树上结有一种果子，吃了就可以长生不老。西王母的不死药，就是采取不死树上的果子炼制成的。汉代的各种关于西王母的画像中，常见有侍者手执形似树枝的东西，有人说是嘉禾，有人说是三珠树，恐怕都不是，而应该是不死树吧。这种树，也许正像其他延年益寿的树一样，总是几千年一开花，几千年一结果，结的果子并不多，所以不死药才异常珍贵，乃至于有时使用光了，很长时间不可再得。

但虽说如此，谁不希望长生呢？那珍贵的不死之药，谁又不想拥有一份呢？只是西王母住的地方，却不是人所能到的。他有时住在昆仑山顶的瑶池近旁；有时住上昆仑山西方盛产美玉的玉山上；有时他更住在大地的西极——太阳落山的崦嵫山；他经常是居无定处，要找他是相当麻烦的。单说这昆仑山顶吧，平常人就很不容易攀登上去。因为昆仑山的下面，环绕着弱水的深渊，这弱水，一片羽毛掉在上面都会沉落，更不用说是乘船载人了；昆仑山的外面，又环绕着炎火的大山，大火昼夜不息，无论什么东西一碰着它就会燃烧。谁还能够突破这水火的重围呢？所以虽然传说西王母有不死的良药，可是却始终没有一个人得到这宝贵的东西。

羿靠了他剩余的神力和不屈的意志，居然通过了水火的包围，攀登上了昆仑山顶，看见了长有四丈、大有五围的稻子和那九个脑袋的威风凛凛的守门的开明兽，这地方据说有一万一千里一百一十四步二尺六寸高，要不是羿，谁也不要想到达这个地方。很是凑巧，正遇见西王母就住在瑶池近旁的岩洞里，没有到别处去。当羿把他的来意向西王母说明之后，西王母对于有大功于人民的英雄羿的不幸遭遇，极表同情，就叫他身边的三足神鸟，把那装有不死药的葫芦替他衔来。三足神鸟从黑黝黝的岩洞深处衔来了葫芦，西王母接过葫芦，郑重地交给羿，说："这药，是足够你夫妇两人一同吃了都不死的，倘使是一个人吃了，就还有升天成神的希望。"临别更殷勤地叮咛羿：药须要好好保藏，因为这就是剩余的全部，除此而外，再也没有了。

107　嫦娥奔月

羿高高兴兴地把药带回家,给妻子保管着,择一个节日来大家同吃。他并不想再上天,因为天上的情形似乎也和人间差不多,只要不到地狱就满意了。但是他的妻子嫦娥却不和他一般设想。她想她原是天上的女神,如今不得上天,全是受了丈夫的连累,照理他该还她一个女神才是。灵药既然除了长生更有能使人升天的妙用,那么即使自私一点,吃下丈夫的一份,也不算怎么亏负他。因此她就在心里暗打主意,不再等待什么节日,想趁着羿不在家的时候,把他请回的药偷偷拿出来,一个人吃下肚子再说。但是,她毕竟也还有一些胆小怕事,不知这样做会不会惹下大祸,以至于弄得不可收拾。为了谨慎起见,还是预先去找一个名叫有黄的巫师替她卜卜吉凶。

有黄住在王城附近小土山上的洞穴里,从供神的壁龛里拿出一个黑色的乌龟壳,据说是活满了一千岁的神龟。又拿出几十茎枯黄的草,据说那就是千岁神龟伏在下面守护过的蓍草——这些蓍草都是丛生在一起,长满了一百根,每根都有丈多长,上面常有青云覆盖。用这种神龟和神草来占卜,每次都能应验。有黄便拿出它们来,把草放龟壳里面,跪在地上,两只手握着龟壳,摇簸着,嘴里喃喃地哼着,然后把龟壳里的草撒播在面前的一张矮石桌子上,用他那长着黄焦焦指甲的细瘦的指头拨弄着它们,半闭着眼睛,歌吟般地唱道:

恭喜夫人大吉大利啊！
——有一个聪明伶俐的女娘，
她将单独到遥远的西方；
世道是这样乱乱纷纷，
天象是这样暗无光明：
去吧不要恐惧也不要担心
命中注定往后要大大昌盛！

嫦娥听了巫师的话，于是下定决心，趁着羿不在家的一个晚上，把葫芦里的药倒出来，一齐吞下肚子去。

奇事果然在这时候发生了，嫦娥渐渐觉得她的身子轻飘飘的，脚和地面脱离开来，终于不由自主地飘出了窗口。外面是夜晚的蓝天，灰白的郊野；天上有一轮团圆的皓月，被一些金色的小星围绕着。嫦娥一直在飘升上去……

但是到哪里去呢？她思考着：假如到天府，定会被天上的众神耻笑，说她是叛离丈夫的妻子；而且假如丈夫设法寻找到天府来，也很难对付。看来只有到月宫里去暂时躲藏较为稳妥了。主意决定，她就一直奔向月宫去。

哪知道她刚一飞升到了月宫，气还没有喘定，就感觉自己的身体在发生变化：脊梁骨不住地往下缩，肚子和腰身却尽量往外膨胀，嘴巴在变阔，眼睛在变大，脖子和肩膀拢在一起，周身的皮肤上长出一些铜钱样的疙瘩来。她吃惊地大叫，可是声音已经喑哑；她想要狂奔求援，却只能蹲在地上迟缓地跳跃——这是怎么一回事？怎么一回事？原来这个超群绝世的美貌仙子，只为了一念之差的自私，已经变成了一个丑陋而可憎的癞蛤蟆了。这就是那个骗人的巫师向她预言的"往后要大大昌盛"——就是这么的"昌盛"！

较古的"嫦娥奔月"的传说就是这样。后一点的传说却比较宽容些：说奔入月宫的嫦娥还是嫦娥，并没有变作别的奇怪生物。可是月宫里的冷清却是她先前一点儿也没有预料到的。里面除了一只终年在那里捣药的白兔和一株桂树而外，什么也没有。直到许多年以后，才又添了一个"学仙有过"，罚到月宫里来砍桂树的吴刚，桂树和他闹别扭，创口随砍随合，再也砍不倒它。

　　这景象很使她灰心失望，但已经来了，只得住下再说。可是愈住下去，愈觉得寂寞不惯。才开始想起家庭的乐趣，丈夫的好处。倘使自己不这么自私，将不死药两人同吃了，大家都永生在世上，即便有小烦恼可也不缺少幸福快乐的日子，岂不胜过如此冷清地一个人在月宫里做神仙吗？她懊悔，她仍旧想回到下方来，向丈夫承认自己的过失，请他原谅她，和先前一样爱她。但这种愿望却只是徒然。她从此就只好永远住在月宫里，再也下不来了。"嫦娥应悔偷灵药，碧海青天夜夜心。"这是诗人对她的怜悯和嘲讽。从此，就只有无穷无尽的寂寞，紧紧地跟随着她，作为一种严酷的刑罚，来处罚这叛离丈夫的不忠的妻子。

　　那天晚上羿从外面回来，发觉他的妻子不见了，而地上却扔着一个空无所有的葫芦。羿明白了这是怎么一回事。愤怒、失望、悲哀好像一条条毒蛇，绞缠着他。他闭紧了嘴唇，怔怔地望着窗外。在这星月交辉的天空，他的妻已经离弃了他，单独寻找她幸福的乐园去了。

108　逢蒙学射

从此羿的性情果然大变。他想,既然天上也有不公平,人间也有欺骗,那么地狱里即使还有更坏的东西,也就不如脑筋里所想象的可怕了。他灰心到了极点,从前还怕死,现在看待死却像是他的好朋友。他也不再打算长生了,每天只是到外面去浪游、打猎,来消磨自己渐渐老去的剩余的生命。

这件事给他的影响最明显表露在外面的,就是他脾气的变坏,一点小不如意就可以惹动他的雷霆怒火。家丁们都清楚地知道主人的性情变了,变的因由大家也全明白。伤心人的伤心本来就是一种病,但是医治这种病世间却没有特效的药物,更坏的是这种病以怒恼的形式发作出来,无辜的第三者就要遭殃受苦。羿的家丁们全都同情他不幸的遭遇,但对疯狂的骂詈和皮鞭的痛抽又都忍受不了。因此有些就偷偷跑走了,跑不走或一时还没有地方可跑的,也渐在暗中埋怨他们的倒霉主人。当羿发觉连他的家丁都对他有二心的时候(他并不想想别人对他为什么会有二心),更是伤心和愤怒,脾气大发,不可收拾。

家丁中有一个叫做逢蒙的,是一个灵敏勇敢的人,羿一向很喜欢他,曾教他射箭。逢蒙刚开始学射箭的时候,羿对他说:"你要学射箭,先要学不眨眼睛,去把这桩本领学会了再来告诉我吧。"逢蒙回到家里,就成天仰躺在他妻子的织布机下面,用眼睛去对着织布机的脚踏子，脚踏子动而眼睛不动。这样过了一段时间，就是拿锥尖去逼近他的眼睛也休想使它们略眨一眨。逢蒙于是欢喜地把他的成绩去告诉羿，羿说："还不行。第二步还要学看东西，要学会把东西看成大东西，把不显眼的东西看成显眼的东西，然后再来告诉我。"逢蒙回家便去找了一根牦牛尾巴上的毛，挂上一个虱子，把它悬挂在南面窗子的脚下，每天练习看虱子。十多天以后便觉得虱子慢慢地长大了。练习了一段长时间，那虱子看去就像车轮般大，再看别的东西简直样样都成了大山和小山了。于是又欢喜地去把他的成绩告诉羿，羿这一下真的替他高兴起来，说道："你现在可以学射箭了！"于是就把他自己所有的本领差不多全都教给了逢蒙。后来逢蒙的箭射得几乎和羿一样好了，天下都很闻名，凡是提到射箭的，都把羿和逢蒙连在一起。羿很欢喜他有这样一个本领高强的学生，但是气量狭小的逢蒙却不大欢喜有这么一个本领比他还高强的老师。据说有一回，羿曾半开玩笑地和逢蒙比赛过一次射箭。恰巧天空中一行雁飞了过来，羿叫逢蒙先射，逢蒙连发三箭，为头的三只雁应着弦声坠落下来，一看，刚好三支箭都射中雁的头部。这时受惊的雁已经四散乱飞，羿也随意向它们射了三箭，也有三只雁应弦坠地，一看，三支箭也都射中雁的头部。这样，逢蒙才知道老师的本领实在比他高强，不是他轻易赶得上的。因此，逢蒙对于羿的嫉恨心也就与日俱增，暗害羿的念头常常在他的胸中盘绕。

109　羿遭暗算

一天下午，羿刚骑着马从外面打猎回来，快要到家的时候，只见对面树林边上有人影子闪了一闪，接着就有一支箭向他飞来。羿眼明手快，连忙拈弓搭箭，在跑开的同时一箭射去，只听得铮的一声，箭尖正触着箭尖，在空中发出几点火花，两支箭便向上挤成一个"人"字，又翻身落在地上了。第一箭刚刚相触，对方立刻又来了第二箭，同样相触在半空中。一连射了九箭，羿的箭都用尽了，这时他才看清楚逢蒙得意地站在对面，还有一支箭搭在弦上，正瞄准他的咽喉。

羿来不及防备，对方的箭早已像流星般，飕地一声径向羿的咽喉飞过来。也许是瞄准差了一点儿，却正中羿的嘴；一个筋斗，羿连人带箭掉下马去，马也就站住。

逢蒙见羿已死，便慢慢地走过来，微笑着去看他的脸；刚在定睛看时，只见羿睁开眼睛，忽然直坐起来。

"你真是白跟我学了这么久，"羿吐出箭，笑着说，"难道连我的'啮镞法'都不曾知道么？这怎么行，还得要好好练习啊！"

"饶恕我……"逢蒙丢了弓，扑地跪伏在地上，抱住羿的腿，半哭泣半号叫地干哑着嗓子哀告说。

"去吧，以后别再这么下作了。"羿鄙夷地挥了挥手，便跨上马，径自走了。

羿虽然给逢蒙暗算过一次，但是一者他为人素来仁爱宽大，二者也自恃有过人的技艺和勇武,所以并没有把这回事放在心上,以后出去打猎,还是随身带着逢蒙一道。

从此以后,逢蒙在羿的面前,也愈加表现得老实恭顺,使羿对他的改过向善,深信不疑。

但是他却用桃木削成一根结实的大棍子,随时带在身边,说是既可用来打野兽,又可用来挑猎物。羿见他把这家伙使用起来方便,也很欢喜,丝毫没有防备他的心思。

一天,羿打猎回来,正立马站在树林边仰天射雁,已经射落了一只,刚举起弓箭要射第二只,哈着腰在他身旁收拾猎物的逢蒙,忽然直起身来,抓起树旁的桃木大棍,对准羿的头顶,狠狠地就是一棍。

当羿察觉,要回过弓来,给这恶徒以打击的时候,事实上已经来不及了,桃木大棍就像泰山压顶似的,一棍正中羿的后脑。

鲜红的血液慢慢地从羿的耳边流下来,羿两手无力地垂下,手里的弓和箭扔落在地面上。他略回过头来,用他虽然已经昏迷却仍然是那么愤恨而轻蔑的眼光瞧了逢蒙一眼,然后,像一座山似的,颓然地倒了下来……

110　尺郭和钟馗

他死了,他平静而无声地死去了。他一生虽然连遭不幸,又死得这么冤枉,可是人民却纪念着他的功德,他死后人民奉他做了宗布神。宗布,有人说或者就是"祟醋",原是古代的两种祭礼:"祟"祭的是水灾和旱灾的神灵,"醋"祭的是给人或牲畜带来灾害的神灵,两种祭礼都是禳除灾害的祭礼。羿生前为民除害,所以人们在举行"祟""醋"两种祭礼的时候,附带也把羿作为祭祀的对象,后来他干脆就做了家家户户堂屋里供奉的诛邪除怪的宗布神了。

这宗布神的性质,大概又像是鬼的首领,职务是统辖天下万鬼,叫邪恶的鬼魅不敢害人,有点类乎后世传说的尺郭和钟馗。

尺郭,据说是东南方的一个巨人,身高七丈,肚子的大和身子的高相等。头上戴了一个"鸡父魁头"。"鸡父"大概是雄鸡冠状的帽子,古人戴之以示威武,孔子的弟子子路好勇,就曾经"冠雄鸡"(《史记·仲尼弟子列传》)。魁头是一个大头假面具,甲骨文"魁"字作 ,就是画着一个人戴了大头假面具的形状。那在宫苑里带了一大群小孩子逐鬼的方相氏,戴的就是这种大头假面具,不过方相氏戴的有四只眼睛,而尺郭戴的只有两只眼睛罢了。除此而外,他还穿着红衣服,腰间拴着白带子,额头上拿条红蛇来缠绕着,蛇尾和蛇头刚好衔接。这怪人不吃别的东西,只是拿鬼来当饭,拿露水来解渴,早晨吞吃恶鬼三千,晚上吞吃恶鬼三百,又叫"食邪",或者叫"吞邪鬼""黄父鬼"。

至于钟馗,则据说是唐明皇有一回害恶性疟疾,在发昏的高烧中看见的。昏糊中他做了个怪梦,梦见一个大鬼正在追赶一个小鬼,小鬼穿绛色衫,着短裤,一只足穿袜子,一只足打光足,偷了杨贵妃的紫香囊和明皇的玉笛,绕着殿廓奔跑。大鬼头戴帽子,身穿蓝袍,足下着了一双短统皮靴,裸露出两只臂膊,追上前去一把捉住那个小鬼,挖了它的两只眼睛,活生生地把它们吞吃到肚子里去。明皇忍不住问那个大鬼:"你是什么人?"大鬼回答说:"我就是武举没有考取去自杀了的钟馗,我已经立下誓愿,要替陛下扫清天下的妖孽。"明皇醒来,恶性疟疾居然一下子就好了。于是他就把这个怪梦告诉当时著名的画家吴道子,并且叫吴道子根据他梦中所见的景象画一幅"钟馗捉鬼图"。吴道子想了一想,就拿起笔来照着唐明皇所说的画了一幅,画得非常生动,就像他自己亲眼看见过一样。后来这事情传播开去,天下人民也都在每年年底绘画了钟馗捉鬼的图像,悬挂在屋子里,用以驱妖避邪。

不过这个传说,有些人并不相信。因为"钟馗",也有的写作"钟葵",实际上就是《考工记》所谓的"终葵"。这两个字音拼在一起就成为"椎"字,"椎"就是大木棒,古时候齐国的人就叫大木棒做"终葵"。终葵是用来打妖魔鬼怪的,把这东西人化了,于是就产生了后世钟馗捉鬼的喜剧性的传说。

这种说法完全是对的,使我们想到那杀死英雄羿的桃木大棒。据说,由于桃木大棒杀死了羿,所以后来天下万鬼都害怕桃木。这就充分地暗示了羿是天下万鬼的首领:因为连鬼首领都被桃木大棒杀死,其余大小鬼卒当然要怕桃木了。这和后来钟馗捉鬼的传说有很大的类似处:一则死于大棒而做了万鬼的首领,一则本身就是大棒的化身;因而有人说羿许是较早的钟馗神,当可相信。而尺郭呢,或者就是"终葵"即"钟馗"的音转,和羿与钟馗的神话,都是有着相当的关系的。

总之,羿生前为民除害,死后也还继续做他的工作;人民奉他做宗布神,由此可见他在人民纯朴的心田里,占着怎样一个重要的位置。"人民有眼睛",这话是不错的。"身既死兮神以灵,魂魄毅兮为鬼雄",大诗人屈原在《九歌·国殇》里的这两句诗,大可以移来作为人们对于刚强勇武而身遭不幸的英雄羿的一生英雄业绩的由衷悼颂。

111　洪水滔天

尧真是一个不幸的帝王,大旱之后又有大水。

根据历史记载,尧时候有过一次长期的大洪水,历时至少有二十二年之久。

那时全中国都受了洪水的灾害,情形凄惨可怕极了。大地是一片汪洋,人民没有居住的地方,只得扶老携幼,东西漂流。有的爬上山去找洞窟藏身,有的就在树梢上学雀鸟一样做窠巢。田地浸没在洪波里,五谷全被水淹坏,地面上的草木却长得极畅茂,飞禽走兽也一天天地繁殖越来越多,弄到后来,禽兽竟来和人民争地盘了。可怜的人民,他们要抵抗寒冷和饥饿,还要分出力量来对付繁殖加多的禽兽,他们哪里还能够是禽兽的敌手呢?所以假如他们不死在寒冷和饥饿当中,也难免会死在恶禽猛兽的爪牙残害之下。人民一天天地减少了,只有鸟兽所经过的道路,布满在洪水暂时退去和还未被淹没的地方。

做天子的尧当然是忧心如焚,但却想不出法子来解救人民于困苦,只得召集了四岳和在朝的诸侯来,向他们问道:

"请问四岳和众诸侯:如今洪水滔天,浸山灭陵,老百姓都忧愁得日子过不了,有谁能去治理洪水,解决人民的痛苦?"

四岳和在朝的诸侯都说:"啊,叫鲧去好啦!"

尧摇头说:"唉,怕不成吧!这个人刚愎自用,不能接受众人的意见。"

四岳说："除他之外再也找不出第二个人啦，试试看吧。"

尧只得说："好，那么让他去试试吧。"

鲧当时便被派去治理洪水，可是一治治了九年，丝毫没有成绩。

为什么鲧平治不了洪水呢？古书上说是因为他的性情不好，胡作非为，用错了方法。他用的方法是"堙"和"障"。所谓堙障，就是拿泥土来堵塞洪水，不但堵塞不了，洪水反而愈涨愈高，所以终于失败，结果被尧（也有说是舜）杀死在羽山。

到了舜做国君，就任命鲧的儿子禹去治理洪水，禹鉴于他父亲鲧的失败，就把堙障的方法改为疏导，结果疏导的方法成功了。洪水平息，解救了万民的痛苦，得到人民的爱戴和舜的信任，舜就把帝位禅让给禹，成为夏代的开国君主。

112　鲧窃息壤

　　上面记述的,是历史上的"人话",我们现在所要讲的,却是关于鲧和禹治水的神话。神话和人话是大不相同的。

　　上古时代曾经有过可怕的洪水为灾,大概是真实的。据甲骨文,"昔"字写作"![]",或作"![]",画一个太阳,下面或上面画作水波汹涌的光景,意思是说:从前曾经有过可怕的洪水泛滥的日子,大家不要忘了。又根据记载,世界上多数民族,也都有过关于洪水的传说。可知古代或因自然界发生变化,洪水泛滥竟遍及全球。人类一直到今天,还保存着洪水为灾的惨痛记忆。但洪水泛滥的年代在什么时候,却还不能确切推定。中国历史上说是发生在四千多年前的尧禹时代,是否这样,还很难说。这些我们都不必去管它了,且来看看鲧和禹的神话是怎样的。

　　鲧是谁?历史上说,鲧是尧时候封在"崇"(在今山西祁县东)这地方的"伯",所以叫他做"崇伯鲧"或"有崇伯鲧"。但在神话上鲧却是一匹白马,这白马,是黄帝的孙子。他的父亲叫骆明,骆明的父亲便是黄帝。我们知道黄帝既然就是天帝,鲧当然是上界的一位显赫的天神了。

　　滔天的洪水是怎样发生的,神话上并没有讲明白,推想起来,大概因为下方人民不信正道,造作种种恶事,触怒了天帝,这才特地降下洪水来警告世人。正如《旧约·创世记》说,耶和华因为看见世人作恶，便使洪水泛滥在大地上，要将世界的人类毁灭一样。

但是不管人们造作了多少罪恶，他们遭受了洪水的灾害，总是很可怜的。他们在水潦和饥饿的煎熬中，吃没有吃的，住没有住的，还要随时提防毒蛇猛兽的侵害，还要用衰弱的身体来和疾病抗争。在大洪水的时代，那一串悲惨绝望的日子是多么可怕呀！

天上有众多的神，可是真心哀怜人民的痛苦的，只有一个大神鲧。他要把人民从洪水中拯救出来，使他们仍旧过快乐平安的日子。他对他祖父这种严酷的措施，丝毫也不感到满意。我们推想，也许起初他曾经不止一次地向他的祖父祈请过，谏劝过，想得到他祖父的恩准，赦免人民的罪恶，把洪水收回天庭。但是一直处于愤怒中的上帝，并没有理会鲧的这些话语，或者反而给他一顿申斥，认为他是丧心病狂呢。我们知道，无论哪一方的上帝，只要是上帝，性情都会没有例外的固执，难怪鲧要碰他祖父的钉子了。

恳请和劝谏无用，大神决心自己想法来平息洪水，为人民解除痛苦。可是滔天的洪水，泛滥了整个世界，能用什么法子去平息呢？这使他忧愁而烦闷，以他的神力，似乎还难以办到。

正在愁闷当中，恰巧有一只猫头鹰和一只乌龟互相拖拉着走过来，问鲧为什么闷闷不乐，鲧就把愁闷的缘故告诉它们。

"要平息洪水，并不是难事呵。"猫头鹰和乌龟齐声说。

"那么怎样办呢？"鲧急急地问。

"你知道天庭中有一种叫做'息壤'的宝物么？"

"听说过，却还不知道究竟是什么东西。"

"'息壤'就是一种生长不息的土壤，看去也没有多大一块，但只要弄一点来投向大地，马上就会生长加多，积成山，堆成堤，用这宝物来堙塞洪水，还怕洪水不能够平息么？"

"呵，那么这宝物藏在哪里，你们知道吗？"

"这是上帝的至宝，它藏放的地方，我们哪能知道！——你难道要想偷取它出来？"

"是的，"鲧说，"我决心这么办了！"

"你不惧怕你祖父严酷的刑罚？"

"让他去吧。"鲧说，夷然而忧郁地一笑。

被当做上帝至宝的息壤，不用说是封藏得极其秘密而严固，并且定然还有猛勇的神灵看守着。可是不知道怎么一来，终于给专心致志想要拯救人民出灾祸的大神鲧偷取到手了。

鲧得到了息壤，马上去到下方，替人民堙塞洪水。这东西果然灵妙，只消少许一点，就可以积山成堤，叫翻涌的洪水没法逞凶，还叫它在泥土中干涸。大地上渐渐看不见洪水的踪迹了。看见的只是一片高低不平的新的绿野。住在树梢上的人民从窠巢里爬出来，住在山冈上的人民从洞窟里走出来，他们枯瘦的脸上都展开了笑容，他们的心里都腾跃着对于大神鲧的感谢和欢呼，他们又都准备在这苦难的大地上重建新的基业。

113　鲧腹生禹

可是不幸的是，到洪水快要平息的时候，息壤被窃的事终于被上帝知道了。我们可以想到那统治着全宇宙的威严的上帝会怎样地发怒啊：他痛恨天国出了这样的叛逆子孙，他马上毫不犹豫地派了火神祝融下来，把鲧杀死在羽山，夺回了剩余的息壤。正所谓是"为山九仞，功亏一篑"，因此洪水又蔓延回来，泛滥在大地各处，人民的希望成了泡影，仍然遭受寒冷和饥饿的威胁。人们既痛惜大神鲧的牺牲，更悲哀他们自己的不幸。

和鲧的事迹相像，无独有偶，在希腊神话里，也有大神普罗米修斯，因为把神国的火种偷了出来送给人类，被天帝知道了，便把他囚锁在高加索的山顶，叫恶鹰来啄食他的心肝，叫风霜雨雪来残毁他的身体，过了许久，他才被一个人间的英雄赫克利斯释放。

大神鲧被杀戮的羽山这地方，大概就是委羽之山，在北极之阴，是太阳照不到的地方。山的南面是雁门，有一条神龙叫烛龙，终年守在这里，嘴里衔了一支蜡烛，用来代替日光，照耀北极的阴暗。世间传说的可怕的幽都，人类魂灵的最后归宿地，大概就在羽山的附近，可以想象到这里的凄惨和荒凉——这就是大神鲧为人民牺牲生命的地方。

他被杀戮，他有什么遗憾呢？他有，他的遗憾大而且深，但并不是遗憾他的被杀，他本来是抱着牺牲生命的决心的。他遗憾他死了，他的事业还没有成功，他的志向还没有达到，寒冷和饥饿的人民还浸在水潦里，息壤却被上帝夺回天庭去了，这样的结果，他怎么能够安静地长眠呢？

怀着这一股博大坚强的爱心，大神鲧的精魂因而不死，他的尸体，经过三年之久，都没有腐烂。不但这样，他的肚子里还逐渐孕育着新的生命，就是他的儿子禹。他把自己的精血和心魂一齐都来喂养了这个小生命，要他将来继续完成自己的事业。禹在他父亲的肚子里生长着，变化着，三年之中他已经具备了种种神力，甚至超过了他的父亲。

鲧的尸体三年不腐烂，这件奇事被上帝知道了，怕他将来会变成精怪，来和自己捣蛋，便又派了一个天神，带了一把叫做"吴刀"的宝刀下去，把鲧的尸体剖开。

天神依命行事，到了羽山，果然就用吴刀来剖开鲧的尸体。

可是在这时候，更大的奇事发生了，从鲧被剖开的肚子里，忽然跳出一条虬龙，就是禹，头上长着一对坚利的角，盘曲腾跃，升上了天空。虬龙禹升上天空之后，鲧的尸体也化作了别的生物，跳进了羽山旁边的羽渊。

114　鲧死的异闻

关于这一点，说法就很不一致了，有说是鲧化作了黄熊，但熊是兽类，又怎么能够进入羽渊呢，显然说不过去。又有说"熊"亦作"能"，"能"正写应该作"䟦"，就是三足鳖，下面三点就是它的三只足。这种说法虽然可通，但是敢于窃取天帝息壤来为民请命的大神鲧，又哪里甘于化身为孱懦无用的龟鳖之类呢？恐怕是他人别有用心的诽谤，这是我们不能相信的。再有一种说法，说鲧治水无功，自沉于羽渊，化作了玄鱼。玄鱼不知道是什么鱼，不过古书"鲧"也写作"䲔"，有人因此就说他是玄鱼，又说常见玄鱼"扬须振鳞，横修波之上"，"与蛟龙跳跃而出"，虽是臆想，那么玄鱼也该是蛟龙一类的生物了。最后再来看战国初年的一部卜筮书《归藏·启筮》说："鲧死三岁不腐，剖之以吴刀，化为黄龙。"我们相信这种说法倒较为确当，因为天马化为龙是很自然的，古人早已有了类似的观念，何况他的儿子禹也是一条龙呢。

更有一种特异的说法，见于《天问》，大意说：鲧的尸体化作了黄熊，越过穷山的冈岩，到西方去请求巫师将他治活。那一带地方，巫师是很多的，譬如出产各种珍贵药物的灵山，就有巫咸、巫即、巫盼、巫彭、巫姑、巫真、巫礼、巫抵、巫谢、巫罗十个巫师在那里或上或下，忙忙碌碌地采寻药物；又譬如在昆仑山开明兽的东方，也有巫彭、巫抵、巫阳、巫履、巫凡、巫相几个巫师正拿了从不远地方的不死树上采集的不死药,在那里医治被贰负神所杀的可怜的猰貐。那么鲧的尸体化为黄熊去求西方的巫师们将他治活,这也很近情理,就是不知道巫师们是否将他治活,活了过来的他又去了什么地方。只知道他在去求医的途中,看见遭了洪水灾害的人民,流离失所、衣食难全,心里难过,还劝大家播种黑小米,把萑苻杂草都除开,来解决他们眼前的生活问题。鲧虽然死了,并且已经化作了异物,还这样念念不忘于人民,所以大诗人屈原在他的诗篇里用充满同情叹伤的语调写道:

> 鲧因为耿直而忘掉自身,
> 终于被杀戮在羽山的荒野。
>
> 就为了行为耿直而不随和,
> 鲧治理洪水才徒劳无功。

可以看得出来,诗人处处都在把鲧和遭遇相同的自己相比了。

我们现在还是姑且相信大神鲧化作了黄龙,进入了羽渊。这龙,据我们推想,大概因为他全部神力已经传给了他的儿子禹,不过是一条普通的没有神力的龙罢了。所以自从他进了羽渊之后,便再也没有关于他的消息了。他唯一存活着的意义,就是要亲眼看见他的儿子继续他的奋斗,去把人民从苦海中拯救出来。

115　禹会群神

鲧的儿子并没有让他失望，新生的虬龙禹具有大神力，发了大愿心，要继续完成父亲的功业。

这回事给上帝知道了，我们可以想见那高高地坐在宝座上的上帝吃惊的模样。从被剖开的鲧的肚子里既然可以产生禹，那么即使再剖开禹的肚子，哪能料到不会再生出别的生物来？叛逆者假如有他叛逆的道理，这道理就会薪火相传，绵历不绝。仓皇吃惊的上帝，也许因此渐渐悔悟到降下洪水来处罚人民未免太严，而一个人悲悯的善心更常常好像金石般坚固，也难于有法子将它销熔、毁灭。所以当禹去向上帝请求将息壤给他的时候，经验丰富的上帝便马上答应了他的请求，不但把息壤赐给他，还干脆任命他到下方去治理洪水。而且，为了工作的方便，更派曾经杀蚩尤立了大功的应龙去帮他的忙——不知道是不是还负有别的使命——这结果真是出于禹的意料。

禹受了上帝的任命，于是带了应龙和别的一群大大小小的龙，去到下方，开始做平治洪水的工作。群龙的任务是导引水路：应龙导引主流，其余的龙导引支流。

可是这样一来却惹恼了水神共工，因为洪水原是上帝命他降下来惩罚人民的罪恶的，正是他大显神通的好机会，如今手段还没有大加施展，却又要叫收拾起来，这不行！而且禹那小孩子知道什么呢？上帝竟轻率地答应了他的请求，也使他很不服气。所以他立定决心，偏要出来给禹捣一捣乱。于是他就把洪水"振滔"起来，一直淹到空桑。空桑在如今曲阜，已经要算是中国极东的地方了，可见当时中原一带，早已变作了泽国，可怜的人民，因为水神的一怒，又不知道多少人在洪涛里喂了鱼虾！

禹见共工这样的蛮横，知道除了用武力对付以外，用道理说服是决不行的。要尽早平治洪水，必须先除去振滔洪水来祸害人民的罪魁，因此禹决心和共工一战。

这场战争的经过怎样，猛烈到什么程度，因为古书上没有记载，我们也就无从查考了。不过据说，禹曾在会稽山会合天下群神，大家都到齐了，只有防风氏后到，禹怪他不遵守约束，就把他杀掉。过了一两千年，到春秋时候，吴王夫差攻打越国，包围了越王勾践居住的会稽山；战争进行得很猛烈，连山都打毁了。从毁坏的山里掘出一块骨头，不是人类的骨头，也不是野兽的骨头，那骨头之大，须用整部车子才能装下。去请教博学的孔子，孔子才把这段故事说出，大家才知道这就是防风氏的骨头。禹会合天下群神，恐怕正是为了要对付共工，那么我们可以想见禹的神力和威权有多么大，共工当然不是禹的敌手，所以不久就被禹赶跑了。

116　诛防风氏

那会稽山，据说原叫做茅山，因为禹曾经在那里会合天下群神，商议治理洪水、对付共工的大事，这才改名叫会稽的。"会稽"就是"会计"，也就是"会聚计议"的意思。殊不知防风氏骄傲自大，不遵守约束，白白丢了性命。杀他的时候，因为他身体太高大了，三丈多长的身子，任是长汉子的刽子手，也不能够到他的脖子。据说在行刑前，还特别花了一番工夫，派遣民夫筑起一道高堤，让巨人防风站在堤下，刽子手站在堤上，预先打造了够沉重锋利的大刀，挑选了出类拔萃的力士，这才把防风氏那一颗绝不亚于牦牛头的巨大而顽强的头颅割下来。防风被杀戮后，所筑的高堤还保存相当长一段时间，后来人们叫它做"刑塘"，塘就是堤的意思。杀人的场面，古往今来人民见到过的何止万千，但像防风氏这个山岳似的汉子被杀头，那可真是旷古奇闻，人们只能在神话传说的长河中约略领略罢了。

说起防风氏这个巨人，不禁使人联想到蚩尤、共工、夸父、刑天这些"巨无霸"式的人物，他们都是炎帝的裔属，而又同是黄帝派系的反对者，南方这个巨人族的首领防风氏，和这些巨人之间，不知是否有戚谊血缘的联系？如果说没有，他为什么会在禹会天下群神、商量治水方法和对付共工策略的时候，表现得这么傲慢懈怠，迟迟其行，以致遭杀身的惨祸？如果说有，可惜我们在古书的记载里，还找不到确凿的证据，只好存疑。总之，据说后来越地的人民还保留着一种古老的风俗习惯,就是每年到了一定时间要祭祀防风氏的神灵。祭礼举行的中途,演奏起防风氏的古乐,吹起一种足有三尺长的竹筒,发出呜呜的嗥叫声,三个披着长头发的人,便应和着这种悲哀的呜呜声,在神庙的大殿上有节奏地舞蹈起来。这防风古庙,在现在浙江省德清县的莫干山下,据说还能找到它的遗址,那里还流传有什么防风国、防风山、防风洞等名号,足见人们对于这位神话传说的巨人,是深深怀念的。

117　河图和玉简

且说禹赶跑了共工以后，这才认真开始工作。他比他的父亲果然更聪明。他一方面用息壤来堙障洪水，叫一只大黑龟把息壤背在背上，跟随在他的后面行走。这样，他就把极深的洪泉填平了，把人类居住的土地加高了：那特别加高起来的，就成为我们今天四方的名山。一方面他又疏导川河，叫应龙走在前面，拿他的尾巴画地。应龙尾巴指引的地方，禹所开凿的河川的道路就跟着它走，让水流一直流向东方的汪洋大海，就成为我们今天的大江大河。

禹治水到黄河，正站在高崖上观察水势，忽然看见一个长人，白白的脸孔，鱼的身子，从翻腾的水波里跳跃出来，自说是河精，其实就是河伯，给了禹一块水淋淋的大青石头，又转身跳进水波里不见了。禹把那块石头仔细看了一看，上面天然长着一些弯弯曲曲的线条形的花纹，聪明的禹用不着去请教别人，一看全都明白了：原来是一幅治水的地图。从此他治水既有应龙拿尾巴开路，又有地图做全盘工程的参考，就更有了充分的信心和把握了。

禹治水不但得到了"河图"——就是河伯送给他的那块记载着河川道路的大青石头，据说，还得到了另外一样宝贵的东西：玉简。

那是当禹开凿龙门山的时候，有一天，偶然到了一个大岩洞里，岩洞深得很，越走越黑暗，到后来简直寸步难行了，禹只得打了火把进去。却看见前面有一个东西闪闪发光，后来那发光的东西把整个岩洞都照亮了,仔细一看,原来是一条大黑蛇,约有十丈长,头上生有角,嘴里衔了一颗夜明珠,在前面给禹带路。禹就丢了火把,跟着大黑蛇走。走了好一会儿,到了一个开朗光明的地方,似乎是一座殿堂,有一些穿黑衣服的人簇拥着一个人脸蛇身的神坐在殿堂中央。禹一看这神的形状,心里就明白了八九分,禹便问他:

"你莫非是华胥氏的儿子伏羲吗?"

"对啊!"蛇身人脸的神说:"我就是那九河神女华胥氏的儿子伏羲啊!"

他们两人一谈起来,都感觉很是亲切。伏羲幼年时候吃过洪水的亏,对于治水的禹所做的伟大工作,表示非常钦佩,愿意尽他的力量来帮一点忙。于是便从怀里掏出一片玉简交给禹,这是一种形状像竹片的玉器,有一尺二寸长,说是拿了这东西去,就可以度量大地。禹后来果然带着它在身边,平定了水土。

118　龙门山和三门峡

龙门山据说原是一座大山，它和吕梁山的山脉连接着，位置在今山西省和陕西省交界的地方，刚好挡住黄河的去路，使黄河的水流到这里流不过去，只好倒回头往上流，水神趁势掀起巨浪，造成洪水的泛滥，把上流的孟门山都淹没了。禹从积石山（在青海）疏导黄河到这里，就用他的神力把龙门山开辟为二，使它分跨在黄河的东西两岸，像两扇门，让河水从悬崖峭壁间奔流而下，因此，禹就把这个地方取名叫龙门。据说，江海的大鱼到一定时间便都要集合在这山崖下面，举行跳高比赛，跳过去的便能成龙升天，跳不过的便只好碰一鼻子灰，咕嘟着腮帮子仍旧转来做鱼。又有说在龙门的附近有一条涧，叫鲤鱼涧，涧里最多的是鲤鱼，这些鲤鱼从洞穴里跑出来三个月，就得逆流渡到龙门的上游去，有本领渡过去的就会变成龙，否则还是得碰个鼻青脸肿回转来。李白《赠崔侍御》诗说："黄河三尺鲤，本在孟津居；点额不成龙，归来伴凡鱼。"用的就是这个典故。

龙门的下游几百里的地方，是有名的三门峡，相传也是禹开凿的。禹把一座挡住河道的山破成几段，使河水分流，包绕着山经过，好像三道门，所以叫做三门。"三门"各有名字："鬼门""神门""人门"。"站在黄河两岸的陡崖上俯瞰河谷，只见大河从上游浩浩荡荡地奔流过来，越往东，水势越急，刚刚流进三门峡，便被两座石岛迎面劈开，劈成惊心动魄的三股急流。这三股急流又被两岸突出的岩石紧紧卡住，瞬时间三股急流又拧成一股，一起从一百二十米宽的小豁口硬冲出去，直震得满峡谷一片雷声。"——这就是如今我们在那里建立了一座巨大的水电站——三门峡的光景。在三门峡，至今还有禹王治水的遗迹。附近有七口石井，据说是禹王凿三门峡时挖的水井，所以三门峡又叫"七井三门"；鬼门岛的崖头上有两个圆坑，活像一对马蹄印，却比井口还大，叫做"马蹄窝"，据说是禹王开砥柱，跃马过三门时马的前蹄在这里打了一个滑溜踩下的足印。三门峡上游又有禹王庙，从前"放溜"过山峡的艄公们都先要在这里歇脚，给禹王烧香许愿，放鞭炮，饱吃饱喝一顿，然后才驾着木船在汹涌奔腾的急流里，从岩石中箭也似地穿花而过，是否能够侥幸渡过三门，或是在岩头上碰个稀烂，全在眨眼间的工夫。所以当地人说："店头街（茅津渡）是叫不尽的艄公，哭不完的寡妇！"这话里包含着世世代代勇敢的中国人民多少血泪啊！

119　禹擒无支祈

禹治理洪水，曾经三次到桐柏山（在河南省桐柏县西南），可是那地方总是刮大风，打大雷，石头啸叫，树木哀号，使治水的工程简直无法施展。禹知道是妖物作怪，发了怒，便召集天下群神，叫他们想办法除妖。有一些神不大愿意出力，禹便把他们拘囚起来，其余的这才合力在淮水和涡水之间擒获了一个水怪叫无支祈的。这怪善于应对言语，形状像猿猴，额头高，鼻梁低，白脑袋，青身子，牙齿雪亮，眼睛闪耀出金光，力量大过九只象，颈脖子伸出来有百尺长，但他的身躯却伶俐轻便，虽然被擒获了，他还在那里横蹦竖跳，没一刻安静。禹拿他没法，便叫天神童律去制服他，童律制服不住，又叫乌木由去，乌木由也还是不行，最后才让庚辰去制服。庚辰制服他的时候，各种山精水怪聚集起来奔走号叫的有好几千，庚辰拿一把大戟赶走他们，怪物失助，这才降伏。于是用大铁锁锁在他的颈脖上，鼻孔里又给穿上了金铃，将他压在如今江苏省淮阴县的龟山脚下。禹的治水工作这才顺利地进行下去，淮水从此才能够平安地流入海中。

禹治水到了巫山三峡，在导引水路的一群龙中，有一条龙错行了水路，民夫们就在那里错误地施工，开凿出一道峡谷。结果后来发现这道峡谷完全是不必要的，禹很生气，就把这条蠢龙在一座山崖上斩了，用来儆戒其他引水的龙。直到现在巫山县还有"错开峡"、

"斩龙台"这样的古迹。

巫山，可能又叫云雨山，或叫灵山。据说天帝的神仙药一共有八橱，全都安放在这里。附近有一条可以吞吃大鹿的黑蛇，常想来偷吃神药。天帝特派遣了一只凤凰属的黄鸟，在这里看守着神药，防止贪婪的黑蛇偷吃。有巫咸、巫即、巫盼、巫彭、巫姑、巫真、巫礼、巫抵、巫谢、巫罗等十个巫师，从这里上天下地，做沟通神人间关系的工作。山上各种宝贵的药草都有，巫师们也顺便采取一些来制炼神药。禹治水到这里，正在叫人砍伐林木、疏通水道的时候，忽然发现在一处光秃秃的红色的山崖上，不知是何方的精灵故弄玄虚，竟化生出一棵非常名贵的栾木树来。黄色的茎干，红色的枝条，青色的叶子，长得高高大大的，自有一种非凡的气质。最可宝贵的是这树的花和果实，都是很好的药材，可以拿它来制炼神药。后来各方的天帝知道了，都派遣人来采取这树的花果去制药。这也算是禹在巫山治水的一段小小的插曲。

120　百虫将军

　　治理洪水是一件破天荒的大事，人民群众和各方的天神都来帮助禹。有一个叫做伯益或伯翳的天神，在帮助禹治理洪水的工作中，功劳最大。他是天上的神鸟燕子的子孙后代，或者他本人就是一只燕子。他常带着人民，打着火把，去把山林水泽中因洪水而长得过于繁茂的草木焚烧掉，使害人的禽兽无处藏身，只好远远地逃遁；让人民能够安居乐业。他又懂得各种鸟兽的性情和语言，治水成功以后，他便去帮助舜驯服鸟兽，许多野禽野兽都给他管教得服服帖帖的。舜帝爷欢喜，就把姚姓（舜的宗族）的一个姑娘嫁给他，赐他姓嬴，据说，他后来就成了秦国王族的祖先。他生了两个儿子，一个儿子叫大廉，另外一个儿子叫若木。大廉又叫鸟俗氏，他的玄孙孟戏和仲衍，完全是鸟雀的形躯，却说人的话。可见他们确实是天神的子孙后代。

　　伯益又被人们称为百虫将军。在河南省的嵩高山，古时建有百虫将军庙。这庙在汉代就已经有了，晋代元康五年（公元295年），曾大规模地修葺了一次，直到明代末年，董斯张编写《广博物志》的时候，这庙据说还存在。这些都只见于前人著述的记叙，表示人们对于这位神话英雄的崇念；至于两处的庙宇，恐怕早已湮没，只好让人们凭着记载去追寻它们的遗迹了。

121　禹娶涂山氏

禹治洪水，直到三十岁，还没有结婚。当他走到涂山（如今浙江绍兴市西北），在那里做治水工作的时候，他心里就想："我的年龄已经很大了，将要有什么东西来昭示我吧？"果然，就有一只九条尾巴的白狐狸来到他的面前，摇摆着一大把像扫帚般的毛蓬蓬的尾巴。这种狐狸，生活在东方君子国附近的青丘国，和龙、凤、麒麟等生物同属于吉祥的生物。禹一见这九尾白狐，不禁就想起涂山当地流传的一首民间歌谣，大意说："谁见了九条尾巴的白狐狸，谁就可以做国王；谁娶了涂山的女儿，谁就可以家道兴旺。"禹想："这狐狸的出现和民间歌谣的流传，或者就应验着我将要在涂山这里结婚吧？"

涂山有一个姑娘，名叫女娇，态度娴雅，仪容秀美，禹一见这姑娘，就觉得很满意，想娶她做妻子。可是治水的工作忙迫，还来不及向她略通款曲，禹又到南方巡视灾情去了，女娇知道了禹对她有爱意后，对于这万人称颂的大英雄，也自然而然地产生了爱慕。于是她就打发一个使女到涂山的南麓去等候禹回来。哪知一等禹也不回来，两等禹也不回来，等得女娇烦闷和焦躁极了，便作了一首歌道：

等候人啊，多么的长久哟！

据说这就是南国最早的一首诗歌，后来《诗经·国风》里的那些"乐而不淫"的诗歌，都是从这首诗歌传嬗下来的。当然，这也只是说说罢了，不一定就是事实。

　　终于，巡视灾情的禹从南方回来了，女娇的使女在涂山南麓迎接着禹，表达了她年轻的女主人对禹爱慕的忠诚；许多言辞，都正是禹要想让使女转达给女娇知道的。两人既然彼此是这么情投意合，一见倾心，所以并不需要什么繁复的仪式和典礼，他们就在台桑这地方简简单单地结了婚。

122　黑熊和嵩山石

结婚以后仅仅才四天，禹便离开了他新婚的妻，又忙忙碌碌地到别的地方去治理洪水去了。女娇便被送到安邑（在今山西省运城市盐湖区解州镇东北）去。她在那里生活过不惯，时常思恋自己的家乡。禹知道这种情形，无法安慰她的新婚夫人，便叫人在安邑城南替她筑了一座台，让她在寂寞无聊的时候，登上台去望望她远在几千里以外的家乡。据说如今城南门外还留存着那座望乡台的台基。

后来她觉得既离开熟悉的家乡又离开亲爱的丈夫，日子过得未免太凄苦了，当她丈夫偶然回家看望她的时候，她就坚决要求跟他在一起。禹拿她没有办法，只得勉强答应了。

有一次治洪水到了轩辕山（在河南省偃师市东南），这座山山势险峻，山路像车辕般回还往复，所以叫做"辕辕"，得打通这座山，使水流经过。禹对他的妻子说："这工作可是不太容易呀，但也还是要努力干。我在这山崖上挂上一面鼓，听见鼓声你就给我送饭来吧。"他妻子说："好。"禹等他妻子回去以后，一时想不出更好的办法，就摇身一变，化作一头毛茸茸的大黑熊，拼着自己的力气来凿山开路。禹正在那里用嘴拱呀，用四个爪子扒呀，忙得浑身带劲、尘飞土扬的时候，一个不当心，他的后脚爪带起一块石头，"咚"的一声，不偏不歪正打中在崖边挂着的鼓上。接连又有几块石头也都打在鼓上，禹的妻子听见鼓声，就急急忙忙提了篮子把丈夫的午饭送去。禹一点儿也没有留心到周围发生的一切,还在那里拼命地扒呀拱呀,不料他的这副难看的熊的形躯,竟被妻子涂山氏看见了,她万万想不到自己的丈夫竟是一头熊,又是吃惊,又是惭愧,不由得大叫一声,丢开饭篮,赶快回身逃走。禹听见妻子叫喊,才停止了紧张的工作,也跟在她的后面追赶去,想向她解释误会。大概慌忙中忘记变还原形罢,禹的妻子看见追赶来的还是一头熊,心里更是惭愧和害怕,脚下也就更加跑得快。他们这样一逃一追,一直就跑到了嵩高山(即嵩山,在河南省登封市北)的山脚下。禹的妻子急得没法,也就摇身一变,化作了一块石头。禹见妻子化作石头不理他了,又急又气,便向石头大叫道:"还我的儿子来!"石头便向北方破裂开,生了一个儿子名叫"启","启"就是"裂开"的意思。

123　禹游九州

　　禹为了平治洪水，周历了九州土地，天下万国。东方到过榑木，榑木就是扶桑，是太阳出来的地方；又到过九津和青羌之野，沐浴着一片灿烂的旭日光辉；又到过攒树所，那里有万木攒聚如云；扪天山，爬上山的峰顶连天都能用手摸着；又到过黑齿国、鸟谷乡和出产九尾狐的青丘乡。南方到过交阯，交阯就是现在的越南；又到过孙朴国和续樠国；又到过丹粟、漆树、沸水漂漂、九阳之山，单从名字上已可见到那里是气候极炎热的地方；又到过羽人国、裸民国、不死国。禹到了裸民国，据说他也脱去了衣服，赤裸着身子进入国境，到离开那里的时候，才又穿上衣服，拴上带子，为的是尊重别国的风俗习惯。西方到过西王母三青鸟居住的三危山，又到过积金山，山上堆满了黄澄澄的金子；巫山，炎帝小女儿瑶姬的精魂在那里兴云降雨；又到过奇肱国、一臂三面国，又到过不吃别的东西，单吃露水、喝空气就可以过日子的乐土仙乡。北方到过人正国、犬戎国、夸父国、积水山和积石山；又到过夏海和衡山，地方已经不可稽考，大概是在北极荒远的处所；还去见过那人面鸟身的北海海神而兼风神的禺强。

　　禹在北海见过海神禺强，正想转回南方来，却不料在那积雪的北方的荒原，迷失了路途，又更朝着北方走去。走呀走的，渐渐觉得风景不同寻常，一条长长的滑溜溜的山冈挡在眼前，山冈上没有一棵树，也不生一根草，自然更没有飞鸟和走兽之类了。禹觉得奇怪，便爬上山冈去看个究竟，原来山冈下面是平坦的大地，大地上面也是什么都没有，只有一些弯弯曲曲的小水流，像蛛网样的布满着。男男女女、老老少少的人们就在水流旁边坐的坐，躺的躺，有的唱歌，有的跳舞，也有的用两手去捧了水流里的水来喝。有个男人在溪流里连喝了几捧水，只见他就偏偏倒倒、醉醺醺地仰面朝天倒在地上，睡熟得像死人一般，人事不知了。唱歌、跳舞、谈天、游戏的人们都各自玩乐他们的，谁也不去管那醉汉。

　　好奇的禹就走下山冈，看看这里的风土人情究竟是怎样的。一问起来，才知道这里叫做终北国，是北方最远的一个国家。这国家的地形好像一块磨盘石，四周围绕的小山冈就是磨盘石的边沿，也是国家的天然疆界。中央有一座山，名叫壶领，形状像个没有边的泡菜坛子，从那泡菜坛子口上经常涌出一汪水流来，分布在山下平原的各处。这水名叫"神瀵"，又甜又香，而且还有最大的一桩好处，就是吃了能饱。只消吃一点点，便能充饥解渴，若是吃得过多了，就会酒醉饭饱，睡足十天，才能醒来。国家的气候又特别温和，既不热，也不冷，不刮风，不下雨，没有霜，也没有雪，终年四季无昼无夜都像是在过春天。人们既不愁穿衣吃饭，自然就没有一个人去从事耕田织布这类在他们看来傻气的劳动。人人都不必劳动，因此也就没有利用种种手段来剥削他人劳动的人。他们倒确实是生活得快乐而无忧：吃了玩，玩了睡，睡醒起来又吃。人人活到一百岁，两腿一伸，就上了天国。禹来到这里，人们都殷勤地招呼禹吃他们的"神瀵"，禹吃了这名贵的食品觉得味道实在不错；可是他还有治水的工作没有完成，又惦念着他那些还在水深火热中的苦难人民，仙乡虽然快乐，他哪里忍心长久留住？他住了还不到两天，便急急忙忙辞别这些纯朴的人民，登上归程，回返中土来了。

124　禹诛相柳

经过许多困难和辛苦，洪水终于被禹治理平息了。洪水虽平，但还有余患未尽。原来被禹赶逐跑掉的共工，有一个臣子叫"相柳"的，是一个蛇身九头的怪物，这怪物最贪暴无厌，九个脑袋，须同时吃九座山上的食物。而且可恨的是无论什么地方给他一喷一碰，便马上会成为水泽。水泽里的水，带着又辣又苦的怪味道，不要说人吃了会送命，就连飞禽走兽也不能在附近一带生活下去。禹把洪水平息之后，就运用神力，杀死相柳，为民除害。从这头九头怪的身体里流出几股像瀑布一样的腥臭的血液来，气味难闻得很；血液流经的地方，五谷不生，又多水，水也带着又辣又苦的怪味道，简直不能住人。禹就把这些地方用泥土来堙塞住，可是堙塞了三次，三次这块土地都陷坏下去，禹索性将它辟做一个池子，各方的天帝就利用池泥在这里筑起几座台，用以镇压妖魔。台在昆仑的北边。

洪水平息，大功告成；禹便想量一量大地的面积。他命手下的两个天神大章和竖亥，一个从东极走到西极，量得二亿三万三千五百里七十五步；一个从北极走到南极，量得的数目也是一样，一步不多，一步不少。所以如今我们居住的这大地，在禹那时候，竟是方方的，像豆腐干似的一块。三百仞以上的洪水渊薮，一共有二亿三万三千五百五十九个，禹早已经用息壤将它们填平了，有的地方更耸了起来，成为四方的名山。《山海经》里有几句关于天神竖亥的解说文字：说禹叫竖亥测量大地，竖亥右手拿了一些竹片，大约有六寸长，叫做"算"，是用来计算数目的，左手指着青丘国的北边——看光景，是要准备动身旅行去了。

125　天帝赐玄圭

禹平治了洪水，使人民安居乐业，过幸福的日子，人民都感念他的功德，万国诸侯也都敬畏他，都愿意拥戴他做天子。舜帝爷见他治水有功，也心甘情愿地把天子之位禅让给他，在让位之前，还送给他一块叫做"玄圭"的黑颜色的上方下圆的玉石，作为对他勤劳的奖励。不过也有的说，这块黑颜色的玉石，是天帝赐给他的；当禹治水到西方的洮水上的时候，就有这么一个长身干的人，把这块黑颜色的玉石交给他。长身干的人，有人说可能就是流沙附近嬴母之山的山神长乘，这神的形状像人却长着一条豹子的尾巴，是天上"九德之气"所化生的，所以他能代表天帝把黑颜色玉石即所谓"玄圭"来赐给他。从这两种不同的传说看来，舜帝爷也好像就是天帝了。

治水成功的禹，据说有一匹名叫"飞菟"的神马，一天当中能够驰行三万里，受了禹德行的感召，来到禹的宫廷，做了他的坐骑。又据说有一头会说话的走兽，名叫"趹蹄"，原是后土的家畜，大概也是马，也来做了禹的坐骑。后来飞菟、趹蹄就成了一般骏马的通称。两匹神马，不召自来，也许是表示皇天后土对于禹的慰问。因为他当初不顾一切障阻，一心要平息洪水，居然成功了，所以锦上添花的事儿，纷至沓来。甚至传说天帝爷还赐给他一个叫做"圣姑"的神女，来安慰他晚年的寂寞。像这种设想得很美妙的奖励，我们想大概是从某些先生的头脑里玄想出来的，而并不是禹所需要的吧。

126　禹铸九鼎

禹做了天子以后，便收集了九州州牧贡献来的铜铁之类的金属，在黄帝曾经铸鼎的荆山脚下，铸造了九个极大的宝鼎。有人甚至说一个宝鼎要九万人来拉才拉得动它。可见它有多么大和重了。鼎上刻绘着九州万国毒恶生物和鬼神精怪的图像，使人民一见这鼎上的图像就知道预先防备，将来出门旅行，走到山林水泽，就是遇到木妖石怪、邪神厉鬼，也不至于遭殃受害。这九个宝鼎，陈列在宫殿外，任人参观，成了人民极有用的图画旅行指南。半生的精力都消耗在跋山涉水、劳碌奔波中的禹，见的妖魔鬼怪一定不在少数，他是深切地知道旅行的艰难的。他是天神，对付这些魔怪还比较容易，完全没有这方面知识的人民，如果骤然遭逢，可就要吃大苦头了。爱念人民的禹，才想出这么一个办法，把鬼神精怪的形象都铸造在宝鼎上，哪一方有哪一类精怪，人民一看宝鼎，便知分晓；以后出门远行，也心里有数，趁早带上预防的法宝。所以当时禹铸造宝鼎的意思，是教导人民辨认奸邪，并不是拿它来装门面的。可是宝鼎传下去，从夏代传到殷代，从殷代又传到周代，它的旅行指南的实际效用逐渐消失，却被历代帝王珍藏在庙堂里，逐渐成了传国的宝贝，也就是装点门面的虚假东西了。

对于这九个宝鼎，野心家们一直是很感兴趣的。春秋时候楚庄王带兵攻打陆浑戎，到了周天子的都城洛邑，周定王派了一个使臣王孙满去慰问楚庄王；筵宴酬酢之间，楚庄王就向王孙满打听九鼎的大小轻重，善于言辞的王孙满说了一句辣乎乎的讽刺味儿十足的话："在德不在鼎。"结果使野心勃勃的楚庄王碰了一鼻子灰，回去了。直到战国末年，秦昭襄王攻西周，才把楚庄王从前想望而不可得的九个宝鼎掳掠回秦国去。可是正在由很多人扛着，抬着，啊喝连天地叫喊着的中途，宝鼎忽然和他闹别扭，其中一个竟腾空飞了起来，一飞飞到了东方的泗水（在今山东省境内），扑通一声落在泗水里面再也不出来了；到手的九鼎就只剩下了大煞风景的八鼎。后来昭襄王的曾孙秦始皇并吞六国，当了皇帝，到东海去找神仙没找到，回来经过彭城，想起泗水里沉没的宝鼎，于心不甘，便派了上千人到泗水去打捞宝鼎，结果也还是没有捞着，后来连其余的八个也都下落不明了。我们从山东嘉祥武梁祠的画像石里，还可以看见一幅刻绘得很生动的秦始皇派人到泗水去打捞宝鼎的图画。图画中表现的是众多的人在泗水桥上桥下打捞宝鼎的忙碌情形：宝鼎已经被绳子曳出水面来了，鼎内忽然钻出一条神龙，伸头将绳子咬断，拖鼎的人们都跌了个仰叉叉四脚朝天，鼎又沉入水底。图画里表现的就是绳断的刹那景况。这是汉代人对于秦始皇的刻毒讽刺：讽刺他想要得到王权，却终于失去了王权。宝鼎，据说就是王权的象征——这是铸鼎辨奸的禹从来也没有想到的。

127 治水的辛劳

关于禹,人们只是这么传说着:他治理洪水,亲自拿着畚箕铲子,冒着大风大雨,走在前面,带领着九州万国的人民,疏江导河,终于战胜了给大家带来灾害的洪水。他在外面前前后后一共跑了十三年,好几次从自己家门前经过,听见孩子在里面哇哇地哭泣,都因为工作忙没工夫进去看看。他的手上脚上早生出了厚厚的老茧,指甲磨得光光的,小腿肚上连毛也不生一根。由于潮湿和太阳的曛蒸,还不到老年,就落下一个半身不遂的病症。勉强走路,也一跛一颠的,后步跨不过前步,看样子仿佛在跳,又好像是巫师作法事的光景。长年的风吹日晒,皮肤的颜色早已变得黑黝黝的,兼之人瘦,脑袋和颈脖显得特别长,嘴巴也显得特别尖,实在算不上仪表堂堂。可是天下后世的人,谁提起禹来不交口称赞?甚至有人这么说:"要是没有禹,我们这些人恐怕早已经变成鱼虾了!"可见禹在人民心目中占着怎样一个崇高的地位,又岂是那几斤破铜象征的所谓"王权"代表得了的?得鼎失鼎的神话传说,不过只是嘲笑某些独夫纷纭扰攘的徒劳罢了,和禹是全不相干的。

禹在位做天子的时候,还替人民做了很多有益的事。后来他到南方去巡视,走到会稽(就是他从前大会天下群神和与涂山氏女儿结婚的地方),生病死了,群臣就把他埋葬在这里。有说禹并没有死,留下的只是他的尸骸,他的实在的本身,却飞升上天仍旧成了神。

不管怎样，后世会稽山还可以看到一个大孔穴，称为"禹穴"，民间相传，说是禹进入了这个孔穴。又说在禹的陵墓所在的地方，常有鸟雀来帮他耘草，春天把草根拔掉，秋天啄去芜秽的东西。更有神奇的传说，说这些在禹陵墓附近耘草的鸟雀，"大小有差，进退有行，一盛一衰，往来有常"——简直像在下兵操。

至于鲧和禹父子俩用来埋塞洪水的"息壤"，据说没有用完，还剩了一些，散在中国各处：有在湖北的，有在湖南的，有在安徽的，有在四川的，大都传闻异辞，故神其说，渐渐成了真正的"神话"，因涉及迷信，也不值得去记述了。倒是药物当中有一种叫做"禹余粮"的还很有趣。传说禹治水时候把一些没吃完而又带不走的剩余的粮食抛弃在江水里，后来这些粮食都生长起来成了药物。这种药物，是像面样的黄色细粉，生长在池沼或山谷间的石头缝中，又叫"太乙余粮"，可以用来止血。还有一种生长在海边沙地上的植物，叫蒒草，结的果实吃起来味道像大麦，每年七月就成熟了，一般叫它"自然谷"，也叫它"禹余粮"。

128　蚕丛、鱼凫和杜宇

和鲧禹治水的事迹相仿，在古代的蜀国或蜀郡，又有望帝化鸟和李冰父子治水的故事，也可以大略讲讲。

远古时代的蜀国，第一个称王的，是蚕丛，他曾经教人民养蚕。"蜀"字甲骨文作 🐛 或 🐛，画的就是一条蚕。可见古时四川地方养蚕的发达。那时候人民生活简单，没有一定的住地，只是随着他们的国王蚕丛到处迁移，蚕丛所到的地方，那里马上就成了热闹的蚕的市集。蚕丛这一族人，眼睛生得很特别，是向上直竖的。蚕丛死后用石棺埋葬，人民也都仿效他的办法，死后用石棺埋葬；后人称这种用石棺埋葬的坟，叫做"纵目人冢"。蚕丛以后的一个王是柏灌，再以后的一个是鱼凫。鱼凫开始建都据说在瞿上（在今四川省双流县），后来迁都到郫（今四川省郫县），终于在湔山（今四川省都江堰市）打猎时得道成了仙。

岁月在茫茫昧昧中运行，鱼凫王仙去以后不知道过了多少年，忽然有一个男子，叫做杜宇的，从天上降落下来，落在朱提（今四川省宜宾市西南）这个地方，那时候恰巧有一个女子，名叫利的，也正从江源（今四川省松潘县西）地方的井水里涌现出来，这天造地设的两个奇人，便结婚做了夫妇。杜宇自立为蜀王，号望帝，仍旧将郫这个地方作为国都。

望帝当国的时候，很关心人民的生活，教导人民怎样种庄稼，时常叮嘱大家要抓紧天时季节，不要耽误了田里的生产。那时蜀国常常闹水灾，望帝虽然忧念人民遭祸难，但一时还想不出很好的办法来根治水患。

129 鳖灵治水

有一年，忽然从江水里逆流浮上来一具男子的尸首，人民见了很奇怪，因为尸体总是顺流朝下浮的，而他却逆流往上浮，便把他打捞起来。更奇怪的是：刚一打捞起来，尸首就复活了，自说他是楚国地方的人，名叫鳖灵，不知道怎么一来，一个不小心，失足落水，便从楚国一直浮到了这里，想必家乡的亲戚朋友，早已经在四处寻找他了吧。望帝听说江水送来了个怪人，也暗暗称奇，便叫人把他带来相见。两人一见面，谈得情投意合，望帝觉得鳖灵这人不但智慧聪明，并且似乎还很懂得水性，在这时常有水灾为患的地区，是用得着这种人才的，因此便叫他做了蜀国的宰相。

鳖灵做宰相没有多久，一场大洪水爆发了，那是因为玉垒山（即玉山，在今四川省都江堰市）阻挡了水流的通路，水流蓄积而为洪水。这场洪水之大和尧时候的洪水比较起来几乎不相上下。处于水患里的人民所遭受的痛苦，不用描写和形容，也就可想而知了。望帝就叫他的宰相鳖灵去治理洪水，鳖灵在治水这件事情上果然表现出了他天生的才干。他带领着人民把玉垒山凿开一条通路，使洪水顺着岷江流下来，宣泄于平原上的各个支流，这才解除了水患，让人民得以安居乐业。这是一说。另有一说，说鳖灵开凿的不是玉垒山，而是巫山，由于巫山的峡谷过于狭窄，把长江的水流壅塞住了，以致造成全蜀境内的大洪水，鳖灵凿通了巫山，才平息了洪水的灾患。这又是一说。照这一说，鳖灵的功劳更大。所以鳖灵治水回来，望帝因为他治水有功，自愿把王位禅让给他。鳖灵受了禅让，号称开明帝，又叫丛帝。望帝本人却跑到西山去隐居起来；这时正是春二月田野里杜鹃鸟鸣叫的时候，人民思念故君，一听见杜鹃鸟叫就油然而生悲哀的感觉。

130　杜宇化鸟

但人民为什么一听见杜鹃鸟叫就生悲哀的感觉呢？这也有两种不同的说法。一说是当鳖灵治水去了以后，望帝在家和鳖灵的妻子私通，鳖灵治水回来，望帝觉得非常惭愧，才跑到深山里去隐居起来。后来死了，灵魂就化作了杜鹃鸟。这种鸟虽然在私生活上有小缺点，可终于是关心人民、爱护人民的好国君的望帝的化身，所以人民一听它叫，想起它生前对待人民的好处，自然就产生了悲哀的感觉。另一种说法是，据说"从前，杜鹃鸟是不常叫的，偶尔叫几声，也没有现在叫的这样凄楚，这样感动人。自从杜宇把帝位让给鳖灵，自己隐居在西山，而鳖灵却乘机霸占了他的妻子，杜宇在西山知道这件事情，但对鳖灵无可奈何，只有整天悲愤哀泣而已。后来，杜宇临死的时候，托付西山的杜鹃鸟说：'杜鹃鸟啊，你叫吧，你把杜宇的心情，叫给人民听吧！'从此，杜鹃鸟就飞在蜀国境内，日日哀啼，直到口中流血。"这是人民听了产生悲哀感觉的直接原因。——这两种说法，内容性质完全不同，前者的传说较为古老，而后者则大概是根据李商隐诗"望帝春心托杜鹃"一句演绎而来。不管是哪一种传说，都表明杜宇和鳖灵之间确实是有着一段爱情的纠葛，而鳖灵是优胜的获得者（不论是道义上还是事实上）。一般人同情不幸而遭遇失败的望帝，所以有杜鹃鸟故事的流传。

而真正在农村里流传的关于望帝变鸟的故事，却比上述的两种传说要健康得多。郫县杜鹃村的老农民说:"杜鹃鸟是杜鹃王变的,万年历就是杜鹃王所造。"他们指的杜鹃王就是望帝杜宇。他们说,望帝生前爱护人民,教人民怎样种庄稼,死了以后,还惦念着人民的生活,所以他的灵魂化作了杜鹃鸟,每到清明、谷雨、立夏、小满等农忙季节,就飞来田间一声声地鸣叫。人们听见这种声音,都说:"这是我们的望帝杜宇啊!"于是互相勉励:"是时候了,快撒种吧!"或者说:"是时候了,快插秧吧!"并且把这种鸟叫做杜宇,或叫望帝,或叫催耕鸟、催工鸟。

131　五丁开山

杜宇把帝位禅让给鳖灵,鳖灵传位给他的子孙,到开明帝第十二世,改帝号称王,将都城从郫迁到成都。那时强大的秦国,常想吞灭蜀国,只因为蜀国地势险峻,军队不容易通行,狡猾的秦惠王于是想出一条妙计:叫人造了五头石牛,每天在石牛屁股后面摆上一堆金子,谎说石牛是金牛,每天都要拉一堆金子。

消息传到了蜀王的耳朵里,贪财的蜀王想要得到这些石牛,就打发一个使臣前去向秦惠王请求,秦惠王"得其所哉",马上毫不吝啬地答应了。问题是五头石牛这么庞大和沉重,怎么能够搬运到多山的蜀国去呢?好在蜀国当时有五个大力士,叫五丁力士,大概是弟兄五个,蜀王就叫五丁力士去凿山开路,结果开成一条"金牛道",把五头冒充金牛的石牛搬运回来。哪知道石牛搬回来以后,并不拉金子,气得蜀王无可奈何,只得把石牛又给送回去,附带奉敬一句嘲骂的话:"东方放牛儿!"秦国人听了只笑笑说:"我虽是放牛儿,却要得到你们蜀国才甘心呢!"

秦惠王知道蜀王不但贪财,又兼好色,金牛道虽通,蜀国还不能轻易进攻,想先用美女迷惑住蜀王再说。于是派遣使臣去向蜀王说,秦国有五名美女,愿意奉献给蜀王。蜀王一听有美女送来,马上把从前旧恨,抛之脑后,又落进了敌人的圈套。便又叫五丁力士到秦国去迎接五名美女。五丁力士奉命到了秦国,迎接了五名美女转来,走到梓潼，忽然看见一条大蛇，正向一座山洞钻去。力士当中的一个，赶紧跑去拖住蛇的尾巴，一个劲儿往外拖，企图把它弄出来杀死，以免人民受害。蛇的力量过大，一个人还拖不动，于是弟兄五个都去拖那蛇，一边拖一边大声呐喊，声音响震山谷。大蛇一点一点地被从山洞里拖了出来，弟兄们正拖得高兴，忽然妖蛇作怪，只听得轰隆一声巨响，地震山崩，尘土弥漫，刹那间把五个为民除害的壮士和秦国奉献来的五名美女都压死了，一座大山分为五座峰岭，峰岭上各有平整的石头，好像给这些人建造的墓碑。蜀王听了这事，心里万分伤痛，他伤痛的不是壮士们的死，而是五名美女没有能够送到他的手里供他玩乐。于是他亲自登临这五座山，作了一番厚颜无耻的凭吊；并且命名这五座山叫"五妇冢"，又在那上面建造了什么"望妇堠"、"思妻台"，而把他平时引为骄傲的蜀国的五个壮士完全忘记了。只是人民还没有忘记他们，管他什么"望妇"、"思妻"，人民只把这五座山叫做"五丁冢"。

秦惠王一听说大山压死了五丁力士而蜀王还在那里为美女伤怀，就乐得心花怒放，知道蜀国已不足畏惧，就派遣大军从金牛道进攻蜀国，很快地就把蜀国吞灭，把蜀王杀死了。

这时那望帝魂灵变化的杜鹃鸟，眼见故国灭亡，无计可施，更是满怀心事，一腔悲恨，只有在桃李花开的春二三月，对着春风和明月，一声声地叫唤着："不如归去！不如归去！"蜀国人民一听见这声音，都知道这是他们的旧君望帝又在怀念故国了。

132　李冰斗蛟

不过蜀国虽然灭亡，人民倒还侥幸，没有十分遭殃受苦，因为不久以后，在秦昭王的时代，派来了一个郡守，名叫李冰的，是个也像望帝那样非常关心、爱护人民的好人，一到蜀郡，就替人民做了很多有益的事。其中最叫人民念念不忘的，仍是平治洪水的灾患。由于利用了江水，灌溉了万顷农田，使世世代代的人民，都蒙受李冰治水的福利。

据说，李冰刚到蜀郡来做郡守的时候，江水的水神也像那好色贪欢的河伯一样，每年要选取两个年轻的姑娘来做他的新妇，稍不顺意，就要兴波作浪，激起漫天的洪涛来危害人民。人民被这件事情弄得极苦，但也还是只得每年照例出钱办喜事，选聘姑娘去给淫虐的江神享受。李冰一来，知道江神作怪，便向主办喜事的人说："今年用不着叫大家出钱了，我自有女儿给江神送去。"

到了嫁女那天，李冰果然把他的两个女儿装饰打扮起来，准备沉到江里去送给江神。江边神坛上设有江神的神座，陈列着香花灯烛、酒果供品之类，坛下一群穿着彩色衣服的乐人，正在那里吹吹打打，好不热闹。李冰端着一满杯酒，一直走到神座上去，向江神敬酒道："我很荣幸能够攀附九族，江君大神，请显露尊颜，让我奉敬一杯酒！"

神座上寂然，没有动静。李冰略沉吟了一下，说："好吧，那么请干杯！"登时举起酒来，一饮而尽，把杯口倾侧一照，果然涓滴毫无了。可是神座上陈列的几杯酒却仍旧清清亮亮，一点儿也没有消耗。李冰怒不可遏，厉声道："江君既然瞧人不起，那么只好和你拼个死活！"

说罢就从腰间拔出剑来，忽然不见。一时间乐鼓停奏，所有看热闹的人都惊愕不已。过了一会儿，只见山崖上有两头苍灰色的牛拼死拼活地在那里角斗。角斗了又有一会儿，两头牛一齐消失了踪影。只见李冰脸上流着汗，气喘吁吁地跑回来向他的从官僚属们说："我战斗得太疲倦了，你们得帮一下忙才成；可要看清楚，那脸朝南、腰间挂着白绶带的就是我。"于是又变化作苍灰色的牛，和也变化作苍灰色的牛的江神在崖岸上拼死打斗起来。这回他身上带有标记，从官僚属就拿着刀矛之类去刺杀那没带标记的。结果江神变的那头牛，便被一个主簿刺杀死了，从此人民免却了洪水的灾害。

这是李冰诛妖的最早的传说，稍后一点，更说李冰入水斗蛟，自己变成牛形，江神却作蛟龙腾跃，起初吃了一个败仗，跑上岸来，选了几百健卒，手里拿着强弓大箭，和他们约定道："刚才我变牛和江神战斗，如今江神也一定要变成牛来和我战斗了，我拿大白练拴在身上做标记，你们就杀那没有标记的。"说罢李冰便喊叫着，奋身跃进水里，一会儿，雷声震响，大风号呼，天和地成了一个颜色。风雪稍定，只见有两头牛猛烈地战斗在水面，其中一头牛腰间拴着白而长的绶带，于是手拿弓箭的武士们就一齐把箭向那没有绶带的牛射去，作恶的江神当时就被射死了。

如今都江堰市西门城外还有一个斗鸡台，也叫斗犀台，正确的名目应该是斗犀台，据说就是古时候李冰叫战士和人民在那里拿了弓箭帮助诛杀"孽龙"的地方。——江水的水神在后世的传说里就一变而为孽龙了。

这条孽龙，在有的传说中，还被生擒活捉，人们怕它还要兴妖作怪,便把它用大铁链拴着,镇在李冰治水凿成的离堆下面。下面有一个极深的潭,一年四季都不干涸,镇住孽龙以后,就叫这潭做伏龙潭。

出版后记

作为一个具有深厚文化底蕴的国家，中国积淀了代代传承的神话、仙话。这些神话传说通过口耳相传或书面文字记载等不同的传承方式广泛而持久地流传着，且呈现碎片式分布，零零散散。目前，古籍中记述神话较多的仅有《山海经》《楚辞》等，不过《国语》《左传》及《论衡》等书中也保存有片断材料，诸神故事早已支离破碎，难得其详。如此贫乏的神话资料，尤以创世神话为甚，以致国内外学术界长期存在关于中国古代有没有创世神话的争论。杜维明先生就认为，缺乏创世神话是"中国哲学的基调之一"。这样的论断，对于一个有着数千年文明的古国来说，难免是一种缺憾。

20世纪二三十年代，中国神话进入垦荒时代。这一时期，以鲁迅、茅盾、顾颉刚、闻一多、凌纯声、芮逸夫等为代表的学者才借助西方神话学的概念和范畴，在中国文献中发现和圈定了可视为神话的素材，并把它们从古代文献中"抽离"出来，迈出了重建中国神话殿堂的第一步。

中国神话学史上最杰出的第三代神话学家袁珂先生集毕生之精力，从这些零碎的材料中，通过收集、整理、梳理、分析，并构建出神话的轮廓，使那些在时代的流变中因被误认为圣君，或被误认为凶神，或被拔高为创世神而彻底失去了本来面目的神话人物各归各位，用简练、流畅、平实的文字将开辟鸿蒙的神话、仙话等进行了系统性的描述，搭建出中国神话传说系谱的相对完整性和清晰性，改变了疑古派和言必称希腊者所谓中国神话资料贫乏的误解和谬见。

这样一部著作想来定会引导对中国神话传说感兴趣的读者进入一个神奇绚烂的世界，循着远古时代华夏民族瑰丽幻想、顽强抗争以及步履蹒跚的足迹，亲近黄帝和蚩尤的战争现场，帝俊、帝喾和舜，羿和嫦娥的故事，鲧和禹治理洪水……

简明版意在唤醒读者对中华文明的重视和热爱；更重要的是近些年来，我们一再遭到质疑的"神话本土说"也能借此澄清，还"中国神话源于韩国"谬论以真相，使读者认识到中国传统文化的魅力，唤起对古典文化的兴趣。

后浪出版公司已先后出版了袁珂先生以下著作：《中国神话传说》《中国神话传说词典》《山海经校注》，未来计划出版《中国古代民间传说》《中国神话故事》《中国传说故事》《山海经全译》等多部作品，敬请关注。

服务热线：133-6631-2326　188-1142-1266
服务信箱：reader@hinabook.com

后浪出版公司
2015年1月

图书在版编目（CIP）数据

中国神话传说 / 袁珂著 . — 北京：北京联合出版公司，2015.2（2025.11重印）
ISBN 978-7-5502-4312-5

Ⅰ.①中… Ⅱ.①袁… Ⅲ.①神话—作品集—中国 Ⅳ.①I277.5

中国版本图书馆CIP数据核字（2014）第293749号

Copyright: © 2014 POST WAVE PUBLISHING CONSULTING (Beijing) Co., Ltd.
All rights reserved.
本书版权归属于后浪出版咨询(北京)有限责任公司

中国神话传说（简明版）

著　　者：袁　珂
出 品 人：赵红仕
选题策划：后浪出版公司
出版统筹：吴兴元
责任编辑：宋延涛　徐秀琴
特约编辑：马春华
封面设计：周伟伟
营销推广：ONEBOOK
装帧制造：墨白空间

北京联合出版公司出版
（北京市西城区德外大街83号楼9层　100088）
天津中印联印务有限公司印刷　新华书店经销
字数160千字　690毫米×960毫米　1/16　21.5印张　插页2
2015年2月第1版　2025年11月第27次印刷
ISBN 978-7-5502-4312-5
定价：60.00元

后浪出版咨询(北京)有限责任公司　版权所有，侵权必究
投诉信箱：editor@hinabook.com　fawu@hinabook.com
未经书面许可，不得以任何方式转载、复制、翻印本书部分或全部内容
本书若有印、装质量问题，请与本公司联系调换，电话010-64072833

中国神话传说

从盘古到秦始皇

著　者：袁　珂
书　　号：978-7-5100-4048-1
出版时间：2012.1
定　　价：49.80 元

挥动巨斧开天辟地的盘古　炼就五色彩石补天的女娲
追赶太阳的夸父　飞天奔月的嫦娥
引弓射日的后羿　钻木取火的燧人
河图洛书的伏羲　凄美的山鬼
风流的河伯　　大战蚩尤的黄帝
凿山治水的大禹
还有胜似伊甸园的华胥之国
……
神话传说的三棱镜折射出诸神的生动影像

内容简介

《中国神话传说》是中国神话学专家袁珂先生一生研究成果的集大成之作。因其专业系统且通俗易懂，出版三十年来，受到了国内外读者的广泛欢迎，并且被翻译成俄、日、韩等多种语言。

1983年，在《中国古代神话》基础上历经两次重要增补修订而成的《中国神话传说》一书，内容已达原来的四倍，字数六十余万。作者对浩瀚的古文献资料，考辨真伪，订正讹误，加以排比综合，从盘古开天辟地叙述到秦始皇统一六国，把散落在群籍中的吉光片羽遴选出来，熔铸成一个庞大而有机的古神话体系，为读者呈现了一个包罗万象的瑰丽世界，生动地描述了古代中国人的社会生活图系。

本书已由后浪出版公司授权台湾五南图书出版股份有限公司出版繁体版

中国神话传说词典
（修订版）

著　者：袁　珂
书　号：978-7-5502-1175-9
出版时间：2013.1
定　价：49.80元

首印50万册，荣获1985年四川省社科院科研成果特别奖
近3300条词目，400多幅图片，拼贴最绮丽的中国式浪漫

资料详尽丰富　袁珂先生搜集整理零星散落在史籍中的神话资料，以广义神话论为基础，将同一神话的不同版本收罗齐全，兼收并蓄，从而使中国神话的演变历程日渐清晰，并进一步了解原有神话如何催生了新的神话。

体例严整实用　本书提供了笔画索引，书后辅以分类索引；在主条目之后，对于一些因传说演变而歧出的则开列在参考条目中，同时标注页码。这样的编列不但翻检方便，而且有益于研究。

引证严谨可靠　本书征引古文原文，旁搜博采各书的不同原文资料，从整理校勘入手，订正错讹，校对精审，为中国神话学打下坚实的资料基础。

采摘广泛有趣　本词典除有重要的参考价值外，行文生动有趣，审美和猎奇兼具，为创作者提供启示或灵感，是读者了解中国神话的最佳读本。

内容简介

《中国神话传说词典》编写前后费时十年，1985年由上海辞书出版社出版，首印50万册，一经出版便在读者中引起极大反响，并得到专业领域的认可，荣获1985年四川省社科院科研成果特别奖。此次修订根据袁珂先生生前亲自对1985年版中的诸多条目进行重写和补充的手稿重新整理，使这一经典著作更加完善，为读者提供了解中国神话的最佳读本。

本书资料丰富详尽，将同一传说的不同版本收罗齐全，体例索引整齐且严谨可靠。对词目的说明，引用原文作解释，使内容更为扎实，引据确凿。这样一部全面而专业的词典，既有益于神话研究的进行，又具有珍贵的学术价值。随文所配400余幅插图，更为读者打开了一窥神话传说原貌的大门。

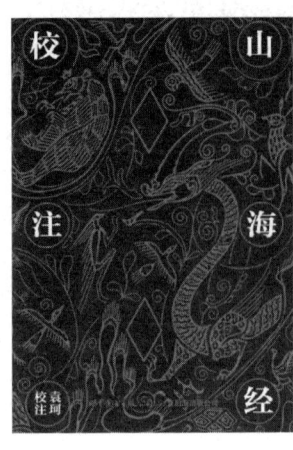

山海经校注
（最终修订版）

校注者：袁　珂
书　　号：978-7-5502-2564-0
出版时间：2014.4
定　　价：128.00元（精装）

系统研究中国神话第一人袁珂先生生前亲自修订
《山海经》校注最权威最经典著作

推荐一： 权威经典，享誉海内外　《山海经校注》于1984年获四川省哲学社会科学科研一等奖。自出版以来在海内外产生广泛而深远的影响，先后有日本和法国等国著名学者引用此书多处，国内研究《楚辞》与神话的著名学者萧兵先生在其著作中也屡次引用该书。三十余年来，其对研究《山海经》及古代中国社会文化的学术贡献日久弥新。

推荐二： 精勘精校精修　本书在1996年增补本基础之上，加之袁珂先生生前修订内容，更趋完善；内容上，作者搜罗丰富，征引详博，做注时，除引经据典外，还注重作品本身的内证和文物出土的学术成果，大大丰富了神话内容，不但解释了中国远古神话的问题，而且对于更加清晰地了解中国传统文化具有深远的意义。随文所配插图，更是重新进行了修复，轮廓更加清晰。

内容简介

《山海经校注》自出版以来在海内外产生了广泛而深远的影响，并于1984年获四川省哲学社会科学科研一等奖，是研究中国上古图腾社会珍贵史料、领略古代神话传奇的必读著作。

与一般校注类著作相比，作者以其深厚的神话功底，旁征博引，对《山海经》中相关神话的解读颇有独到之处。不但解释了中国远古神话的问题，而且对于更加清晰地了解中国传统文化具有深远意义。随文所配插图，更弥补了古本《山海经》有图，而今已亡佚的缺憾。